HEYNE

Fantasy

John Moore

Hauen & Stechen

Roman

Deutsche Erstausgabe

WILHELM HEYNE VERLAG
MÜNCHEN

HEYNE SCIENCE FICTION & FANTASY
06/9216

Titel der Originalausgabe
SLAY AND RESCUE
Übersetzung aus dem amerikanischen Englisch
von Michael Siefener
Das Umschlagbild malte Josh Kirby/Agentur Schlück

Umwelthinweis:
Dieses Buch wurde auf chlor- und
säurefreiem Papier gedruckt.

Deutsche Erstausgabe 5/2002
Redaktion: Joern Rauser

Erstausgabe bei Baen Publishing Enterprises, Riverdale
(A Baen Book)

Dieses Werk wurde vermittelt durch die literarische Agentur
Paul & Peter Fritz AG, Zürich
http://www.heyne.de
Printed in Germany 2002
Umschlaggestaltung: Nele Schütz Design, München
Technische Betreuung: M. Spinola
Satz: Schaber Satz- und Datentechnik, Wels
Druck und Bindung: Nørhaven Paperback A/S, Dänemark

ISBN 3-453-21389-0

Der Zauberer war böse. Wirklich böse. Durch und durch böse. Er besaß keine ausgleichenden guten Eigenschaften. Er erschuf Seuchen, welche die Luft der Umgebung verpesteten. Er erschuf Pestilenzen, welche das Wasser der flussabwärts von seinem Schloss gelegenen Dörfer vergifteten. Er brachte einsame Reisende um, zermahlte ihre Knochen zu Pulver und kochte ihr Blut für seine Zaubertränke. Er quälte kleine, pelzige Tiere in bizarren nekromantischen Experimenten. Er riss den Schmetterlingen die Flügel aus – nicht aus magischen Gründen, sondern einfach nur zum Spaß. Er schrieb seiner Mutter niemals, nicht einmal an ihrem Geburtstag. Auf dem Markt drückte er die Früchte absichtlich so hart, dass sie Flecken bekamen und man sie nicht mehr verkaufen konnte. Er war ein Falschspieler. Wenn er eine Taverne in der Umgebung besuchte (natürlich in Verkleidung), trank er ausgiebig auf Kosten anderer, spendierte selbst aber niemals eine Runde.

Prinzessin Gloria hingegen war niedlich, unberührt, keusch und unschuldig. Außerdem war sie in einem verschlossenen Raum im höchsten Turm des Zauberschlosses an einen hölzernen Tisch gekettet. Prinzessin Gloria weinte nicht. Sie hatte bereits vier Tage lang geweint und bemerkt, dass es ihr in keiner Weise weiterhalf. Ihre einzige Hoffnung bestand in einer Rettung von außen. In diesem Fall würde es einen schlechten Eindruck machen, wenn man sie mit roten und verquollenen Augen antraf. Und falls sie getötet wurde, war sowieso alles gleich.

Ebenfalls anwesend waren die beiden Handlanger des Zauberers – unterbelichtete Kreaturen und obendrein noch hässlich wie die Nacht, aber bestens vertraut mit der gewalttätigen Seite ihres Jobs. Da die Entführung schon lange vorbei war, brauchte der Zauberer sie eigentlich nicht mehr, aber er fühlte sich sicherer mit ein paar Leibwächtern in seiner Nähe. Außerdem gab ihnen der Anblick eines nackten, gefesselten Mädchens einen ziemlichen Kick. Auf so etwas fuhren sie total ab.

Der Zauberer Simpellus hetzte geschäftig in dem kleinen Zimmer herum und legte Messer, Becher und Flaschen zurecht. Er hatte vor, Gloria bei lebendigem Leibe ausbluten zu lassen. Das Blut einer jungfräulichen Prinzessin war für alle Arten von heimtückischen Zaubereien nützlich, besonders wenn man es zwischen Mitternacht und Sonnenaufgang abzapfte. Es war eine warme Nacht. Er öffnete das kleine Fenster. Die Kerzen flackerten unter einer schwachen Brise und warfen tanzende Schatten gegen die Steinwände.

»Es ist nicht etwa so, dass ich gern Kinder weinen höre. O nein, weit gefehlt. Ich bin ein sanftmütiger Mann, und Weinen quält mich. Es geht mir furchtbar auf die Nerven. Und erst das Geschrei! Von Mitternacht bis Sonnenaufgang verbleiben uns fünf ganze Stunden voller Geschrei. Du bist ein kleiner Schreihals, nicht wahr? Brauchst gar nicht erst den Kopf zu schütteln. Ich weiß, dass du ein Schreihals bist. Mir flattern schon die Nerven. Am liebsten steckte ich dir einen Knebel in den Mund, aber das würde der Magie die Schwungkraft rauben.« Simpellus hatte die Angewohnheit, vor sich hinzuplappern, wenn er gerade etwas wirklich Fieses tat.

Die Prinzessin krümmte sich. Der Zauberer lachte bösartig. Die beiden Handlanger kicherten. Nun war die Bühne bereit für den Auftritt von Prinz Charming.

Er kam genau zur richtigen Zeit.

Die schäbige, überladene Uhr aus Kupfer und Messing schlug gerade Mitternacht. Simpellus war nicht in Eile. Er stellte seine Uhren immer etwas vor, damit er nie zu spät dran war. Er nahm ein Messer mit einer schmalen, gebogenen Klinge auf, deren boshaftes Glitzern von einer Vergangenheit voller Folterqualen und Verstümmelungen berichtete. (Eigentlich war es ein Messer zum Ausnehmen von Fischen; der Griff hatte eine Maßeinteilung, sodass man sofort die Größe seines Fangs feststellen konnte.) Simpellus überprüfte die Eisenschellen an den Handgelenken des Mädchens (sie krümmte sich erneut) und drückte ihr dann die Klinge langsam, sanft und liebevoll gegen die Haut. Prinzessin Gloria schloss die Augen. Die beiden Handlanger lehnten sich vor, um einen besseren Blick auf das Geschehen zu haben. Und dann klopfte es an der Tür.

Alle hielten inne und sahen auf.

Das Klopfen war eigentlich kein bloßes Klopfen. Es klang lauter und kräftiger. Durchdringender. Es war das Geräusch eines schweren Schlages mit einer doppelschneidigen Axt gegen eine Eichentür. Die Spitze der Axt drang bereits durch das Holz, als wolle sie die letzten Zweifel an der Situation beseitigen. Während die Verschwörer verblüfft dastanden, wurde die Klinge zurückgezogen. Sekunden später zerschmetterte ein weiterer gewaltiger Schlag die Tür. Ihm folgte ein heftiger Tritt. Mit einer überwältigenden, von Tugend und Rechtschaffenheit gestählten Selbstsicherheit schritt eine große, muskulöse Gestalt in das Zimmer.

»Das ist Prinz Charming!«, rief Prinzessin Gloria schmachtend, erleichtert und gleichzeitig überrascht.

»Das ist Prinz Charming!«, wiederholten die beiden Handlanger mit weitaus weniger Vergnügen als die Prinzessin.

»Mist!«, meinte Simpellus.

Prinz Charming schenkte der Prinzessin ein Lächeln, das sie beruhigen sollte. Es wirkte auf Anhieb. Er konnte halt einfach grandios lächeln. Es kroch ihr bis in die Zehenspitzen. Der Prinz war gerade erst siebzehn. Das goldene Haar hing ihm in duftigen Locken bis auf die Schulter – das Ergebnis einer einstündigen Arbeit mit dem Brenneisen. Seine Stiefel schimmerten – vom heftigen Einreiben mit Schweinefett. Die Rechte lag nachlässig auf dem Griff seines Schwertes, die Linke stellte einen goldenen Ring mit dem königlichen Siegel zur Schau. Sein Seidenhemd war über der Brust gerade weit genug geöffnet, um blonde Haare und scharf umrissene Muskeln zu zeigen. Von den breiten Schultern hing ein mit Seide eingefasster Umhang. Das bartlose Gesicht leuchtete vor Begeisterung und jungenhaftem Liebreiz, doch die Augen waren so grau wie der Winterhimmel und genauso kalt, als sie den Zauberer ansahen.

»Hallo, Simpel. Was ist denn hier los?«

»Nenn mich nicht Simpel!«, geiferte der Zauberer. Sofort ärgerte er sich darüber, dass es diesem Knäblein gelungen war, ihn zu verärgern.

»Du weißt doch, dass man aus einem weißen Pinienholztisch keine Blutflecken entfernen kann.«

»Wovon redest du? Der Tisch ist aus Buchenholz. Ich habe vierzig Schillinge dafür bezahlt.« Simpellus wurde noch wütender, weil er sich auf diese dämliche Abschweifung eingelassen hatte.

»Pinie«, beharrte der Prinz. Er ging lässig hinüber,

kratzte mit seinem Dolch an der Tischplatte und deckte eine schwache, weiße Maserung auf. »Siehst du? Das Holz ist gebeizt.« Er zwinkerte der Prinzessin zu. Sie kicherte.

Jetzt reichte es Simpellus. Er war ein großer und mächtiger Zauberer und im ganzen Land gefürchtet. Ob Prinz oder nicht: Kein junger Grünschnabel hielt ihn in seinem eigenen Schloss zum Narren! »Bringt ihn um!«, giftete er.

Reflexartig zogen die beiden Handlanger ihre Schwerter und stürmten auf Charming los. Doch fast sofort gewann eine gesunde Vorsicht die Oberhand über ihren Heldenmut. Sie hielten schon nach einem Schritt wieder inne, jeder mit einem Fuß in der Luft. »Äh, Boss«, meinte der eine. »Das ist doch … äh, wisst Ihr … das ist *Prinz Charming!*«

Der Prinz hauchte seine Fingernägel an und polierte sie an seinem Hemd. Sein Schwert ruhte noch in der Scheide.

»Schnappt ihn euch endlich!«, belferte der Zauberer. »Er ist doch nur eine halbe Portion. Außerdem seid ihr zu zweit.«

Der eine Häscher nickte, schluckte und sprang mit erhobenem Schwert vor. Doch er sollte seinen Schlag nie ausführen. Der Prinz bewegte sich wie Quecksilber. Sein Arm fuhr in einer fließenden Bewegung hoch – blendend schnell und doch völlig entspannt. Mit rasender Geschwindigkeit zog er das Schwert und ritzte eine dünne, rote Linie in die Kehle des Handlangers. Dann trat der Prinz einen Schritt zurück. Der Spießgeselle stürzte nach hinten und brach neben dem Tisch zusammen. Der säuberlich abgetrennte Kopf folgte dem Körper nur eine Sekunde später nach.

Prinzessin Gloria war ziemlich geschockt.

Der Partner des Toten entschied sich für einen plötzlichen Laufbahnwechsel. Er ließ sein Schwert fallen und war mit einen Satz bei der Tür. Das Klappern seiner Stiefel war lange auf der hohen Wendeltreppe zu hören. Dann trat Stille ein.

Simpellus und Charming betrachteten sich gegenseitig. Simpellus kannte ein Dutzend Zaubersprüche, die den jungen Prinzen auf der Stelle in Luft auflösen würden. Er kannte Zaubersprüche, ihn ein ganzes Jahr lang in andauernde Schmerzen einzuhüllen, bevor er endlich sterben durfte. Er kannte Zaubersprüche, die ihm weitaus schlimmere Dinge als den Tod zufügen konnten. Unglücklicherweise hatten all diese Zaubersprüche eines gemeinsam: Sie erforderten Vorbereitung. Bei einigen ging es zwar recht schnell, aber keinen konnte er unverzüglich anwenden. Der Zauberer war zu sehr mit dem bevorstehenden Aderlass beschäftigt gewesen und hatte sich voll und ganz auf seine inzwischen ausgeschalteten Krieger verlassen, sodass er keine weiteren Sicherheitsmaßnahmen ergriffen hatte.

Der Prinz hielt sein Schwert in Schulterhöhe. Die Spitze war leicht geneigt und zielte genau auf Simpellus' Herz. Es war nicht unbedingt eine Geste der Freundschaft. Simpellus erkannte, dass die Zeit für einen strategischen Rückzug gekommen war.

»Wir werden uns wiedersehen, Charming«, sagte er drohend. Sofort hatte er das Gefühl, dass sich seine Worte billig anhörten. Er hatte durchaus Recht. Also fügte er hinzu: »Ich werde zurückkehren.« Das klang sogar noch billiger. »Ach, Mist«, zischte er abschließend und stürzte sich aus dem Fenster.

»Oh«, entfuhr es der Prinzessin.

Der Prinz steckte sein Schwert in aller Ruhe zurück in die Scheide und lehnte sich aus dem Fenster. Simpellus fiel ziemlich langsam; sein Umhang bauschte sich über ihm auf. Dann schienen seine Kleider plötzlich in sich zusammenzufallen und auseinander zu treiben. Robe, Stiefel, Socken und Hut flogen einzeln zu Boden, während in ihrer Mitte ein großer, schwarzer Vogel erschien.

Er schlug mit den Flügeln und stieg geradewegs in den wolkenlosen Himmel auf.

Der Prinz nahm es völlig gelassen. Er rief: »Wendell!« Ein Junge erschien.

Sein Page war elf Jahre alt und brach beinahe unter dem Gewicht eines riesigen Rucksacks zusammen. Die prall gefüllten Wollstoffsäcke, die er in beiden Händen trug, waren einer aufrechten Körperhaltung ebenfalls nicht gerade förderlich. Er stapelte sein Gepäck auf dem Boden, warf einen unbeteiligten Blick auf die Prinzessin und setzte sich schwer keuchend auf den Rucksack. »Hunderteinundachtzig Stufen«, murmelte er.

»Eine richtige Wanderung«, meinte Charming.

»Allerdings.« Trotz seiner Müdigkeit machte sich Wendell sofort an die Arbeit. Er band den Rucksack auf und brachte einen kleinen, zugedeckten Käfig zum Vorschein. Es stellte sich heraus, dass dieser einen Falken enthielt. Wendell übergab ihn dem Prinzen und nahm im Austausch dafür sein Schwert entgegen. Charming entfernte die Haube vom Kopf des Vogels, streichelte ihn zweimal und setzte ihn am Fenster ab. Sofort verschwand das Tier in der Nacht. Dann endlich wandte er seine volle Aufmerksamkeit Prinzessin Gloria zu.

Die Prinzessin kämpfte mit zwei einander widersprechenden Gedanken.

Nummer Eins: Sie würde weiterleben.

Nummer Zwei: Sie würde vor Verlegenheit sterben. Da stand er nun neben ihr, der tapfere, hübsche, legendäre *Prinz Charming* (wenn sie das ihren Freundinnen erzählte ...) und schaute auf ihren *Körper.* Und sie war vollkommen nackt. Ihr Haar war zerzaust, sie hatte nicht einmal Make-up aufgelegt und (o Gott) ihre Zehennägel waren dreckig. Sie wünschte, sie wäre tot.

Der Prinz starrte aber gar nicht auf ihren mannbaren Körper. Mit schier unendlicher Willensanstrengung hielt er die Augen fest auf ihr Gesicht gerichtet. Mit einer

Geste theatralischer Ritterlichkeit nahm er den Umhang von den Heldenschultern und bedeckte sie damit von Kopf bis Fuß. Prinzessin Gloria stieß einen gut hörbaren Seufzer der Erleichterung aus. »Vielen Dank.«

»Es ist mir ein Vergnügen, Euch zu Diensten zu sein, liebe Dame«, erwiderte der Prinz feierlich. »Wendell!«

Nachdem Wendell das prinzliche Schwert an einem öligen Tuch abgewischt hatte, durchwühlte er einen der Säcke und förderte Hammer und Meißel zutage. Damit machte er sich an den Ketten der Prinzessin zu schaffen. Währenddessen hatte Charming einen silbernen Kamm und einen Spiegel hervorgeholt. Er gab sie Gloria, sobald ihre Hände befreit waren. Es war nicht Charmings erste Rettungsaktion; inzwischen kannte er sich aus. Vorher aber warf er heimlich selbst einen Blick in den Spiegel, weil er sicher sein wollte, dass seine Frisur noch vollendet saß.

Flügel schlugen gegen das Fenster. Der Falke war mit einem toten Vogel zwischen den Krallen zurückgekehrt. Es war ein Rabe. Der Prinz untersuchte ihn ohne große Überraschung, stopfte ihn in einen Ledersack und fütterte den Falken mit einem Fleischbröckchen.

Wendell hatte inzwischen die Arme der Prinzessin befreit und machte gerade mit ihren Fußfesseln kurzen Prozess. Als er fertig war, erhob sie sich. Obwohl sie klein war, beeindruckte ihr königliches Gebaren die beiden Jungs gewaltig. Der Umhang, das zurückgekämmte Haar und das hoch getragene Kinn machten sie zum Urbild edler Abstammung. Sie machte einen winzigen Knicks und redete dann Charming an: »Euer Hoheit, darf ich mit Euch unter vier Augen sprechen?«

»Wendell!«

»Bin schon weg«, rief Wendell und verschwand die Treppe hinunter.

Charming schenkte dem Mädchen das betörendste Lächeln, das er gerade auf Lager hatte. »Nun sprecht, meine Liebe.«

Das Mädchen erwiderte die Charme-Offensive des Prinzen mit einem eigenen schwachen Lächeln. Dann senkte sie den Blick und rang die Hände. »Euer Hoheit, Ihr habt mir das Leben gerettet.«

»Na ja, ich freue mich, dass ich gerade noch zur rechten Zeit gekommen bin.« Charming erwähnte sicherheitshalber nicht, dass er das Schloss vorher ausgespäht und im nahen Wald drei geschlagene Stunden lang gewartet hatte, nur um eine möglichst dramatische Rettung in letzter Sekunde perfekt hinzubekommen.

»Ich schulde Euch so viel, dass ich mich niemals in rechter Weise dafür erkenntlich zu zeigen vermag.«

Der Prinz warf einen kurzen Blick auf ihre Brüste. »Ach, das würde ich so nicht sagen«, erklärte er hoffnungsfroh.

»Ich komme aus einem kleinen Königreich, Euer Hoheit, und obwohl ich eine waschechte Prinzessin bin, bin ich doch die Jüngste von vielen Schwestern, deren Mitgift vor der meinen kommt. Ich kann Euch keine Juwelen oder andere Schätze anbieten.«

Charmings Puls schlug schneller. »Denkt erst gar nicht daran. Das Wissen um Eure Freude ist mir Lohn genug.«

»Aber man hat mir von Kindesbeinen an beigebracht, dass man eine Ehrenschuld zurückzahlen muss. Eine erhaltene Gunst muss erwidert werden. Mut und …« – sie errötete – »… Tugend sollen ihren gerechten Lohn erhalten.«

»Klingt gut«, meinte der Prinz. »Wenn das so ist, will ich erst gar nicht mit Euch streiten.« Eine kleine Schweißperle erschien auf seiner Oberlippe. Er trat näher an die Prinzessin heran. Sie sah mit hellen Augen zu ihm auf. Ihr Atem kam nun schnell und flach.

»Es gibt nur eine Gunst, die ich Euch gewähren könnte.«

»O ja!« Der Prinz ergriff ihre Hände und sah ihr tief in die Augen.

»Die Ehre gebietet, dass die Ehre geopfert werden muss«, murmelte sie. »Versteht Ihr, was ich meine?«

»O ja, mein Schatz«, keuchte der Prinz und zog sie näher. »Auf diesen Moment habe ich lange gewartet.«

»Prima.« Prinzessin Gloria schloss die Augen, biss die Zähne zusammen, stellte sich auf die Zehenspitzen und gab Prinz Charming einen Kuss.

Auf die Wange.

Sofort tauchte sie unter seiner Umarmung hindurch und huschte zur Treppe. Sie schenkte ihm den befriedigten Blick von jemandem, der gerade eine edle Tat vollbracht hat. Dann errötete sie noch einmal tief und kicherte.

Nicht ein einziges Wort der Enttäuschung entschlüpfte den prinzlichen Lippen. Weder mit dem geringsten Stirnrunzeln noch mit dem leisesten Zucken der Augenbrauen gab er zu erkennen, dass er etwas Saftigeres als einen einzigen keuschen Kuss erwartet hatte. Nein, nicht durch Worte, nicht durch Taten deutete er an, dass Prinzessin Gloria seiner Meinung nach etwas anderes als niedlich, unberührt, keusch und unschuldig war.

Schließlich nannte man ihn nicht umsonst Prinz Charming.

Die Sonne ging über einem Land mit frischen, grünen Feldern und üppigen Weiden auf – über einem Land, dessen breite Ströme vor Forellen wimmelten, dessen tiefe Wälder vor Wild überquollen und dessen gepflasterte Straßen und gepflegte Dörfer vor geschäftlichen und anderen heiteren Tätigkeiten einer fröhlichen Bevölkerung nur so brummten. Das war das Königreich Illyria. Es war nicht das größte, aber sicherlich das wohlhabendste der vielen Königreiche, die entlang des breiten Korridors zwischen den Bergen und dem Meer lagen. Wie alle zwanzig Königreiche war es ein altes Land voller Geschichte und Legenden. Es gab dort Familien, die ihre

Abstammung über hundert Generationen zurückverfolgen konnten; es gab Quellen, die schon seit tausend Jahren Wasser spendeten, und Schlösser, deren Steine vor Alter zerfielen. Es waren traditionsreiche Länder, deren Einwohner viel um Ehre, Gerechtigkeit und Familie gaben. Hier schätzte man starke und tapfere Männer, schöne und unterwürfige Frauen, warme und pelzige Kätzchen, niedliche, unberührte, keusche und unschuldige Jungfrauen und Hunde, die nicht allzu stark sabberten. Außerdem war Illyria ein verzaubertes Land, ein magisches Land (das war halt zu jener Zeit so üblich) – ein Land, das vor Wunder und Geheimnis strotzte. Es war ein Land, das aus Männern Helden machte.

Doch trotz Illyrias allgemeinem Wohlstand, seiner Heiterkeit und guten Laune, seinem strengen Moralkodex und seinem engmaschigen sozialen und familiären Netz gab es immer noch Bewohner mit bösen Absichten. Dabei handelte es sich um Geisteskranke und Leute mit abweichendem Normverhalten. Und es gab solche, die ihrer Lust auf Reichtum und Macht ungezügelt nachgaben. Und dann gab es noch diejenigen, die einfach stocksauer auf die ganze Welt waren.

Prinz Charming hegte keinerlei bösen Absichten, doch an diesem Morgen fiel er in die Kategorie der Stocksauren. Der Klang seiner Stiefel hallte von dem polierten Eichenboden im Schloss seines Vaters wider und sein lederner Jagdsack schlug ihm gegen die Hüfte. Er bereitete sich auf einen Streit mit seinem Vater vor. In Gedanken übte er schon einmal die bitteren Erwiderungen, die er dem König entgegenschleudern würde, falls dieser der Bitte des Prinzen nicht entsprechen sollte. Aber gleichzeitig bemühte er sich heldenhaft (zumindest seiner Meinung nach), ein unverfängliches und angenehmes Gespräch mit seinem Pagen zu führen. »Hast du die Brüste dieses Mädchens gesehen, Wendell? Vollkommen. Und wie sie im Gehen ihre Gestalt behielten! Ich wette, sie sind fester als mein Bizeps. Und mein Gott, wie ihre Nippel hervorstanden! Sie bohrten sich regelrecht durch den Umhang.«

»Darf ich offen sprechen, Sire?«, fragte Wendell.

»Natürlich, Wendell. Nur zu!«

»Haltet endlich den Mund! Während des ganzen viertägigen Ritts zurück zum Schloss habt Ihr von nichts anderem als von Prinzessin Glorias Brüsten gesprochen.«

»Es waren aber auch großartige Brüste, Wendell. Wenn du älter bist, wirst du ebenfalls solche Brüste schätzen und ehren.«

»Pfft«, machte Wendell. »Ich hasse Mädchen.«

»Nicht mehr lange.«

»Sie bringen mir immer die Frisur durcheinander. Das hasse ich.«

»Du wirst deine Meinung schon noch ändern.«

»Haha! Wie wär's, wenn wir uns mal über etwas Interessantes unterhielten? Zum Beispiel über's Angeln. Oder über Essen. Langsam kommt die Pfirsichzeit. Ich wette, der Koch backt uns heute Abend als Nachtisch eine Pfirsichtorte. Oder was meint Ihr?«

»Da wir gerade von reifen Pfirsichen reden«, sagte der Prinz mit vollendet starrer Spielermiene, »hast du gesehen, wie diese ...«

»O Herr!«, rief Wendell aus. »Schluckt's runter, ja?«

Sie erreichten das Ende des langen Korridors und sahen sich einer massiven, beschnitzten Eichentür gegenüber, neben der eine kleinere, neuere und ebenfalls beschnitzte Eichentür in die Wand eingelassen war. Die große Tür war mit Jagdreliefs geschmückt. Man sah Reiter, Hunde, Bogenschützen, Hirsche, Keiler und Bären. Die kleinere Tür zeigte entweder eine Kanone und einen Stapel Kanonenkugeln oder eine Meerjungfrau, die gerade eine Meeresschildkröte aß; es war schwer zu sagen, was die Schnitzerei wirklich darstellen sollte. Ähnliche Kunstwerke waren im ganzen Schloss verstreut. Charming hatte einmal dem Innenarchitekten des Schlosses seine Meinung darüber gesagt und war sofort mit einer vierzigminütigen Lektion über ›abstrakte Kunst‹ belohnt worden. Das hatte ihn gelehrt, beim Thema Kunst die Schnauze zu halten.

Jetzt drehte er den Griff der kleineren Tür und drückte sie auf, ohne vorher anzuklopfen.

Der Empfang war größer, als er erwartet hatte. Sechs Männer (beinahe die halbe Ratsversammlung) erhoben sich, als er den Raum betrat. »Prinz Charming!«, riefen sie mit Ehrfurcht und Respekt. Der König blieb sitzen, schenkte aber Charming einen Blick voll väterlicher Zuneigung.

»Willkommen zu Hause, mein Sohn. Hallo, Wendell.«

»Hallöchen, Paps. Guten Morgen, meine Herren. Ich glaube, ich habe ein kleines Geschenk für euch alle.« Charming warf den Jagdsack achtlos auf den Tisch. Graf Isaac Stern, der mächtigste der Vasallen seines Vaters, schüttelte den Sack über dem Tisch aus. Ein großer, toter Vogel rollte über das gut eingewachste Holz. Die sechs Grafen untersuchten das Tier sorgfältig.

»Simpellus«, sagten sie freudig. »Endlich sind wir diese Geißel Gottes los.«

»Guter alter Simpel«, seufzte der König und stieß den Vogel mit dem Zeigefinger an. »Aha, ein Rabe. Hat wohl zu fliehen versucht.«

»Stimmt.«

»Ich bin überrascht, dass er sich nicht in einen Gimpel verwandelt hat. Simpel der Gimpel. Das klingt doch viel besser.«

»Ich fürchte, er hatte keinen Sinn für Humor. Tatsache ist, dass er über irgendwas ziemlich ungehalten war. Er hat mir nicht einmal etwas zu trinken angeboten.«

Die Grafen sahen sich an und lächelten wissend über diesen Versuch, selbstverleugnenden Humor zu zeigen. Der Prinz war offenbar noch tapferer und edler, als er wirkte.

»Hast du die Prinzessin gerettet?«

»Tue ich das nicht immer? Sie ist etwas mitgenommen, aber es geht ihr gut. Sie befindet sich schon wieder in den festen und sicheren Armen ihrer liebenswerten Familie. Aus diesem Grund haben wir so lange für den Rückweg gebraucht. Sie haben mir zu Ehren eine Siegesfeier gegeben.«

»Sie haben einen ganzen Ochsen gebraten«, merkte Wendell ehrfürchtig an. »Sie haben ihn mit dieser Soße aus Rosinen und Honig begossen. Es war grandios. Aber dann …« Seine Stimme verdunkelte sich. »Dann haben all diese Familien den Prinzen zum Tee eingeladen und wir sind zu jeder einzelnen Sippschaft gegangen. Und die ganze Zeit über mussten wir unsere besten Kleider tragen.«

»Vielen Dank für diesen Einwurf, Wendell«, sagte der König ernst. »Jetzt kannst du vor die Tür gehen und spielen.«

Wendell raste wie der Blitz davon. Der Prinz zuckte die Achseln. »Das war eine gute Sache, Paps. Da haben wir bestimmt ein paar diplomatische Treffer gelandet.«

»Prinz Charming«, mischte sich Graf Stern ein. »Ich weiß, dass ich für alle adligen Familien und sogar für das ganze Volk von Illyria spreche, wenn ich Euch nun für Euren Dienst an diesem Königreich danke. Eure Tapferkeit, Eure Ehrlichkeit und Eure Hingabe an die Sache der Gerechtigkeit und Gnade spiegeln ein Idealbild wider, das in der Geschichte unseres geliebten Landes ohne Beispiel ist.«

»Na ja, vielen Dank, Graf Isaac. Ich habe nur meine Pflicht getan.«

»Und Ihr habt sie in großartiger Weise getan, Euer Hoheit. Aber ich will nicht mehr darüber reden, denn ich sehe, dass ich Euch in Verlegenheit bringe. Außerdem können Worte allein nicht die Dankbarkeit ausdrücken, die uns erfüllt.« Die anderen Adligen um ihn herum nickten.

»Aus diesem Grund bringen wir Euch heute ein Geschenk dar. Alle ehrenwerten Familien haben zu seiner Herstellung beigetragen. Wir hoffen, Ihr werdet uns dadurch ehren, dass Ihr es annehmt.«

»Also bitte, Jungs. Das wäre doch nicht nötig gewesen. Was ist es denn?«

»Sir Tyrone«, sagte Graf Stern.

Sir Tyrone Kühnstreich trat vor und wiegte eine hübsch beschnitzte Walnusskiste in den Armen. Die anderen Grafen wichen zurück, damit er zum Tisch gehen und die hölzerne Kiste darauf absetzen konnte. Vorsichtig öffnete er die vergoldeten Schnappriegel. Sanft klappte er den Deckel nach hinten. Schweigen erfüllte den Raum, als Charming in den Kasten schaute.

»Hm«, meinte der Prinz. »Es ist ein Schwert.«

Es war tatsächlich ein Schwert. Da lag es in seinem Futteral: sechsunddreißig Zoll glitzernden, sanft geschwungenen Stahls, die in einem mit Juwelen besetzten Griff endeten. Der Griff bestand aus altem Ahornholz und war mit eingeöltem Lammleder umwickelt. Der Handschutz war mit verschlungenen Mustern geschmückt und mit Gold überzogen. Einen vollen Monat hatte es gedauert, die Schneide so zu schleifen, dass sie bereits bei geringstem Druck ›zubiss.‹

»Es hat einen Namen«, erklärte Graf Stern. »Es heißt *Streben.* Die besten Handwerker aus den zwanzig Königreichen haben ein ganzes Jahr an seiner Herstellung gearbeitet. Es ist speziell für Eure Größe, Euer Gewicht, Eure Reichweite und Euren Griff angefertigt worden. Es gibt kein vergleichbares Schwert auf der ganzen Welt.«

»Nett«, meinte der Prinz. Er nahm es in die Hand. »Fühlt sich gut an. Ich mag Schwerter mit einem gewissen Eigengewicht.«

Er sah die Adligen an und bemerkte einen Anflug von Enttäuschung auf ihren Gesichtern. ›Nett‹ war wohl nicht die Reaktion, die sie erwartet hatten. Er holte tief Luft.

»Meine Herren, dieses Schwert ist das großartigste, das ich je in der Hand gehalten, ja das ich je gesehen habe. Von diesem Tag an werde ich kein anderes mehr führen.« Die Adligen lächelten. Mit dramatischem Schwung zog der Prinz sein altes Schwert aus dem Gürtel und warf es auf den Steinboden. Er hielt das neue Schwert hoch und neigte es gegen das Fenster, sodass es das Licht der Morgensonne einfing. *»Streben«*, sprach er zu der Klinge, »vom heutigen Tag an wirst du mein ständiger Begleiter sein. Von diesem Tag an werden wir zusammen kämpfen, um die Schwachen zu schützen, die Unschuldigen zu verteidigen, das Böse zu vernichten, wo immer es lauert, und um Gerechtigkeit und Ehrbarkeit zu fördern.« Er senkte das Schwert und steckte es in die Scheide. Die Adligen brachen in Applaus aus.

»Gut gesprochen, mein Sohn«, lobte der König. »Ich weiß, ich spreche für jeden hier, wenn ich sage, dass unsere Gedanken und Gebete dich auf all deinen Ritterzügen begleiten.« Die Adligen klatschten erneut.

»Danke, Paps. Und auch Euch sei Dank, meine Herren. Paps, kann ich dich mal unter vier Augen sprechen? Du weißt schon: von Mann zu Mann.«

»Natürlich. Meine Herren, würdet ihr uns bitte entschuldigen?«

Die Adligen marschierten hintereinander aus dem Raum, doch vorher schüttelten sie dem Prinzen die Hand. Stern packte ihn bei den Schultern. »Gott sei mit Euch, junger Charming.«

»Und mit Euch, Sir Isaac.«

Kühnstreich war der Letzte in der Reihe. »Wenn Euch dieses Schwert irgendwelche Schwierigkeiten machen sollte, Hoheit, dann bringt es mir einfach zurück. Ich werde mich darum kümmern. Es hat ein Jahr Garantie gegen Materialfehler und schlechte Verarbeitung. Ihr müsst nur die Garantiebescheinigung ausfüllen und es in der Originalverpackung zurückgeben.«

»Werd mich daran erinnern, Sir Tyrone.«

Als sich der Raum geleert hatte, schloss Charming die Tür und legte den Riegel davor. Dann wandte er sich seinem Vater zu. Der König füllte gerade ein Glas mit Wein aus einem versteckten, in die Armlehne seines Thrones eingebauten Zapfhahn.

»Streben?«, fragte der Prinz. »Ein Schwert namens *Streben?* Ich habe einen ganzen Raum voller derartiger Schweinepiekser. Sollen wir ihnen jetzt auch noch Namen geben?«

»Jemand aus der PR-Abteilung ist mit dieser Idee angekommen«, erläuterte der König. Er reichte das volle Weinglas dem Prinzen und füllte sich ein neues. »Ausgefallene Schwerter mit Namen törnen die öffentliche Phantasie an. Die Leute lieben so etwas. Denk doch nur an Excalibur und all die alten Geschichten darüber. Außerdem brauchst du es ja nur ein paarmal zu tragen. Nachdem du einen Drachen oder sonstwas damit erschlagen hast, stellen wir es öffentlich aus und kassieren von den Leuten zwei Pennies Eintritt.«

»Aber *Streben?* Das klingt so aufgeblasen.«

»Du solltest dankbar sein, denn es hätte noch schlimmer kommen können. Eigentlich wollten sie es *Drachenspieß* nennen. Und sie wollten, dass einige Künstler kleine Szenen mit hüpfenden und springenden Drachen in die Klinge eingravieren. Ich habe Isaac gesagt, dass das ein bisschen zu … grell sei. Die Form folgt der Funktion; nur so ist's richtig. Also, min Jung, was hast du in Wirklichkeit auf dem Herzen?«

Charming lief auf und ab und trommelte mit zwei Fingern rhythmisch gegen den Griff seines neuen Schwertes. »Es geht um diesen Heldentrip, Paps. Lass mich in Zukunft außen vor. Ich komme damit nicht mehr klar.«

Der König verschluckte sich an seinem Wein. »Warum denn das? Charming, du hast wundervolle Arbeit geleistet. Superb! Das Volk liebt dich. *Dein* Volk. Und jedes

Mal, wenn du das Land wieder von irgendeinem üblen Einfluss befreist, steigt deine Popularitätskurve steil an.« Der König zog eine Papierrolle unter seiner Robe hervor. »Sieh dir nur einmal die Ergebnisse der letzten Meinungsumfrage an.«

»Meinungsumfragen sind mir schnurzegal! Ich habe die Schnauze voll! Immer nur Töten und Retten, Retten und Töten! Ich hab's satt. Jeder Westentaschenzauberer, jeder abtrünnige Ritter, jeder Drache, Troll oder Riese, der hier in der Gegend seinen Laden aufmacht, schnappt sich zum Einstand und als Arbeitsgrundlage irgendeine dumpfschädelige, aber jungfräuliche Eselin. Und dann sagt jeder sofort: ›Wir müssen Prinz Charming zu Hilfe rufen. Er wird sie schon retten.‹ Und das tue ich auch. Aber erhalte ich irgendeinen Dank dafür? Neeeeiiiin!«

»Hat dir Prinzessin Gloria nicht gedankt? Ich bin sicher, dass sie dir ein Briefchen schicken wird. Sie ist schließlich wohlerzogen.« Der König nippte an seinem Wein.

»Nein, das meine ich nicht. Sie hat mir gedankt. Sie hat mich sogar geküsst.«

Diesmal verschluckte sich der König so stark, dass er eine ganze Minute lang hustete und spuckte. Er konnte erst wieder reden, nachdem ihm Charming auf den Rücken geklopft hatte. »Sie hat *was* getan?«

»Mich auf die Wange geküsst.«

»Ach so, auf die Wange.« Seine Hoheit trommelte mit den Fingern auf die Thronlehne. »Na gut, ich glaube, das ist in Ordnung.«

»Nein, das ist es nicht. Erinnerst du dich an die kleine Herzogin, die ich im letzten Monat gerettet habe? Ich musste mich durch ein Nest von Riesenschlangen kämpfen, um an sie heranzukommen. Danach durfte ich ein ganzes Bündel von dämlichen Rätseln lösen, die mir irgend so ein Löwentyp gestellt hat. Und dieser Drache am Ende des Weges hätte mich beinahe geröstet. Weißt du, was die Herzogin tat, nachdem ich sie endlich befreit hatte? Sie hat mir auf die Schulter geklopft.«

Der König kicherte. »Hillary ist halt ein rechter Wildfang.«

»Wenn ich schon mein Leben für diese Schnuckelchen riskiere, will ich auch eine Extra-Belohnung.«

Der König wurde sofort wieder ernst. »An was denkst du denn?«

»Na, das weißt du doch wohl.«

»Ja, ich glaube, ich weiß es. Und das gefällt mir gar nicht.«

»Donnerwetter, Paps, ein Mann hat gewisse Bedürfnisse!«

»Willst du damit allen Ernstes andeuten, du wärest berechtigt, die schönsten Töchter der zwanzig Königreiche zu schänden, nur weil ...«

»Schon gut, schon gut. Vergiss die schönsten Töchter. Gib mir nur ein paar Nächte frei. Dann gehe ich zu Madame Lucy und ...«

»Prinz Charming! Der Spross unserer königlichen Familie, die Verkörperung von Tugend und Reinheit, die Quintessenz alles Guten und Edlen im jungen Manne brunftet *nicht* wie jeder gemeine Seemann in den Bordellen herum!«

»Ach, Paps.«

»Das reicht, junger Mann! Als Person des öffentlichen Lebens und Mitglied der königlichen Familie ist es deine Pflicht, der Jugend unserer Nation mit gutem Beispiel voranzugehen. Vorehelicher Geschlechtsverkehr würde dein Image total versauen. Und mich schaudert bei der Vorstellung, was für eine junge Frau – sei sie von königlichem Geblüt oder nicht – sich zu einer solch schmutzigen Beziehung hergeben könnte. Nun geh zum Geheimdienst-Minister und hol dir deine nächste Heldenmission ab.«

Einstweilen besiegt, zuckte der Prinz ergeben die Achseln und ging auf die Tür zu. »In Ordnung, Paps, aber ich glaube, diese Sache mit der Popularität gerät langsam außer Kontrolle. Was willst du denn tun, wenn das Volk irgendwann verlangt, ich solle mir deinen Thron aneignen?«

Er hatte den Raum schon verlassen, als der König besorgt die Augenbrauen hob.

Als Prinz Charming über den Hof stapfte, gesellte sich Wendell zu ihm. Der Page aß gerade einen großen Apfel und hielt einen zweiten in der Hand, den er dem Prinzen anbot. Der Prinz nahm ihn und biss lustlos hinein.

»Er ist nicht drauf angesprungen, stimmt's?«

»Stimmt«, gab Charming zu.

»Kein heißes Wochenende?«

»Nein.«

»Hat er Euch von weiteren Heldenmissionen entbunden?«

»Nein.«

»Aha«, meinte Wendell. »Der klassische Held wider Willen. Widerwillige Helden sind die besten Helden. Wenn man unbedingt heldenhaft sein will, glauben die Leute, man wäre ein Angeber.«

»Mumpf«, machte Charming. Er schluckte ein Apfelstück hinunter. »Wovon redest du überhaupt? Ich versuche immer, heldenhaft zu sein. Ich muss auf jedes meiner Worte Acht geben. Ich muss mich wie ein Kostümballkrieger anziehen, muss andauernd mit dem Schwert, der Lanze und dem Bogen üben und zu allen Leuten höflich und zuvorkommend sein. Glaubst du, das ist leicht?«

»Na ja ...«

»Gut, es ist vielleicht angenehmer als ein Feld zu pflügen oder einen Amboss zu behämmern, aber es ist trotzdem eine Vollzeitbeschäftigung. Viel lieber würde ich irgendwo an einem moosigen Ufer liegen und eine Angel ins Wasser halten.«

»Genau das meine ich«, sagte Wendell. »Auf so etwas springen die Leute an. Sie glauben, Ihr bevorzugt ein ruhiges Leben, und schätzen es deshalb umso mehr, dass Ihr immer wieder in diese Abenteuer zieht. Mit Eurem Namen ist es dasselbe. Wenn es Euch leicht fiele, charmant zu sein, würde es niemanden beeindrucken. Gerade Eure Anstrengungen, charmant zu sein, machen Euch so ... charmant.«

Der Prinz musste lächeln. »Für dein Alter bis du ganz schön philosophisch, Wendell. Hast du wieder viel Zeit mit Mandelbaum zugebracht?«

»Ja, ich komme gerade von ihm. Er sagt, ich sei frühreif. Im Augenblick arbeitet er an einem Zauberspruch, der den Frost von den Erdbeeren fern halten soll. Er glaubt, er kann damit das große Geld machen.«

»Ich sollte ihn einmal nach einem Liebestrank fragen.«

»Er hat welche. Aber er gibt sie nur an verheiratete Paare ab.«

»Pah.«

»Wohin gehen wir?«

»Zu Norville. Wir haben eine neue Aufgabe.«

»Wir sind doch gerade erst zurückgekehrt!«

»Wer ist jetzt der Widerwillige?«

Sie warteten auf Norville in der kleinen Bibliothek, die von der großen Bibliothek abzweigte. Die große Bibliothek war für gewöhnlich von den Hofjuristen mit Beschlag belegt, die dort jeden Tag stundenlang über ihren moderigen Folianten brüteten. Die kleine Bibliothek hingegen war aller Bücher beraubt; sie enthielt stattdessen eine große Anzahl Landkarten. Die Wände waren mit Karten bedeckt und viele hundert weitere befanden sich zusammengerollt in verglasten Kartenschränken. Die Bandbreite der Karten reichte von einfachen, hastig in Tusche gezeichneten Schlachtfeldkarten bis hin zu aufwendig illuminierten, höchst genauen Pergamentkarten der zwanzig Königreiche. Eine solche Landkarte war an die Wand geheftet. Der Prinz beschäftigte sich damit, die kleinsten Dörfer, die er entdecken konnte, mit dem Dolch auf zwölf Schritte Entfernung zu treffen. Wendell saß mit gekreuzten Beinen auf dem Boden und machte das Schwert namens *Streben* mit einem Stück Ebenholz stumpf. Der Prinz mochte keine allzu scharfen Schwerter. Er war der Meinung, ein Schnitt mit einer leicht stumpfen Klinge besäße einen größeren Schockwert.

»Nett. Wirklich nett«, bemerkte Wendell. »Das ist das netteste Schwert, das Ihr je hattet.«

»Es ist zu protzig. Brich bei erster Gelegenheit die Rubine aus dem Griff, Wendell, verkauf sie und gib das Geld den Armen.«

»In Ordnung. Hui, schau sich mal einer diese Klinge an. Kleine dunkle Streifen laufen überall durch das Metall. Die kann man nicht fortpolieren.«

»Also handelt es sich um Damaszenerstahl.« Charming musste zugeben, dass er beeindruckt war. »Das ist wirklich guter Stahl.«

»Seht Euch nur diesen Griff an. Da sind eine Menge Dinge drin, die man ausklappen kann. Hier ist ein Korkenzieher und da sind ein Fingernagelklipser, eine Feile und ein Dorn.« Dann öffnete er das letzte Werkzeug. »Was ist denn das?« Es handelte sich um einen elastischen, runden und leicht angespitzten Draht mit einem sanft geschwungenen Haken am Ende. »Kann man damit Steine aus Pferdehufen puhlen?«

Der Prinz betrachtete das Werkzeug neugierig. »Keine Ahnung. Vielleicht ist es zum Spleißen von Seilen gedacht.«

Geheimdienst-Minister Norville trat ein. Er war in Schwarz gekleidet, wie es sich für den Nummer-Eins-Spion des Landes gehörte, und hatte ein dickes Dossier unter dem Arm. Daraus nahm er einige Blätter hervor und übergab sie Charming. Dann setzte er sich an einen Tisch und machte sich Notizen auf einem Schiefertäfelchen. »Guten Morgen, Euer Hoheit. Kennt Ihr die Lage in Tyrovia?«

»Ein wenig«, antwortete Charming. Er räkelte sich auf einem Stuhl, hing ein Bein über die Armlehne und schaute aus dem Fenster.

»Ruby, die Böse Königin, behandelt ihre Tochter höchst grausam. Eigentlich ist es ihre Stieftochter. Die Königin ist sehr eitel und äußerst eifersüchtig auf die Schönheit ihrer Tochter.«

»Vergiss es. Ich mische mich nicht in Familienstreitigkeiten ein.«

»Unseren Kenntnissen zufolge kleidet die Königin das Mädchen in Lumpen und zwingt sie, als Küchenmagd zu arbeiten.«

»Prima. Ich bin ein glühender Anhänger gründlicher Berufsausbildung.«

»Prinz Charming, ich wünschte, Ihr würdet größere Anstrengungen unternehmen, Eurem Namen gerecht zu werden. Der Bösen Königin steht mächtige Magie zu Gebote. Sie stellt ein Sicherheitsrisiko für unser Königreich dar. Dieser Umstand verschafft uns genau den Vorwand, nach dem Euer Vater gesucht hat, um eine gefährliche Rivalin auszuschalten. Wenn die junge Prinzessin ihren Thron erbt, erhalten wir eine fügsame und leicht zu beeinflussende Verbündete im Westen.«

»Wie bitte?«, wunderte sich Charming. »Sicherheitsrisiko? Verbündete? Bin ich plötzlich zum politischen Mörder geworden? Wohl kaum. Ich bin ein Held, kein Auftragskiller.«

»Euer Job ist es, Jungfrauen zu retten.«

»Ich errette Jungfrauen vor Schicksalen, die schlimmer als der Tod sind. Ich beschütze die Schwachen, verteidige die Unschuldigen, unterstütze die Unterdrückten und ... äh ... und so weiter. Vom Schutz junger Mädchen vor Hausarbeit steht nichts in meiner Stellenbeschreibung.«

»So, so«, meinte Norville. »Die Königin trachtet allerdings dem Mädchen nach dem Leben.«

»Warum?«

»Warum nicht? Es ist die alte Leier: populäre Prinzessin, unpopuläre Königin. Wenn das Mädchen alt genug ist, wird es sicherlich einen Kampf um den Thron geben. Wir haben die Geschichte von einem Holzfäller gehört. Er sagte, die Königin habe ihm eine beträchtliche Summe Geldes geboten, wenn er dem Mädchen das Herz herausschneidet.«

Charming bedachte ihn mit einem skeptischen Blick. »Diese Königin ist angeblich eine mächtige Zauberin und muss doch einen Holzfäller anheuern, damit er für sie die Drecksarbeit erledigt? Und der Knabe, den sie sich dazu ausgesucht hat, ist rein zufällig einer unserer Informanten?«

»Ich gebe zu, es klingt etwas unglaubwürdig«, gestand Norville. »Aber so etwas kommt vor. Na los, Sire. Das kleine Prinzesslein ist jung und hübsch ...«

»Das kleine Prinzesslein?«

»Ihr Volk nennt sie aus Zuneigung so«, erklärte Norville. »Und sie soll von atemberaubender Schönheit sein: eine Haut wie Sahne, Lippen wie Kirschen und so weiter. Ihr Name lautet Anne. Bedenkt es wohl, Sire. Hier haben wir ein süßes und unschuldiges junges Mädchen, dessen Leben wahrscheinlich in Gefahr ist. Sicherlich inspiriert das Eure edle Seele zu wahren Heldentaten.«

»Hmmm«, brummte Charming. Er zeigte aus dem Fenster. »Siehst du diese Melkmagd da? Die mit den großen Titten? Ihre Schwester ist einmal in einen Brunnen gefallen. Ich bin hineingesprungen und habe sie herausgeholt. Das war meine erste Rettungsaktion; damals war ich dreizehn. Die Melkmagd hat nur geweint, mich umarmt und mir immer wieder gesagt, wie dankbar sie mir sei und dass sie mir eines Tages ihre Dankbarkeit beweisen werde.«

»Hat sie es getan?«

»Sie hat mir eine Kiste Plätzchen geschickt.«

»Es waren gute Plätzchen«, warf Wendell ein.

»Das klingt nach einer sehr freundlichen Geste«, erklärte Norville. »Ich bin froh zu hören, dass das gemeine Volk einen so hohen Moralstandard hat. Erst kürzlich habe ich mich auf eine Informationsreise in einige Länder jenseits des Meeres begeben. Ich war über das dortige Niveau der Entartung erschüttert. Frauen gingen ohne Begleitung über die Straße, junge Mädchen zeigten ihre Fußknöchel und manche hatten sich sogar das Haar jungenhaft kurz geschnitten.«

»Das klingt ja schrecklich«, bemerkte Charming. »Warum planst du mich nicht dort einmal für eine Rettungsaktion ein? Dann könnte ich es mir selbst ansehen.«

Norville machte ein Geräusch, das wie *hmpfngrmbl* klang.

»Na gut.« Charming schwang das Bein von der Lehne und setzte sich auf die Stuhlkante. »Ich reite mal rüber und seh mir das Ganze an. Aber ich verspreche nichts. Ich habe Paps schon oft genug gesagt, dass ich mit seiner Expansionspolitik nichts zu tun haben will. Falls diese Königin Ruby sauber ist, mache ich mich sofort wieder auf den Rückweg.«

»Na gut. Ich befürchte, wir müssen uns damit zufrieden geben. Aber jedes Zögern könnte Euer Leben in Gefahr bringen.«

»Das kann ich selbst am besten entscheiden. Was für Verteidigungsvorkehrungen hat sie denn? Hält sie irgendwelche Drachen in ihrem Zwinger? Stehen Soldaten oder Ritter auf ihrer Gehaltsliste?«

»Unseren Informationen zufolge nicht. Sie scheint sich ausschließlich auf ihre Magie zu verlassen.«

»Hm. Wendell!«

»Ja, Sire?«

»Wir reisen mit leichtem Gepäck. Pack das neue Schwert ein …«

»Das Schwert namens *Streben*«, meinte Wendell und hielt es hoch.

»Ja, ja. Pack das Schwert namens *Streben* ein und auch das Sheffield-Schwert, das nordische Schwert und die Armbrust.«

»Abgehakt.«

»Und den neuen Schild mit dem Wappen, die Axt und die Eichenlanze mit dem bronzenen Handgriff.«

»Hab's.«

Der Prinz dachte kurz nach und wandte sich wieder an Norville. »Du sagst, dass dieses Schnuckelchen Anne ein echter Hingucker ist?«

»Nach unseren Informationen ist sie wirklich sehr hübsch.«

»Wendell, besorg ein Dutzend Rosen, eine Schachtel mit Konfekt und eine Flasche Wein.«

»Abgehakt.«

»Und ein großes ausgestopftes Spielzeugtier.«

»In Ordnung.«

»Es kann nie schaden, auf alles vorbereitet zu sein«, erklärte der Prinz. Er drückte mit dem Stiefel gegen den Tisch. Sein Stuhl glitt auf dem polierten Hartholzboden zurück. Er hatte einmal den Innenausstatter gefragt, warum die Böden nur aus nacktem Holz oder Stein bestanden, während die Wände mit Gobelins behängt waren. Der Innenausstatter hatte tief Luft geholt. Daraufhin hatte sich der Prinz rasch zurückgezogen, bevor er eine weitere Lektion über sich ergehen lassen musste.

Nun stand er auf, erhielt von Wendell Schwert und Gürtel und schnallte sich beides um. »Wir reiten bei Tagesanbruch los, Wendell.«

»Ja, Sire.«

»Viel Glück, Hoheit«, sagte Norville.

»Vielen Dank.« Der Prinz hielt in der Tür inne. »Ah, Norville?«

»Ja, Hoheit?«

»Gibt es irgendwelche Fortschritte in der Schuh-Angelegenheit?«

»Wir arbeiten daran, Hoheit.«

»Na prima. Also denn: tschüss.« Er schloss die Tür fest hinter sich, doch Norville konnte trotzdem den schweren Tritt der prinzlichen Stiefel auf dem polierten Holzboden hören.

»Es gibt Königreiche, wo ich so etwas nicht tun müsste.« Sie führten ihre Pferde zu Fuß über einen gepflasterten Pfad nach Westen. Dichtblätterige Eichen, Nussbäume und Ulmen wölbten ihre Zweige über den Weg. Der Boden war mit Sonnenlicht gesprenkelt. »Jenseits des Ozeans würden die Mädels Schlange stehen, um mit einem Prinzen zu schlafen. Es wäre ihnen gleichgültig, ob er jemals auch nur eine gehörnte Kröte erschlagen hat.«

»Mädels«, meinte Wendell verächtlich. »Pfft.«

Wendell hatte den Prinzen wie befohlen kurz vor der Morgendämmerung geweckt. Bei Tagesanbruch war sein Held bereit zur Abreise gewesen. Er trug hohe, polierte schwarze Reiterstiefel, schwarze Hosen, ein weißes Seidenhemd, einen leichten Brustpanzer, sein Schwert und sein Rundschild. Die zwei jungen Männer schlenderten keck durch das Schloss, über den Hof und den Wassergraben und sonnten sich in den bewundernden Blicken der Küchenarbeiterinnen und Diener. Dann ritten sie mitten durch die Stadt. Wendell trug das königliche Banner an einem kurzen Stab. Wer schon wach war, kam aus den Häusern und Läden und stellte sich entlang der Straße auf. Die Frauen winkten dem Prinzen mit ihren Taschentüchern zu, die Männer salutierten, die Mädchen bekamen Stieraugen und die Jungs wurden eifersüchtig. Der Prinz ritt aufrecht im Sattel; die Morgensonne spiegelte sich in seiner glanzpolierten Rüstung. (Wendell trug immer eine dünne Klarlackschicht auf, damit das Metall besonders schön leuchtete.) Sein Pferd, ein weißer

Hengst (Wendell staubte sein Fell vor jedem Ritt mit Mehl ein), tänzelte und schnaubte ein wenig; das Tier warf zunächst den Kopf hin und her, doch dann lief es schnurstracks geradeaus, als ob es neugierig wäre und sehen wollte, wohin dieses Abenteuer führen mochte. Neben dem Prinzen ritt Wendell mit ernstem, nachdenklichem Gesicht auf einem geschmeidigen schwarzen Hengst und zog an einer Leine zwei Packpferde hinter sich her, auf denen sich Gerätschaften zum Zelten, Geschenke und Waffen türmten. Beim Stadttor trieb der Prinz seinem Pferd die Sporen in die Flanken. Das Pferd bäumte sich auf. Noch einmal winkte der Prinz der versammelten, jauchzenden Menge zu. Charming und Wendell ritten in den sanftgoldenen Morgendunst hinein.

Sobald sie außer Sichtweite waren, verließen sie die Straße, banden die Pferde an, streckten sich unter einem dichten Laubdach aus und hielten erst einmal ein zweistündiges Nickerchen. Danach schlüpfte der Prinz gemächlich in bequemere Kleider und tränkte die Pferde, während Wendell das Mittagessen aus kaltem Hühnchen, Brot, Preiselbeersalat und Cidre ausbreitete. Die Sonne hatte bereits einen großen Teil ihres Weges durch das Himmelszelt zurückgelegt, als sie ihre Reise fortsetzten. Charming meinte: »Wo wir auch hinkommen, es gibt Probleme; also brauchen wir uns nicht sonderlich zu beeilen, um von einem Ort zum nächsten zu gelangen. Wenn wir zu spät kommen, um die eine Prinzessin zu retten, können wir immer noch einer anderen beistehen.« Wendell, auch ein Morgenmuffel, sagte erst gar nichts dazu.

Bei dieser Geschwindigkeit dauerte es beinahe eine Woche, bis die beiden die Grenze des Königreichs erreicht hatten und Tyrovia betraten. Das Nachbarland erstreckte sich von den Hängen der Berge bis hoch zu dessen eisigen und nebelverhangenen Höhen. Dort oben wuchsen die Bäume dicht beieinander und hatten schwarzes, knorriges Geäst und in ihren Schatten lauerten seltsame Wesen. Manche Tiere drückten sich unter dem leisen Rascheln toter Blätter verstohlen von Stamm zu Stamm. Aber unten am Fuß der Berge waren große Landstriche gerodet, auf denen sich neben lustig murmelnden Bächlein saubere Gehöfte mit kleinen, riedgedeckten Dächern befanden. Die Sonne schien noch und von den Bergen kam eine kühle Brise herunter, die den Tag zum reinen Vergnügen machte. Eigentlich hätte der Prinz in guter Stimmung sein sollen. Doch stattdessen war er in Gedanken vertieft, die bei Siebzehnjährigen nicht ungewöhnlich waren.

»Glaubst du wirklich, dass die Mädchen in den fremden Ländern die Fußgelenke zeigen, Wendell?«

»Das ist mir egal«, erwiderte Wendell mürrisch. Schon seit einer ganzen Woche lauschte er derartigen Überlegungen. Doch seine philosophische Entgegnung wurde von einer rauen Bassstimme unterbrochen, die gewaltig durch die Bäume donnerte.

»Keiner darf vorbei!«

Charming und Wendell trieben ihre Pferde an. Sie brachen aus dem Wald hervor, hinter dem die Straße geradewegs zum Ufer eines Flusses führte. Eine schmale, hölzerne Brücke überspannte diesen Fluss; sie war kaum breit genug, um darauf ein Pferd an der Leine hinüberzugeleiten. Vor der Brücke stand mit gespreizten Beinen und in die Hüfte gestemmten Händen eine große, breitschultrige Gestalt. Aufgrund seiner vollkommen schwarzen Rüstung wirkte der Mann noch beeindruckender. In der rechten Hand hielt er ein bedrohlich aussehendes Schwert und in der Linken einen Schild mit einem Wappen darauf. Das Wappen war kaum zu erkennen, weil es in Schwarz auf den schwarzen Schild gemalt war; trotzdem bestand kein Zweifel daran, dass es sich hier um den berüchtigten, gefürchteten und nicht gerade wohl gelittenen Schwarzen Ritter handelte.

»Du großer, metallbedeckter Lackaffe«, keifte eine Frau. Sie trug zwei Kübel Milch an einer Stange über den Schultern. »Wie soll ich denn das hier zum Markt schaffen? Die Sonne steht schon so hoch, dass die Milch in ein paar Stunden sauer wird.«

»Keiner darf vorbei!«, brüllte der Ritter erneut. Mit einem pfeifenden Laut surrte sein Schwert nur einen Zoll an der Nase der Frau vorbei. Sie taumelte zurück, wobei sich Milch auf ihre Kleider ergoss. »Keiner darf vorbei.«

»Wie schafft er es, dass sein Schwert ein solches Geräusch macht?«

»Er hat eine Pfeife im Griff eingebaut«, erklärte Charming, während er Wendell die Zügel seines Pferdes übergab. »Ein uralter Trick. Ein bisschen kindisch, wenn du mich fragst.« Er stieg ab, bahnte sich mit den Schultern einen Weg durch die Menge und stellte sich mit der Hand auf dem Schwert in die erste Reihe. »He, Schwärzel! Ein toller Satz, den du da dauernd wiederholst. Hast du ihn dir selbst ausgedacht?«

»Das ist *Prinz Charming!*«, riefen die Bauern wie mit einer Stimme. Die Milchbäuerin setzte hinzu: »*Er* wird diesem Arschloch eine Lektion erteilen.«

»Entferne dich, junger Prinz«, sagte der Schwarze Ritter. »Ich bewache diese Brücke im Auftrag der Bösen Königin. Wenn du einen Fuß darauf setzt, stirbst du.«

»Na toll«, meinte Wendell. »Norville hat uns wieder einmal den falschen Weg beschrieben.«

Der Prinz betrachtete das Wasser. Es war zwar schnell, aber seicht. Sicherlich konnte man es leicht durchwaten, wenn man sich ein kleines Stück flussaufwärts und außer Sichtweite dieses Knilchs begab. Aber die Bauern beobachteten ihn; er musste an seinen Ruf denken. »Im letzten Frühjahr hast du mich auf ähnliche Weise herausgefordert, Schwärzel. Wenn ich mich recht erinnere, habe ich dir damals einen Tritt in den Hintern verpasst.«

»Nenn mich nicht Schwärzel«, murmelte der Ritter.

»Wie bitte?«

»Letzten Frühling war ich betrunken, Charming.« Kalte Wut lag hinter seinen Worten. »Außerdem habe ich in der Zwischenzeit geübt. Du magst zwar schnell mit dem Schwert sein, doch im Gegensatz zu dir stehe ich heute in voller Rüstung.«

»Aha.« Der Prinz lächelte. »Aber für wie lange noch?«

»Was meinst du damit?«

Langsam und vorsichtig betrat der Prinz die Brücke. Er hielt die Hand weit von seinem Schwert entfernt und ging auf den Schwarzen Ritter zu. Die Bauern und Wendell beobachteten ihn neugierig. Charming hielt erst eine Schwertlänge vor seinem Gegner an. Er beugte sich vor und sagte in vertraulichem Ton etwas, das nur der große Mann hören konnte.

»Ich meine damit, dass du früher oder später einmal pinkeln musst. Und wenn du den Lendenschurz ausziehst, setzt du dich der Gefahr aus, an der – wie sag ich's wohl am besten? – delikatesten Stelle einen äußerst unangenehmen Stich zu erhalten.«

Der Schwarze Ritter drückte die Beine ein wenig zusammen. »Das würdest du nicht wagen.«

»Hm.« Der Prinz verschränkte die Arme vor der Brust. »Ich wette, es wird ganz schön heiß unter deiner Rüstung, wenn du den ganzen Tag hier so in der Sonne stehst. Besonders unter dieser schwarzen Rüstung. Wenn ich an deiner Stelle wäre, hätte ich schon ein halbes Dutzend Feldflaschen leergetrunken.«

Der Blick des Schwarzen Ritters schwenkte unter seinem Visier unwillkürlich zu einem leeren Weinschlauch, der am Brückengeländer hing. »Ich kann's einhalten«, sagte er rau.

»Sicher kannst du das. Und dafür bewundere ich dich. Vor allem, weil du gerade diese Brücke bewachst und dabei den ganzen Tag das Wasser rauschen hörst«.

Plötzlich nahm der Schwarze Ritter das Gurgeln des

Flusses zum ersten Mal bewusst wahr. »Halt den Mund. Halt einfach nur den Mund!«

»Wie es über die Felsen rieselt und unter den Steinen hergurgelt ... andauernd dieses Geräusch von fließendem Wasser ... Stunde um Stunde ...«

»Verdammnis über dich.« Der Ritter stürzte auf wackligen Beinen nach vorn. Der Prinz tänzelte ihm flink aus dem Weg.

»Ich wollte dich nicht verärgern. Na gut, ich halte den Mund. Kein Wort wirst du mehr von mir hören.« Er stützte sich mit den Ellbogen am Geländer ab, überkreuzte die Beine und lehnte sich zurück, während er den Schwarzen Ritter milde anlächelte. Der Ritter starrte ihn finster an. In der plötzlichen Stille schien das Geräusch des fließenden Wassers immer lauter, ja beinahe melodisch zu werden. Charming trommelte mit den Fingern auf das Geländer. Unter der Brücke erklang ein tröpfelnder Laut und vermischte sich mit dem Rauschen.

Schweiß brach auf der Stirn des Schwarzen Ritters aus. Sein Blick schweifte über die Bauern, die ihn in verblüfftem Schweigen anstarrten. Die alte Frau setzte ihre Kübel ab; die Milch machte ein plätscherndes Geräusch. Wendell nahm eine Feldflasche aus dem Gepäck und trank daraus. Einige der Männer ließen einen Weinschlauch zwischen sich kreisen. Der Ritter sah, wie Charming auf den Fluss hinausschaute, und fragte sich, ob er einen plötzlichen Ausfall machen und dem Jungen den Kopf abschlagen sollte.

Jetzt summte Charming ein altes Seemannslied. Der Schwarze Ritter machte eine letzte, gewaltige Willensanstrengung, doch dann gingen ihm die Nerven durch. »Na gut, du Milchreisbubi, du darfst passieren. Ich mache dich fertig, wenn du auf der Rückreise wieder hier vorbeikommst. Geh mir aus den Augen.«

»Vielen Dank auch.«

»Und nenn mich nie wieder Schwärzel.«

»Aber klar doch.«

Charming winkte der Menge zu, nahm die Zügel von Wendell entgegen und stieg auf. Der Prinz und sein Page überquerten die Brücke an der Spitze einer Prozession aus verblüfften, aber dankbaren Bauern. Sie sahen sich nur ein einziges Mal um und bemerkten, wie der Schwarze Ritter hinter einem Baum verschwand.

»Wie habt Ihr das gemacht?«

»Das erzähle ich dir später.«

Am nächsten Tag erreichten sie das Schloss der Bösen Königin.

Es war ein harter Ritt gewesen. Die Straße wurde immer schmaler und steiler und sie mussten absteigen und die Pferde an den Zügeln führen. Ein kalter Regen hatte eingesetzt und die bereits schlammige Straße noch schlammiger gemacht. Verkrüppelte, sturmgepeitschte Bäume hatten ihren Pfad gesäumt; die Stämme waren moosig-feucht und die verfilzten Äste hatten nach den müden Reisenden gegriffen. In den Bergen war es schnell und unerwartet dämmerig geworden. Nebel hing in den Tälern und Schluchten und trotzte den Resten bleichen Sonnenlichts, die bis in die feuchten Tiefen fielen. Das ängstliche Schnauben der Pferde hallte unheimlich von den schwarzen Felsen wider. Die Straße endete auf einer kleinen Hochfläche, auf der sich ein noch kleineres Dorf aus etwa einem Dutzend elender, regendurchtränkter Hütten und Läden befand. Es war schon spät am Abend, als die beiden hier eintrafen. Sie ritten die einzige, verlassene Straße entlang, die nur selten von einer Talgkerze hinter einem der fest verschlossenen Fenster erhellt wurde. Auf einem Felsvorsprung über dem Dorf kauerte das Schloss.

Es erhob sich düster und bedrohlich vor ihnen. Die zerbröckelnden Mauern glänzten im Regen; Schwitzwasser benetzte die dreckigen und gesprungenen Scheiben. Aus dem Wallgraben stieg stinkender Dampf auf. Eine Wolke von Fledermäusen umkreiste den südlichen Turm, aus dem ein einzelnes rotes Licht wie ein blutunterlaufenes Auge die Nacht durchbohrte. Der Nordturm löste sich auf halber Höhe zu einem Wirrwarr aus versengten und zertrümmerten Steinen auf, als sei er von einer Explosion zerrissen worden. Blitze zischten, Donner rollte dumpf. Der Regen fiel heftiger.

»Das ist der gespenstischste Ort, den wir je in Angriff nehmen mussten«, sagte Wendell.

»Er liegt allerdings nahe bei der Schule und den Einkaufsmöglichkeiten«, betonte Charming. »Im Immobiliengeschäft ist die Lage das Wichtigste.« Er spähte in den Wallgraben hinab, bemerkte sein Bild im schlammigen Wasser und kämmte sich das feuchte Haar mit den Fingern.

Wendell zuckte unter einem plötzlichen Knirschen und Mahlen zusammen. Der Prinz schaute sich bloß in aller Gemütsruhe um. Der Lärm kam von der Zugbrücke, die zögernd und stoßweise den Abstieg probierte. Nachdem sie ein Drittel des Weges hinter sich hatte, befreite sie sich von ihren Fesseln und schlug unter dem Gerassel rostiger Ketten und mit einem markerschütternden Knall auf dem Boden auf. Danach herrschte wieder Stille.

»Na wunderbar«, meinte Charming. »Das sieht doch wie eine ausdrückliche Einladung aus.«

»Vielleicht sollten wir diesen Ort auskundschaften, bevor wir die Zugbrücke überqueren, Sire.«

»Wir haben ihn doch schon ausgekundschaftet.«

»Vielleicht sollten wir ihn ein zweites Mal unter die Lupe nehmen.«

»Also bitte!«, wies ihn der Prinz zurecht. »Wahrscheinlich wartet man da drinnen schon mit dem Essen auf uns. Wir dürfen nicht unhöflich sein.« Sein Tonfall war leichtfertig, sein Handeln nicht. Mit großer Vorsicht und noch größerer Zurschaustellung unbekümmerter Nachlässigkeit betrat er die Zugbrücke.

Doch bevor er weiter gehen konnte, flog das Schlossportal auf und eine junge Frau erschien. Das Licht aus dem Raum hinter ihr umriss ihre Gestalt scharf. Der Prinz machte einen Schritt zurück und zog Wendell näher an sich heran. »Ein Mädchen!«, flüsterte er. »Gleich wird sie sagen: ›Das ist ja *Prinz Charming!*‹«

»Ihr müsst sofort von hier verschwinden«, sagte das Mädchen.

»Wie freundlich«, meinte Wendell.

»He«, beschwerte sich Prinz Charming. »Ich bin *Prinz Charming.*«

»Ich weiß genau, wer Ihr seid«, entgegnete das Mädchen. Als sie näher kam, bemerkte Charming, dass sie recht hübsch war. Das lange Haar war von tiefem, glänzendem Schwarz; die Augen wirkten dunkel und feucht und wurden von schweren Wimpern eingerahmt; die Lippen waren rot, voll und gespitzt. Die bleiche Haut schien glatt und ohne den leisesten Makel. Die einfache, tief ausgeschnittene Bluse zeigte den Brustansatz und der Schlitz im Rock ging bis zur Hüfte. Selbst der Prinz, der in seinen jungen Tagen schon eine Menge schöner Mädchen gesehen hatte, war einen Augenblick lang verblüfft.

»Ich weiß genau, wer Ihr seid«, wiederholte Anne. Ihre Stimme klang zwar sorgenvoll, aber auch klar und melodisch. »Die Nachricht von Eurer Ankunft ist Euch vorausgeeilt. Ich habe schon gehört, wie Ihr den hinterhältigen Schwarzen Ritter überwunden und auf dem Weg hierher ein Dutzend seiner Häscher erschlagen habt.«

»Ach, das war doch gar nichts.«

»Stimmt. Das war gar nichts verglichen mit der Gefahr, die Euch von meiner Stiefmutter droht. Ihre Macht ist gewaltig und sie hat die letzten drei Tage ausschließlich damit verbracht, entsetzliche Tode für Euch auszusuchen.«

»Hättet Ihr etwas dagegen, wenn wir ins Trockene kommen?« Charming und Wendell drückten sich an ihr vorbei in das Schloss.

»Nein!«, rief Anne. »Ich meine, ja. Ich habe etwas dagegen. Ihr könnt nicht hereinkommen!« Aber es war schon zu spät. Der Prinz schritt bereits die Eingangshalle ab, schüttelte das Wasser aus seinem Umhang und warf einen gelangweilten Blick auf die Wandteppiche. Sie waren mit Schimmel gesprenkelt, denn das Innere des Schlosses war offensichtlich nur geringfügig trockener als die Regennacht draußen. Anne eilte hinter ihm her.

»Hoheit, ich weiß es zu schätzen, dass Ihr mich retten wollt, aber es ist sinnlos. Ihr könnt Königin Rubys Macht nicht überwinden. Wenn Ihr mich von hier fortbringt, holt sie mich sofort wieder zurück. Ihr müsst unverzüglich fliehen und Euch in Sicherheit bringen.«

»Hübsches Kleid. Habt Ihr das selbst genäht?«

»Ja.« Anne sah an sich herab. Eine sanfte Rottönung erschien auf ihren Wangen. »Aber eigentlich passt es nicht zu mir.«

»Natürlich nicht. Weshalb nicht?«

Sie versuchte es zu erklären. »Schon vor dem Tod meines Vaters wollte ich diesen Bergen und dieser Einsamkeit entfliehen. Ich träumte von dem Tag, an dem mich ein galanter fahrender Ritter in eine ferne und weltgewandtere Gegend mitnähme. Deshalb habe ich mir einige Kleider geschneidert, von denen ich hoffte, sie wären für einen solchen Ritter, äh, anregend. Aber das war ein Fehler. Ein Irrtum. Seid versichert, Hoheit, dass ich so niedlich, unberührt, keusch und unschuldig wie jede andere Prinzessin bin.«

»Na toll«, erwiderte der Prinz mit deutlichem Begeisterungsverlust.

Ein unregelmäßig mahlendes Geräusch erfüllte die

Luft. Anne drehte nervös den Kopf. »Sie zieht die Zugbrücke hoch! Sie hat den Ausgang versperrt! Ihr steckt in der Falle!«

»Dann werden wir halt zum Abendessen bleiben.«

Das mahlende Geräusch verstummte und begann dann wieder von Neuem. Nach wenigen Augenblicken setzte es abermals aus. Die Zugbrücke donnerte zu Boden. Charming hob die Brauen.

»Daran sind diese runden Dinger mit den Zähnen schuld ...«

»Die Zahnräder.«

»Genau. Einige Zähne sind abgebrochen. Die Königin hat versucht, sie zu reparieren, aber ihre Magie reicht dazu nicht aus.«

»Ja, ja«, pflichtete Charming ihr bei. »Magie scheint nur zu sehr unpraktischen Dingen zu taugen.«

»Beispielsweise zum Töten von Menschen.«

Dieses Gerede über Töten machte Wendell nervös. Da er Charmings Hochschätzung der weiblichen Schönheit nicht teilte, hatte er sich ganz auf seine Umgebung konzentriert. Ihm gefiel gar nicht, was er sah. Die Eingangshalle wurde nicht von den gewohnten Laternen, sondern von Fackeln erhellt. Sie flackerten und warfen tanzende Schatten an die Wände. Die Decke war so hoch, dass ihre Ecken in der Finsternis verschwanden. Er hätte schwören können, dass sich dort etwas bewegte. Auch die Portraits an den Wänden waren nicht gerade erhebend. Die darauf dargestellten Leute wirkten düster und leicht glotzäugig, als starrten sie auf etwas Grauenvolles. Und ganz leise hörte er von hoch oben Absätze über den Steinboden klappern.

Ein Blitz erleuchtete die Fenster; draußen rollte der Donner. Wendell und Anne zuckten zusammen. Charming warf einen Blick auf die Fenster, an denen der Regen in Schlieren herablief. Die Fackeln an den Wänden brannten flackernd und gaben öligen, schwarzen Rauch ab. Als das Donnergrollen erstarb, war das Geräusch von Schritten deutlicher zu hören.

Anne deutete auf das Treppenhaus. »Der Südturm! Meine Stiefmutter kommt gerade herab. O Prinz Charming! Möget Ihr so tapfer sterben, wie Ihr gelebt habt.«

»Vielen Dank.«

»Äh, Sire? Vielleicht sollten wir unsere Visitenkarte hinterlassen und uns aus dem Staub machen?«

»Sei doch nicht dumm, Wendell. Draußen gießt es in Strömen. Schau nach, ob es hier einen Stall für unsere Pferde gibt.«

»Ich lasse Euch nicht im Stich, bis wir dieses Abenteuer überstanden haben«, bekräftigte Wendell. Er setzte den Wollstoffsack ab, den er die ganze Zeit über in der Hand gehalten hatte, und holte einige Waffen heraus. Der Prinz schenkte ihm keine Beachtung.

Sie lauschten dem Klappern metallener Absätze auf der Steintreppe. Das Geräusch wurde beständig lauter; es kam näher. Anne rang die Hände und Wendell starrte wie ein hypnotisiertes Kaninchen auf die Treppe. Dann setzte das Geräusch plötzlich aus. Ein letzter Blitz zuckte an den Fenstern vorbei, ein letzter Donner krachte und alle Fackeln in der Halle erloschen. Im gleichen Augenblick erschien eine in ein rotes Glühen gehüllte Gestalt auf der Treppe.

»Netter Auftritt«, murmelte Charming.

Anscheinend hatte der verstorbene König Humphrey jung geheiratet. Die Böse Königin war erst sechsundzwanzig. Das rote Glühen rührte von einem faustgroßen Rubin her, den sie – na, wo schon? – in der Faust hielt. Er warf ein unheimliches Licht, das das Blutrot der Lippen und Fingernägel hervorhob, und wurde von harten, schwarzen, wie Anthrazit glitzernden Augen widergespiegelt. Das dunkle, nach erstickend süßem Parfum duftende Haar schmiegte sich schmeichelnd um die Schultern der Bösen Königin. Sie stand auf der obersten Stufe der letzten Treppenflucht, hielt den Blick starr auf den Prinzen gerichtet und sagte mit giftiger Stimme: »Prinz Charming! Wagst du es wirklich, meine Stieftochter zu entführen?«

Alle Blicke richteten sich auf Charming, der gerade seine Stiefel mit einem Tuch abstaubte. Er schaute auf, als sei er überrascht, jemanden auf der Treppe zu sehen, und musterte die Königin von oben bis unten. »Eure Stieftochter? Ich hätte schwören können, dass ihr Schwestern seid.«

Der Donner erstarb. Zehn Herzschläge lang herrschte Totenstille in der großen Halle. Anne klappte den Mund zu. Wendell hielt den Atem an. Charming bedachte die Königin noch immer mit seinem betörendsten Lächeln.

Dann hob die Böse Königin die Hand an den Kopf und strich eine Haarsträhne zurück. »Hast du das wirklich geglaubt?«

»Aber natürlich. Ich mag auch Eure Ausstattung. Schwarzes Leder passt so gut zu Euren Augen.«

»Vielen Dank, Charming.« Die Königin stieg die letzten Stufen herab und kam in die Halle. »Glaubst du nicht, dass die Stilettabsätze ein bisschen zu geschniegelt sind?«

»Nein, gar nicht. Sie sind perfekt.«

»Grundgütiger Himmel!«, murmelte Anne. Ruby warf ihr einen feindseligen Blick zu.

»Na ja, ich versuche, mich in Form zu halten. Es ist wichtig, dass man das Richtige isst und die Sonne meidet. Und dennoch.« Die Königin deutete auf einen großen Spiegel an der Wand. Sie bemerkte, dass er in dem schwachen Licht kaum sichtbar war. Also machte sie eine knappe Handbewegung und die Fackeln flammten wieder auf. Sie enthüllten eine große Platte aus uraltem Spiegelglas, die von einem reich verzierten und mit Blattgold belegten hölzernen Rahmen umgeben war. »Der Zauberspiegel sagt, dass *sie* hübscher ist als ich.« Es bestand kein Zweifel daran, wer *sie* war. Anne reckte trotzig das Kinn.

»Ach, ich würde an Eurer Stelle diesen Zauberspiegeln nicht vertrauen«, meinte der Prinz. »Man muss sie von Zeit zu Zeit neu einstellen. Außerdem ist das Licht hier in der Halle sehr schlecht.«

»Das stimmt. Vielleicht sähe an der Morgensonne alles anders aus. Ich hatte ohnehin vor, ihn anderswo aufzuhängen. Aber er ist so schwer.«

»Es wäre mir eine Ehre, Euch dabei helfen zu dürfen.« Der Prinz ließ die Muskeln spielen.

»Na ja.« Die Königin betrachtete den muskulösen Körper des jungen Mannes und schenkte dabei der eng sitzenden Reithose besondere Beachtung. »Vielleicht würde er sich in meinem Schlafzimmer besser machen.«

»Ich könnte mir keinen besseren Platz für ihn vorstellen«, pflichtete ihr Charming bei. Er hob den Spiegel von der Wand und machte damit einen Schritt nach vorn. »Wendell, das könnte ein paar Minuten dauern. Warte nicht auf mich, ja?«

»Das glaube ich einfach nicht«, stöhnte Anne. Die Königin starrte sie an und lächelte dann süßlich.

»Anne, mein Liebstes, warum holst du diesem netten jungen Pagen nicht ein Glas Milch und ein paar Plätzchen? Und danach kannst du tun, was du magst.«

»Warum springst du nicht einfach …«

»Sie ist ein so liebes Kind«, sagte die Königin zu Charming, hakte sich bei ihm unter und führte ihn fort. »Bist du nicht der Meinung, dass dieser rote Nagellack billig aussieht?«

»Ganz im Gegenteil. Er hat einfach Klasse«, log der Prinz. »Er passt hervorragend zu Eurem – äh – dramatischen Stil.« Der Rest dieses Geplappers verstummte, als das Paar um eine Ecke bog und ihre Stimmen von dem dicken Stein verschluckt wurden.

Anne starrte ihnen verwundert nach. Dann sah sie

Wendell an. Der Page zuckte die Achseln. »Man nennt ihn nicht umsonst Prinz Charming.«

Obwohl das Schloss der Königin hohe, widerhallende Korridore und Säle hatte, waren die Zimmer eher klein. Dafür gab es jedoch eine ganze Menge von ihnen. Das Schlafzimmer der Königin war in Wirklichkeit eine kleine Zimmerflucht mit einem Aufenthaltsraum und zwei Ankleidezimmern neben dem eigentlichen Schlafzimmer, das voll und ganz von einem Himmelbett ausgefüllt wurde. »Da sind wir«, sagte Charming. »Wir stellen den Spiegel erst mal hier vor dem Bett ab.«

Die Königin schenkte ihm einen kühlen, belustigten Blick und geleitete ihn zurück in das Aufenthaltszimmer. »Dummer Junge. Keine Frau will im Bett liegen und ihre eigenen Hüften betrachten. Ich glaube, hier macht er sich besser. Warum hängst du ihn nicht schon einmal auf, während ich mir etwas Bequemeres anziehe?«

»Hm«, machte der Prinz. »Ich glaube, das geht in Ordnung.«

Die Böse Königin tätschelte ihm den Rücken. »Keine Angst, ich behalte die hochhackigen Schuhe an.«

»Bestens«, meinte Charming mit steigender Begeisterung. Sobald sie im Ankleidezimmer verschwunden war, legte er den Spiegel auf den Boden und drehte ihn um. Auf der Rückseite befanden sich vier von den Schnitzereien fast verborgene winzige Schrauben mit den Aufschriften ›HELL‹, ›KONTR‹, ›FARB‹ und ›LAUT‹. Charming untersuchte sie eingehend und veränderte die Einstellungen dann ein wenig mithilfe seiner Messerklinge. Er nahm ein Gemälde von der Wand und hing den Spiegel an dessen Stelle. Nachdem er ihn ausgerichtet hatte, trat er einen Schritt zurück und betrachtete sein Werk. Obwohl der Spiegel staubig und fingerfleckig war, warf er doch ein vollkommenes Bild zurück. Der Prinz fuhr theatralisch mit der Hand durch die Luft.

»Spieglein, Spieglein an der Wand, wer ist der Schönste im ganzen Land?«, fragte er.

Das Bild im Spiegel schimmerte und wurde undeutlich. Helle und dunkle Wogen wirbelten über das Glas, als wäre es der Boden eines sumpfigen Brunnens. Unvermittelt verflüchtigte sich die Trübung und enthüllte das strahlende Abbild von – Prinz Charming. Der Prinz lächelte breit. »Hab ich mir's doch gedacht!«

»Funktioniert der Spiegel, Süßer?«, rief die Königin.

»Perfekt«, antwortete Charming.

»Dann komm doch endlich rein.«

Charming drückte die Tür auf und betrat das Schlafzimmer mit aller ihm zu Gebote stehenden Gelassenheit. Doch seine höfliche Fassade zerbröselte sofort, als er die Königin sah. Sie trug einen Büstenhalter, der nur die Unterseite der Brüste bedeckte und die steil aufgerichteten Nippel freiließ. Das Licht von einem Dutzend Kerzen badete ihre Haut in einem warmen, sanften Schein. Die straffen Schenkel steckten in feinen, schwarzen Netzstrümpfen und wurden von Strapsen gehalten. Wie sie gesagt hatte, hatte sie die hochhackigen Schuhe anbehalten, die ihre Beine unglaublich lang und schlank machten. So etwas hatte der Prinz noch nie gesehen. Nur wenige Männer in Illyria durften wohl von sich behaupten, dass ihnen schon einmal ein solcher Anblick widerfahren war. Diese Frau war so erotisch, dass nur Charmings lange Erfahrung mit Stresssituationen und seine sorgfältig geschärfte Fähigkeit, auch unter Druck noch Würde zu bewahren, ihn vor einer Überwältigung durch seine hormonüberfluteten Instinkte bewahrte.

»Nette Strümpfe«, keuchte er.

Selbst in Charmings Ohren klang diese Bemerkung reichlich dämlich, doch wenn man bedachte, dass er gerade den Verstand verlor, war sie eigentlich gar nicht so schlecht.

»Danke«, sagte Königin Ruby.

Es entstand eine längere Pause. Ruby schwenkte die Hüften, was ein Dutzend sanfter Kräuselungen auf ihrer Haut hervorrief. Ein dünner Schweißschleier legte sich auf Charmings Stirn.

»Na?«

»Hmm?«

»Kommst du nicht ins Bett?«

»Bett?«, fragte der Prinz. »Bett. O ja! Was für eine großartige Idee. Dieses Bett sieht gut aus.«

Das Bett sah tatsächlich gut aus, aber es sah noch besser aus, als sich die Königin darin räkelte. Sie drehte sich von Charming fort und schaute ihn dann über die Schulter mit einem Blick an, der scheu und schamhaft wirken sollte. Es war vergebliche Liebesmüh, denn der übliche raubtierhafte Gesichtsausdruck der Königin wäre sogar durch eine Schlammmaske gedrungen, doch für Charming reichte dieser Blick völlig. Er schaute sowieso nicht auf ihr Gesicht. Mit schwitzenden Händen fummelte er an den Knöpfen seines Hemdes herum, riss es schließlich auf und warf es in die Ecke. Dasselbe tat er mit seinen Stiefeln. Er hüpfte unbeholfen auf einem Bein herum, während er das andere vom Schuhwerk befreite.

»Bist du nervös, Süßer?«

»Wer? Ich? Natürlich nicht.«

»Deine Hände zittern.«

»Es ist ein bisschen zugig hier drinnen. Mir ist etwas kalt.« Der Prinz kämpfte heldenmütig mit seiner widerspenstigen Gürtelschnalle.

»Aber du schwitzt doch.«

»Das kann nur vom Pfeffer im Mittagessen kommen.« Endlich hatte Charming die Hose ausgezogen und trug nun nur noch seine Unterwäsche. Er hüpfte ins Bett neben die Königin. Sie drehte sich zu ihm hin und breitete die Arme aus. Er nahm eine Brust in jede Hand und drückte ihr einen feuchten Kuss auf den Mund, der zwei geschlagene Minuten dauerte. Dann musste er leider nach Luft schnappen. Die Königin keuchte: »Immer langsam, Süßer. Ich laufe ja nicht fort. Du musst nicht so tun, als wäre es dein erstes Mal.«

»Ist es aber«, gestand der Prinz und nahm eine Brustwarze zwischen die Lippen.

Im nächsten Augenblick lag er rücklings auf dem Fußboden. »Autsch!«

Er setzte sich auf den Teppich, auf welchen ihn die Königin mit der Kraft beider Arme und Beine katapultiert hatte, und rieb sich den Hinterkopf. Dann schaute er hoch und sah, wie die Königin über ihm aufragte. Wenn sie jemanden überragen wollte, gelang ihr das mühelos. Mit einem langen, roten Fingernagel zeigte sie auf ihn. »Sag das noch einmal.«

»Äh …« Der Prinz brauchte eine Minute, um wieder einen klaren Kopf zu bekommen. »Ist es aber.«

Die Augen der Königin verengten sich und flackerten. »Du bist keusch?«

»Keusch? Na, das würde ich kaum sagen. Ich hatte schon viele unkeusche Gedanken. Vor einer Minute hatte ich sie noch kübelweise. In Wirklichkeit …«

»Bist du noch Jungfrau?«

»Ja, nein, eher Jungmann«, gestand der Prinz. »Kannst es aller Welt erzählen, wenn du willst! Stört dich das etwa? Willst du eine Bescheinigung meiner liebestechnischen Fähigkeiten oder was?«

Die Königin setzte sich auf die Bettkante und schlug die Beine übereinander. Ihr Gesicht bot eine Studie angestrengten Nachdenkens. Sie sah den Prinzen an wie jemand, der gerade ein Kalb zum Schlachten aussucht. Ein Blick in ihr Gesicht reichte für Charming aus, um zu drei Schlussfolgerungen zu gelangen:

1) Sie hatte etwas vor.
2) Was sie vorhatte, war gar nicht lustig.
3) Er kam wieder einmal nicht zum Schuss.

Diese Gedanken – besonders Nummer 3 – machten

ihn nicht gerade glücklich. »Ich wusste es«, murmelte er. »Ich hätte mich an die Stieftochter halten sollen.«

»Zieh dich an«, befahl die Böse Königin und warf ihm seine Hose zu. »Ich habe etwas für dich.«

Um es vorsichtig auszudrücken: Prinzessin Anne war verstimmt. Als junges Mädchen hatte sie lange und lebhafte Tagträume gehabt, in denen ein hübscher Prinz sie aus schrecklichen Gefahren errettete (zum Beispiel davor, von einem Drachen verspeist zu werden). Als sie etwas älter war, hatte sie entschieden, dass der Gefahrenteil weder nötig noch erbaulich war. Es reichte völlig aus, von einem hüschen Prinzen davongetragen zu werden. Noch ein paar Jahre später riss sie sich bereits nicht mehr darum, davongetragen zu werden. Es würde ihr durchaus genügen, irgendwo ein nettes Rendezvous mit diesem hübschen Prinzen zu arrangieren; man konnte sich ja auf halbem Wege treffen. Oder sie legte den ganzen Weg bis zu ihrem Prinzen selbst zurück. Leider waren durch Tyrovia reitende Prinzen echte Mangelware, sodass Anne ihre Pläne nicht in die Tat umsetzen konnte.

Jetzt aber befand sich der berühmteste, königlichste, hübscheste aller Prinzen mitten in ihrem Schloss! Und was bedeutete das für sie? Nun, im Augenblick kochte sie Hafergrütze zum Frühstück. »Toll«, dachte sie. »Hafergrütze ... Dabei ist er wahrscheinlich eher Fasan gewöhnt.«

»Mag Seine Hoheit Hafergrütze?«, fragte sie Wendell.

»Ist ihm egal. Er interessiert sich nicht fürs Essen.«

»Magst du Hafergrütze?«

»Nein. Ihr etwa?«

»Nein.«

»Mag Eure Mutter Hafergrütze?«

»Sie ist meine Stiefmutter. Nein, mag sie nicht.«

»Warum kocht Ihr dann Hafergrütze?«

»Wir haben keinen Fasan.«

»Aha.«

Anne hatte nicht gerade eine erholsame Nacht hinter sich. Sie war höchst erstaunt über das Verhalten der Bösen Königin. Während der ganzen letzten Woche hatte ihre Stiefmutter über den Prinzen geschimpft und sein Ableben geplant und nun hatte sie ihn einfach in ihr Schlafzimmer mitgenommen. Außerdem fühlte sich die Prinzessin sträflich missachtet. Auch die heißen Tränen, die sie an der Schulter ihres ausgestopften Lieblingstieres vergossen hatte, hatten ihr keine Erleichterung gebracht. Doch gerade, als sie Ruby und Charming bei der schändlichsten aller Vergnügungen wähnte, entstand ein wilder Streit. Die Steinmauern des Schlosses dämpften alle Geräusche, sodass Anne leider kein einziges Wort deutlich verstehen konnte. Doch an der Hitze in den Ausrufen des jungen Prinzen gab es keinen Zweifel – und auch nicht an der berechnenden Kälte in der Antwort ihrer Stiefmutter. Dann ertönte das Geräusch von Schritten auf der Treppe. Als Anne am Morgen aufgestanden war, traf sie den schlafenden Prinzen auf einem Sofa vor dem Kamin an. Aus irgendeinem Grund freute sie sich sehr darüber.

Er schlief noch immer, als sie wieder fortging. Im Schlaf sah er noch sehr kindlich aus, aber in seinen Gesichtszügen lag eine Spur von Schroffheit, die die bevorstehende Reife ankündigte. »Er wird in Ehren altern«, dachte sie. »Wenn er seine Schönheit verliert, wird er vornehm aussehen.« Sie berührte ihn an der Schulter.

»Er ist gekommen, um mich auf seinem weißen Rössl mitzunehmen. Er bringt mich auf sein Schloss in Illyria, wo ich in unermesslichem Luxus zuerst als seine Braut und später als seine Königin leben werde.« Anne hielt ihren Tagtraum noch eine Sekunde lang fest. Sie wusste genau, dass sie Tyrovia nicht verlassen würde. Die Untertanen hatten dem alten König die Treue gehalten. Nach seinem Tode war es Annes Pflicht, diese Treue zu vergelten. Wenn sie diese Leute nun allein ließ, würde sie

sie der Herrschaft einer wahnsinnigen Zauberin preisgeben.

Charming regte sich und rieb sich die Augen. Dann schaute er die Prinzessin an. »Hmmm?«

»Ihr müsst nicht unbedingt hier unten schlafen«, erklärte Anne. »Wir haben ausreichend leere Zimmer. Ich hätte Euch eins herrichten lassen.«

»Ich war der Meinung, Ihr schliefet. Ich wollte Euch nicht belästigen.«

»Ihr hättet mich nicht belästigt.«

»Na gut.« Der Prinz setzte sich aufrecht und streckte die Arme nach seinen Stiefeln aus. Anne setzte sich neben ihn und faltete sittsam die Hände im Schoß. Charming beobachtete sie aus den Augenwinkeln heraus. Sie war wirklich ziemlich reizend. Und sie war äußerst hübsch, besonders wenn man auf Keuschheit und Unschuld stand – was bei Charming nicht der Fall war. Er bevorzugte eher die verkommene, lasterhafte Sorte, aber was blieb ihm übrig! Wenn Keuschheit und Unschuld angesagt war, dann gab man sich halt mit Keuschheit und Unschuld ab.

Laut sagte er: »Ist Eure Mutter schon wach?«

»Sie ist meine Stiefmutter. Ja, sie ist wach. Sie ist nicht mehr zu Bett gegangen. Nachdem Ihr herunterkamt, ist sie in das Laboratorium gegangen.«

»Aha.« Das gefiel dem Prinzen gar nicht. »Wisst Ihr, was sie dort gemacht hat?«

»Ich vermute, sie hat Euch mit neuen Zaubersprüchen und Flüchen belegt, oder sie hat die alten Flüche verstärkt.«

»Hmmm.« Charming dachte nach. »Wenn ich Glück habe, stimmt das Erste. Na gut. Wo stehen wir eigentlich, Prinzessin Anne? Ich bin hergekommen, um die Lage zu peilen, weil ich hörte, dass Ihr in Schwierigkeiten seid. Ich kam, sah und schlief auf der Couch. Nun muss ich abreisen. Euch scheint es ganz gut zu gehen. Die Königin ist zwar ein ziemliches Miststück, aber ehrlich gesagt sehe ich hier keine Probleme, die man nicht mit einem kalten Bad lösen könnte.«

»Was hat denn ein kaltes Bad damit zu tun?«

»Das erkläre ich Euch später.«

»Entschuldigt, aber ich glaube, die Hafergrütze ist fertig.«

Der Prinz folgte ihr in Richtung Küche, schweifte aber ab, als er Wendell sah. »Hallöchen, Wendell. Hast du irgendwo die schwarze Witwe gesehen?«

»Ja, sie ist in der Bibliothek. Sie ist schon den ganzen Morgen dort. Ihr solltet mal ihre Büchersammlung sehen! Bis zum Rand voll gepackt mit Büchern, Schriftrollen und uralten Karten. Mandelbaum würde da drin im Dreieck springen.«

»Wenigstens weiß ich jetzt, wofür sie ihr Geld ausgegeben hat, denn in die Unterhaltung des Schlosses hat sie es sicherlich nicht gesteckt.« Der Prinz und Wendell ließen den Blick schweifen. Bei Tageslicht wirkte das Schloss sogar noch düsterer und deprimierender als in der Nacht. Die Farbe blätterte von den Türrahmen ab und in der Decke waren Risse zu sehen. Die Wandbehänge waren mottenzerfressen und voller Löcher. Die Füllung quoll aus dem Sofa. Zerbrochene Fensterscheiben waren mit Ölpapier ausgebessert. Trotz der ärmlichen Anmutung waren die Möbel staubfrei und der Boden sauber. Das war Annes Werk, vermutete Charming.

»Was für Bücher hat sie denn?«

»Magische Bücher. Alle Arten von magischen Büchern. Hier, ich habe mir eins geschnappt.« Wendell zeigte ihm ein fingerfleckiges Exemplar, das der Prinz sofort wiedererkannte.

»*Moderne organische Alchemie* von Morrison und Boyd. Das habe ich schon in Mandelbaums Labor gesehen.« Er blätterte darin herum. »Diese Frau hat es wirklich durchgearbeitet.«

»Woher wisst Ihr das?«

»Alle wichtigen Formeln sind mit gelbem Textmarker unterlegt.« Er schlug das Buch zu und legte es nachlässig beiseite, als die Böse Königin eintrat. Obwohl es zu regnen aufgehört hatte und der Himmel nur noch wolkenverhangen war, rief Königin Rubys Anwesenheit eine dramatische Spannung hervor. Sie trug nicht mehr das teuflische Lederkostüm der vergangenen Nacht, doch ihr eng anliegender schwarzer Pullover und ihre scharlachroten Lippen und Fingernägel waren kaum weniger eindrucksvoll. »Frühstück, Jungs«, sagte sie knapp. »Wir haben etwas Geschäftliches zu bereden.«

Wendell folgte Charming in das Esszimmer. »Geschäftliches?«

»Es geht um eine Suche. Sie will, dass ich auf eine Suche gehe.«

»Habt Ihr ihr nicht gesagt, dass Suchen nicht zu Eurem Aufgabenbereich gehören?«

»Doch, das habe ich ihr gesagt. Sie glaubt aber, dass ich meine Meinung ändern werde.«

»Also, ich bitte Euch!« Wendell setzte sich vor einen Teller mit Hafergrütze. »Ihr seid Prinz Charming, Erbe des reichsten und mächtigsten Thrones der zwanzig Königreiche. Was kann sie Euch schon anbieten?« Er bemerkte, wie der Blick des Prinzen über den vom engen Pullover verhüllten Busen der Königin glitt, und seufzte. »Vergesst meine Frage.«

»Es geht um eine Gralssuche«, erklärte der Prinz.

»O nein, nicht schon wieder! Jeder Ritter hat schon nach dem heiligen Gral gesucht.«

»Wir suchen nicht nach dem heiligen Gral«, warf die Königin ein. »Den gibt es nur in der Phantasie.«

»Gibt es denn noch einen anderen?«, fragte Anne.

»Dutzende«, klärte Charming sie auf. »In den alten Fruchtbarkeitskulten war der Gral schwer in Mode. Jeder Westentaschendruide, der jemals ein paar Menhire aufgestellt hat, musste einen magischen Gral haben. Überall gibt es Gralslegenden. Ritter haben sie seit unvordenklichen Zeiten immer wieder ausgegraben, aber keiner von ihnen hat einen gefunden.«

Ruby fügte hinzu: »Die Allgegenwart dieser Legenden hat mich davon überzeugt, dass sie eine gemeinsame faktische Basis besitzen. Ich habe dieses Thema gründlich studiert und alle Übereinstimmungen der alten Überlieferungen herausgearbeitet. So habe ich – und nur ich allein – die genaue Lage des Schlosses herausgefunden, das einst dem König der Fischer gehörte.«

»Allgegenwart?«, fragte Wendell.

»Wer ist der König der Fischer?«, wollte Anne wissen.

»Der mythische König der Fischer besaß den Gral, der sein Land und sein Volk fruchtbar machte«, erklärte Charming. »Der Gral ist in einer Kapelle versteckt. Der Legende zufolge wurde der König der Fischer tödlich verletzt und sein Land deshalb unfruchtbar. Der Ritter, der die Prüfungen in der Kapelle der Gefahr überlebt, erhält den Gral und wird neuer König der Fischer.«

»So, so«, meinte Anne zweifelnd. »Ich vermute, das ist besser, als nach einem magischen Schwert zu suchen.«

»Es ist nicht gerade eine tolle Legende, aber sie kommt wenigstens schnell zum Wesentlichen.«

»Es ist sogar eine ausgezeichnete Legende«, entgegnete die Böse Königin mit glühendem Blick. »Der vollständige Text enthält alle Hinweise, die zur Lagebestimmung des Gralsschlosses notwendig sind.«

»Aber klar doch! Und niemand außer dir hat die Hinweise bisher richtig deuten können, nicht wahr?«

»Viele haben die genaue Lage des Gralsschlosses herausgefunden. Dessen bin ich mir sicher. Und doch hat bisher noch niemand den Gral an sich gebracht. Auch dessen bin ich mir sicher, denn die alten Texte machen das ziemlich deutlich. Nur ein Keuscher darf darauf hoffen, in der Kapelle der Gefahren zu überleben.«

»Ein Keuscher?«, fragte Anne.

»Ein Reiner. Ein Tugendhafter.«

»Klingt nicht nach jemandem, den ich kenne«, meinte Wendell.

»Muss ich dir denn alles buchstabieren?«, giftete die Königin ihre Stieftochter an. »Nur eine männliche Jungfrau kann die Kapelle der Gefahr meistern.«

»Schon gut«, druckste Charming herum. »Das wollen wir jetzt nicht auswalzen.«

»Ihr habt noch nie … äh …?«, stotterte Anne und errötete.

»Ich warte halt auf die Richtige.«

Wendell versuchte, sein Lachen zu unterdrücken, doch Anne sah den Prinzen mit neuem Respekt an.

»Das finde ich sehr nett. Ich weiß nicht, warum Ihr deswegen verlegen seid.«

»Ihr wisst es nicht, weil Ihr ein Mädchen seid. Ihr würdet das anders sehen, wenn Ihr ein Junge wärt.«

»Wenn wir vielleicht zu unserem ursprünglichen Thema zurückkehren könnten …« seufzte die Königin.

Der Prinz sagte zu ihr: »Ich habe dir doch schon in der letzten Nacht gesagt, dass ich keine ritterlichen Suchen mache. Töten und Retten ist mein Job. Solche Suchen stehen nicht in meiner Stellenbeschreibung. Such dir jemand anderen. Ich kann dir ein paar Ritter vermitteln, die wirklich gut im Suchen sind. Sie suchen alles, was du dir vorstellen kannst: Grale, das wahre Kreuz Christi, magische Schwerter, Zauberringe, verborgene Schätze, den Stein der Weisen, die Quelle der ewigen Jugend, ein Frühstücksmüsli, das gut schmeckt und gesund ist und noch vieles mehr. Ich wette, es sind auch etliche Jungfrauen darunter. In letzter Zeit grassiert die Jungfernschaft wie eine Epidemie in den zwanzig Königreichen. Und etliche dieser jungfräulichen Ritter sind auch hübsch hässlich.«

»Du bist am besten für diese Aufgabe geeignet«, beharrte die Königin. »Du bist jung, stark und unglaublich tapfer. Deine Schwertkünste sind ohnegleichen. Du bist zu reich und zu edel, um dich von irgendetwas ablenken zu lassen. Du bist überall in den zwanzig Königreichen geachtet und kannst leicht Vestärkung anfordern, falls es nötig wird. Und schließlich bist du *Prinz Charming.* Du schaffst es vielleicht sogar, dir den Weg zum Gral nur mit charmanten Worten zu eröffnen.«

»Du schmeichelst mir. Aber Schmeichelei allein genügt nicht, um mich auf diese verrückte und aussichtslose Suche zu schicken.«

»Du wirst es trotzdem tun«, befahl die Königin. »Denn du bist Prinz Charming. Du hast dieses Land gesehen. Die Wälder sterben und das Wild verschwindet. Der Regen wäscht die Bodenkrume fort. Das Getreide wächst jedes Jahr schlechter und die Kühe sind unfruchtbar. Die Lämmer kränkeln. Die Obstgärten sind verwüstet. Mein Volk braucht dringend einen Fruchtbarkeitsgral. Und deshalb braucht es dich. Du wirst ihr Flehen doch sicherlich erhören.«

»Es sieht hier wirklich ziemlich schlimm aus«, gab Wendell zu.

Charming schaute hoch zur Decke, dann auf den Fußboden und schließlich auf die Wände. »Es ist nicht mein Volk«, sagte er schuldbewusst. »Ich muss mich um mein eigenes Königreich kümmern.«

»Wenn dieses Land stirbt, dann sind du und deine Zauberei der Grund dafür«, warf Anne der Königin vor. »Zum einen verbreitest du andauernd schädliche Pulver in der Luft und im Wasser. Und zum anderen breitet sich der böse Einfluss deiner Zaubereien wie eine vergiftete Wolke von diesem Schloss in alle Himmelsrichtungen aus.«

»Halt den Mund!«, schnappte die Königin. »Du bist nicht qualifiziert, um deine Meinung über die schwierige Kunst der Zauberei abzugeben. Die Zaubersprüche, mit denen ich das Land belege, wirken nur zum Guten des Volkes. Ich will es aus seiner Verwahrlosung und Armut reißen und dieses Land groß und mächtig machen.«

»Unter Vaters Herrschaft hat das Volk ein einfaches, bäuerliches Leben geführt. Es gab keine Verwahrlosung und Armut, bis du kamst.«

Wendell merkte an: »Habt Ihr vielleicht braunen Zucker und Sahne für die Hafergrütze?«

»Nein!«

»Na gut«, meinte Charming. »Ich mache dir den folgenden Vorschlag: Ich sehe mir die Sache an, in Ordnung? Ich verspreche aber nichts. Ich sage nicht, dass ich den Gral hole. Aber ich werde mich mal umsehen.«

»Sehr gut«, bemerkte die Königin. »Ich bin sicher, dass wir zu einer Übereinkunft kommen, sobald du die Lage beurteilt hast.«

»Ihr müsst das nicht tun«, warnte Anne.

»Sei still!«

»Eine Frage noch«, bat Charming. »Was macht dich so sicher, dass ich dir dieses Gralsdings aushändige, falls es wirklich so wertvoll ist?«

»Die Rechtschaffenheit Prinz Charmings ist in allen zwanzig Königreichen wohl bekannt.«

»Gutes Argument.«

»Außerdem wird Anne dich begleiten«, schloss die Königin.

»He, ich sag Euch was«, begann Prinz Charming, als er ein Pferd für die Prinzessin sattelte. »Wir machen einen kleinen Abstecher zum Markt von Alacia. Da könnt Ihr einen Einkaufsbummel machen. Der Markt befindet sich gleich neben den Kais und hat eine Menge importierte Parfums, Gewürze, Seidenstoffe und anderen Mädchenkram zu bieten.«

»Behandelt mich nicht so gönnerhaft.«

»Deswegen braucht Ihr aber nicht gleich eine Schnute

zu ziehen. Ihr glaubt doch auch nicht an diesen Gralsquatsch, oder?«

»Ihr etwa?«

»Nein. Ich glaube, Eure Stiefmutter ist ein bisschen von der Rolle.«

»Sie ist sehr böse, aber sie ist nicht dumm. Ich vermute, sie will mich aus dem Land haben, damit sie in Ruhe ihre Pläne schmieden kann.«

»Hmm. Warum verbannt sie Euch denn nicht einfach?«

»Die Bevölkerung würde das niemals erlauben. Sie hat vieles hingenommen, aber ihre Treue gilt nicht der Königin, sondern dem Andenken meines Vaters.« Sie fuhr fort: »Sie bekäme aber keine Schwierigkeiten, wenn ich mich auf eine weite Reise begäbe und unterwegs einen Unfall erlitte ...«

»Macht Euch darüber mal keine Sorgen. Ich schneide jeden, der sich Euch nähert, in winzig kleine Scheiben.«

»Jawollja«, stimmte Wendell ein.

»Vielen Dank«, sagte Anne. »Ich weiß das zu schätzen.«

Diese edlen Gefühlsregungen wurden durch eine Ansammlung von Bäuerchen unterbrochen, die sich dem Schlosshof näherten. »Entschuldigt mich«, meinte Anne. »Ich muss zu ihnen sprechen.« Der Prinz hielt sich in Hörweite.

Die Bauern stellten eine der ärmlichsten und bedrückendsten Gruppen dar, die er je gesehen hatte. Charming hatte auf seiner Suche nach Untaten und deren Sühne alle zwanzig Königreiche bereist. Die meisten dieser Reisen hatten ihn in fruchtbare Länder und wohlhabende Hafenreiche geführt. Er war an fette Felder, zufriedenes Vieh und fruchtschwere Obstbäume gewohnt. Er hatte mit heiteren Bauern und glücklichen, wohl genährten Kindern Umgang gepflegt. Doch davon sah er hier nichts.

Die Menge war in Lumpen gekleidet. Einige hatten

sich Lumpen um die Füße gebunden, doch die meisten gingen barfuß. Die zerfurchten Gesichter waren schlammbespritzt und die Rücken von der harten Feldarbeit gebeugt. Ihre Arbeitsgeräte wirkten abgenutzt und rostig. Einige der Frauen trugen kleine Kinder, in deren riesigen Augen Prinz Charming eine Verzweiflung entdeckte, die ihm bis ins Mark fuhr.

Die Menge hielt an. Der Älteste von ihnen humpelte vor. Auch Anne machte ein paar Schritte nach vorn. »Ja, Cumbert?«

»Kleines Prinzesslein«, krächzte Cumbert. »Es geht das Gerücht um, dass Ihr uns verlasst.«

»Ich werde nur kurze Zeit fort sein, Cumbert.«

»Verlasst uns nicht, kleines Prinzesslein. Ohne Eure Fürsprache hängen wir vollständig vom Wohlwollen der …« Der Mann hielt inne. Er sah an Anne vorbei. Seine Augen weiteten sich. »Das ist ja *Prinz Charming!*«

Charming lächelte und zuckte die Achseln. Ehrfürchtiges Gemurmel stieg von der Menge auf. Auch Anne lächelte nun. »Ja, Cumbert. Er ist's.«

Cumberts nächste Worte klangen voller Panik: »Prinz Charming ist gekommen, um unsere Prinzessin zu heiraten. Er nimmt sie mit nach Illyria und wir werden sie nie wieder sehen!«

Ein großes Jammern erhob sich in der Menge. Die Männer und Frauen scharrten zuerst zögernd mit den Füßen, doch dann drängten sie vor, bildeten einen Schutzring um Anne und trennten sie so von dem Prinzen.

»Um Himmels willen«, entfuhr es Charming. »Ich habe ja gehört, dass es so etwas wie Anstandswauwaus gibt, aber das hier ist einfach lächerlich.«

»Warum unterhaltet Ihr Euch nicht mit meiner Mutter, Hoheit, während ich mit diesen Leuten spreche?«

»Gute Idee«, stimmte Charming zu. Er ging über die Zugbrücke zurück, während Anne sich mit den Bauern auf ein lebhaftes Gespräch einließ. »Na toll. Wenn ich mit diesem Zuckerpüppchen irgendwas anstelle, wartet bei meiner Rückkehr ein Lynchmob auf mich.« Im Schloss gab Ruby einer handgemalten Landkarte gerade den letzten Schliff.

»Hier ist es«, erklärte sie. »Am Rande des schwarzen Eichenforsts, am Fuß der Schroffberge. Haltet euch hinter Gastdorf südlich und wendet euch beim Wasserfall nach links. Ihr könnt es nicht verfehlen.«

»Aha.« Charming sah ihr über die Schulter. In der Karte war ein X in einem Kreis eingezeichnet. Neben dem X standen einige Bemerkungen in unleserlicher Handschrift. »Was bedeutet das?«

»Ach, das«, meinte die Königin leichthin. »Das sind die Dornen.«

»Was für Dornen?«

»Es kann sein, dass um das Schloss herum ein paar Dornbüsche wachsen.«

»Mit einer Dornenhecke komme ich schon zurecht. Aber was bedeutet das andere Wort da? Es fängt mit einem D an.«

»Ach, nichts.«

»D«, dachte der Prinz laut nach. »Was fängt mit einem D an? Hmm. D, D, D. Mal sehen. Himmel, Drache fängt mit einem D an.«

»Na ja. Möglicherweise gibt es da einen Drachen.«

»Möglicherweise? Kannst du nicht einfach einen Blick in deinen magischen Spiegel werfen?«

»Leider nein. Er hat nur eine Reichweite von fünfzehn Meilen. König Humphrey wollte eine Antenne auf den Turm setzen, damit er alle Turniere empfangen kann, aber die Turnierdirektoren haben ihre eigenen Zauberer, die jeden Empfang stören.« Die Königin rollte die Karte auf und drückte sie Charming in die Hand. »Na komm schon! Ein so großer und starker Junge wie du hat doch keine Angst vor einem winzig kleinen Drachen, oder?«

»Ein großer, starker Junge wie ich hat auch keine Angst davor, ausgelacht zu werden – besonders nicht von winzig kleinen Hirnis, die selbst noch nie gegen einen Drachen gekämpft haben. Wenn es dort wirklich einen Drachen gibt, brauche ich schon einen mächtigen Ansporn, um es mit ihm aufzunehmen.«

Ruby ergriff Charmings Hand und drückte sie gegen ihre linke Brust. »Hast du schon einmal erlebt, wie dir eine Frau warmen Honig über den Körper streicht und ihn dann langsam mit der Zunge ableckt?«

»Himmel!«, entfuhr es dem Prinzen. »Was bedeutet schon ein Drache mehr oder weniger?«

»Genau. Bist du jetzt endlich zur Abreise bereit?«

»Sobald Anne mit ihrem Fanclub fertig ist.«

Die Böse Königin glühte vor Zorn. »Dieses kleine Miststück! Es ist ekelhaft, wie sie sie verehren. Ich bin die Königin! Sie schulden mir die Treue. Sie sollten vor mir auf dem Boden kriechen. O ja, das werden sie. Wenn ich den Gral habe, dann zerschmettere …« Sie bemerkte, dass Charming sie anstarrte. »Ha, ha, ich habe nur einen Witz gemacht. Wenn ich den Gral habe, bringe ich diesem Land Frieden, Wohlstand, öffentlich subventionierte Zahnbehandlungen und all diesen guten Quatsch.«

»Jetzt bist du mit dir im Reinen.«

»Ja. Und so soll es bleiben. Auf alle Fälle.«

»Ich sehe, dass dieses Land in guten Händen ist. Also kann ich abreisen.«

Ruby folgte ihm in den Schlosshof und sah zu, wie das Trio aufstieg. »Leb wohl, guter Prinz. Möge dir das Glück in all deinen Unternehmungen beistehen. Leb auch du wohl, Wendell.« Zu Anne sagte sie nichts. Anne beachtete sie erst gar nicht.

Vor dem Tor traten die Dörfler beiseite und ließen die drei vorbei. Einige hatten Tränen in den Augen. »Lebt wohl, kleines Prinzesslein.«

»Leb wohl, mein gutes Volk. Leb wohl, Cumbert. Ich bin bald zurück. Das verspreche ich.«

»Pah!«, machte Wendell. »Nix wie weg hier.«

Sie ritten in südlicher Richtung aus den Bergen heraus. Wendell war erleichtert, als sie endlich die toten Felsen und verlassenen Wälder Tyrovias hinter sich ließen und zu den üppigen Tälern Alacias gelangten, in denen der Frühling regierte. Neu geborene Lämmer hüpften auf den Feldern herum, Fohlen und Füllen tänzelten auf unsicheren Beinchen umher und junge Forellen tanzten knapp unter der Oberfläche der Bäche. Die Pferde waren gut gelaunt und fielen auf der feuchten, lehmigen Erde bald in einen leichten Trab. Das Wetter bedachte die Reisenden mit einem blauen Himmel und warmen Brisen. Insgesamt gesehen war es die geeignete Reisezeit. Anne war jedoch der Meinung, dass sie eigentlich schneller vorwärts kommen sollten.

Der Prinz sah das völlig anders. »Eine solche Suche muss lang und voller Gefahren sein«, erklärte er. »Man kann nicht einfach losreiten und sofort wieder zurückkehren, als wäre man bloß mal zum Fischmarkt gegangen und hätte einen Barsch gekauft. So etwas beeindruckt das Volk überhaupt nicht. Wenn wir zu schnell mit diesem Gral zurückkommen, hat niemand Ehrfurcht vor ihm und uns.«

Anne war der Meinung, dass diese Theorie – milde ausgedrückt – dümmlich war. Aber sie wollte nicht schon in diesem frühen Stadium der Reise zänkisch wirken. Sie hatte eigene Pläne. Sie wusste noch nicht genau, wie diese Pläne aussahen, aber sie hatte sie. Deshalb hielt sie von nun an den Mund, wenn der Prinz und Wendell jeden Tag ein paar Stunden blaumachten und Nebenwege auskundschafteten, auf die Jagd gingen, angelten, schwammen, Bäume erkletterten oder einfach nur ein Nickerchen hielten. »Auch Rom wurde nicht an einem

Tag erbaut«, pflegte Charming lakonisch zu sagen und seine Jacke als Kopfkissen zusammenzuknüllen. Wendell knotete einen Angelhaken an ein Stück Faden und nickte. Anne schluckte ihre Ungeduld herunter.

Noch etwas anderes störte sie. Wenn Charming weit genug von allen Dörfern und Städten entfernt war und nicht die Gefahr bestand, dass er einer wichtigen Person begegnete, zog er seine Seidenhemden und königsblauen Umhänge aus und kleidete sich in einfache, grobe Wollsachen. Natürlich war es nicht verwerflich, bequeme Kleidung zu tragen. Beim Reiten schwitzte man schließlich stark und man wurde schmutzig, doch Charmings Sachen waren so einfach wie die einer Hausmagd. In ihnen sah er gar nicht mehr *prinzlich* aus.

»Seid Ihr sicher, dass das der richtige Weg ist?«, fragte sie. »Seit wir losgeritten sind, habt Ihr keinen Blick mehr auf die Karte geworfen.«

»Alle Straßen führen nach Rom«, erwiderte Wendell gelehrt. Er versah seinen Angelhaken mit einer Elritze als Köder und warf die Leine im Fluss aus.

»Was bedeutet das?«

»Keine Ahnung. Ist nur ein Sprichwort, das ich irgendwo gehört hab. Aber diese Straße hier führt zu einem Dorf namens Heckenros. Es liegt genau neben dem Punkt, den Eure Stiefmutter auf der Karte eingezeichnet hat. Es ist ein recht großes Dorf.«

»Aber wenn ein Dorf in der Nähe liegt, hat inzwischen doch bestimmt schon jemand die Gralskapelle entdeckt.«

»Wirklich? Vielleicht stimmt die Karte nicht.«

Anne gab es auf. »Wenn du in Rom bist, verhalte dich wie ein Römer«, sagte sie sich und versuchte sich der leichtfertigen Lebensweise des Prinzen anzupassen. Sie legte sich neben ihn unter einen Apfelbaum, hielt das Gesicht der schmeichelnden Sonne entgegen und tauchte in einen langen Tagtraum ab. Die flaumigen weißen Wölkchen wurden für sie zu Bestandteilen von Geschichten über tugendhafte, bedrohte Jungfrauen, tapfere und edle Ritter in schimmernder Wehr, glänzende Schlösser und bis ins Detail geplante Hochzeiten, in denen es vielstöckige Hochzeitstorten, Dutzende von Brautjungfern und ein ganzes Orchester gab.

»Ihr habt schon viele Jungfrauen gerettet, nicht wahr?«, fragte sie Charming, der mit seinem Dolch gerade einen Apfel schälte.

Charming zuckte die Achseln. »Irgendjemand muss es ja tun.«

»Tut Ihr es etwa nicht gern?«

»Aber sicher doch! Immer noch besser, als für seinen Lebensunterhalt arbeiten zu müssen.«

»Ihr seid so tapfer. Sicherlich zittern sogar die Drachen vor Angst, wenn sie Euch kommen sehen.«

»Hä?«, entfuhr es Charming. Er biss in den Apfel. »Drachen fürchten sich vor nichts.«

»Ich hasse Drachen«, meinte Wendell.

Der Prinz nickte. »Es sind fiese, bösartige Kreaturen. Und sie sind ganz schön hart im Nehmen. Mit ihrer Schuppenrüstung am ganzen Körper sind sie praktisch unzerstörbar.«

»Und sie sind schnell«, fügte Wendell hinzu. »Auf felsigem Untergrund sind sie schneller als ein Pferd.«

»Sie können sich auf die Hinterbeine erheben und wie der Blitz laufen. Die großen schaffen das natürlich nicht mehr. Sobald sie etwa fünfzehn Fuß groß geworden sind, bleiben sie auf allen vieren. Aber ein fünfzehn Fuß hoch aufragender, Rauch und Feuer speiender Drache mit ausgefahrenen Krallen reicht mir vollkommen.«

»Und wie tötet Ihr sie?«

»In gezieltem Angriff. Man braucht dazu ein schnelles, tapferes Pferd und eine scharfe Lanze. Wenn der Drache das Maul aufsperrt, um einen zu rösten, muss man ihm die Lanze durch den Gaumen mitten ins Hirn stoßen.«

»Aber das bedeutet, dass man geradewegs in die Flammen hineinreitet!«

»Wenn es einfach wäre, würde es jeder tun.«

»Grundgütiger Himmel!«

»Die Eleganz dieser Methode besteht darin, dass der Drache verwundbar ist, wenn er das Maul öffnet. Wenn er aber das Maul nicht öffnet, ist er ungefährlich. Natürlich muss man auf die Krallen Acht geben. Alles in allem braucht man halt starke Nerven. Und ein gutes Pferd und eine Lanze, wie ich schon sagte. Und man muss ihn auf flachem, offenem Gelände angreifen, wo das Pferd eine gewisse Geschwindigkeit erreichen kann. Es ist also gar keine so große Sache.«

»Und was ist, wenn Ihr angegriffen werdet und weder ein Pferd noch eine Lanze habt und Euch nicht auf offenem Gelände befindet?«

»Dann ist es schon eher eine große Sache.«

»Dann muss man auf die Augen zielen«, erklärte Wendell. Er lief aufgeregt umher und machte mit der Faust zustechende Bewegungen. »Man muss die Augenhöhle mit dem Schwert durchbohren. Zabuff! Durch das Auge und tief ins Hirn. Zack!«

»Aha«, meinte Anne belustigt. »Ich sehe, du hast schon einmal einen Drachen getötet.«

»Nein«, gestand Wendell. »Aber ich könnte es. Ich weiß, dass ich es könnte. Doch Seine Hoheit glaubt, dass ich dafür zu klein bin.«

»Das habe ich nicht gesagt. Ich sagte, dass du noch nicht so weit seist.«

»Man muss ihn von der Seite her angreifen, denn die Augen eines Drachen sind wie die eines Pferdes. Außerdem hält man sich so von den Flammen fern. Man muss sich natürlich schnell bewegen, um neben seinem Maul zu bleiben.« Wendell beschrieb tänzelnd einen Halbkreis um einen Baumstamm herum und stieß und hackte auf einen eingebildeten Feind ein. »Zack! Schwupp! Ich treibe ihm mein mächtiges Schwert namens *Herausforderer* bis zum Heft ins Hirn. Nimm dies! Hab dich!« Er sprang zurück, stemmte triumphierend die Hände in die Hüften und sah zu, wie der unsichtbare Gegner donnernd zu Boden krachte.

»So enden all unsere Feinde«, bemerkte der Prinz feierlich. Annes Augen lachten.

»Dann«, fuhr Wendell mit gewaltiger *noblesse oblige* fort, »biete ich der wunderschönen Prinzessin, die ich soeben gerettet habe, den Arm an. Sie ergreift ihn und ich setzte sie auf mein Pferd ...«

»Vergiss nicht, dass du kein Pferd hast.«

»Ich springe also in den Sattel ihres Pferdes«, sagte Wendell schlagfertig, »ziehe sie hoch und bringe sie zurück zu ihrem Königreich. Dafür ist sie so dankbar, dass sie ...« Er hielt inne.

»Ja?«, fragte der Prinz.

»Ja?«, wiederholte Anne

»Sie schmeißt ein tolles Bankett zu meinen Ehren. Und es gibt ausschließlich Nachtisch: Kuchen, Pasteten, Schlagsahne, Eis, Pudding, Süßigkeiten. Das wär's.«

Charming und Anne klatschten Applaus. »Ein edles Schauspiel, guter Herr.«

»Anscheinend entführen Drachen immer nur schöne und junge Maiden«, sagte Anne. »Also muss ich vorsichtig sein.«

»Hier in der Gegend entführt jedermann schöne Maiden«, entgegnete der Prinz. »Und dann ruft man einen – äh – einen tumben Trottel zu Hilfe, der für ihre Rettung sein Leben aufs Spiel setzt. Warum ein Drache den Genuss junger Mädchen dem einer Ziege oder einer Kuh vorzieht, ist mir ein Rätsel. Genauso wenig weiß ich, warum er sie in sein Nest zerrt, anstatt sie gleich an Ort und Stelle zu verspeisen.«

»Weil es romantischer ist. Ein wunderschönes Mädchen in der zarten Blüte ihrer jungen Jahre wird den Armen ihrer Familie durch ein scheußliches, knurrendes Ungeheuer entrissen – durch ein Ungeheuer, das sich von der Aura ihrer Unschuld angezogen fühlt wie eine Motte vom offenen Licht. Und dann ...«

»Hunde ebenso«, unterbrach Wendell sie.

»Hunde?«

»Drachen lieben Hunde«, erklärte Charming. »Wunderschöne Jungfrauen und Hunde sind ihre liebste Mahlzeit.«

»Hunde«, wiederholte Anne mit abnehmendem Interesse.

»Wir hatten früher einmal einen Hund, der mit uns auf die Jagd ging«, sagte Wendell. »Aber ein Drache hat ihn sich geschnappt.«

»Hat ihn mit dem Schwanz niedergestreckt und das Maul darüber gestülpt«, führte Charming aus. »Nach zwei Bissen war er fort. Er war ein guter Jagdhund. Das ist das Zweite, auf das man bei einem Drachen unbedingt achten muss: auf den Schwanz. Sonst haut er dir glatt auf den Arsch – äh, auf den Allerwertesten.«

»Mädchen und Hunde. Na toll«, murmelte Anne. »Jahrhunderte romantischer Epen, hunderte wundervoller Balladen, unzählige Wandteppiche, Dutzende von Wandmalereien – alle nur von der Tatsache abhängig, dass am betreffenden Tag gerade kein Hund in der Nähe war.«

»Das würde ich so nicht sagen. Hunde sind viel schwieriger zu fangen als Mädchen.«

»Ihr seid ein rechter Knilch«, zischte Anne und stapfte fort, um ihr Pferd zu striegeln.

»Hat sie ein Problem?«, fragte der Prinz. Wendell wusste darauf keine Antwort.

Doch Annes üble Laune hielt dem wunderbaren Frühlingstag nicht lange stand. Als die drei Abenteurer schließlich ihren Bestimmungsort erreichten, waren sie schon längst wieder in bester Stimmung. Sie ritten durch das blühende Dörfchen Heckenros, ohne irgendwo anzuhalten – denn der Prinz wollte nicht von den bewundernden Massen aufgehalten werden –, und gerieten etwa ein Dutzend Meilen weiter in einen dichten Wald. Obwohl sie absteigen und die Pferde am Zügel führen mussten, war der Forst nicht sonderlich unwegsam. Durch die Bäume fiel genügend Sonnenlicht, um die Richtung auch ohne Hilfe eines Kompasses bestimmen zu können. Charming nahm Rubys Karte aus der Satteltasche und die drei Wanderer warfen einen Blick darauf. »Wir sollten sehr bald auf die Dornenhecke treffen«, sagte Anne.

»Ja«, pflichtete Wendell ihr bei. Er deutete auf den Boden, wo etliche Pilze in einem vollendeten Kreis wuchsen. »Das hier ist ein Feenwald.«

Charming untersuchte die Baumstämme und schabte mit dem Fingernagel ein wenig Moos ab. »Das hier *war* ein Feenwald. Ich glaube, er hat den größten Teil seiner Magie verloren. So etwas passiert manchmal.« Er zuckte die Achseln und sie gingen weiter. Nach einigen hundert Ellen entdeckten sie die Dornbüsche.

»O Gott«, sagte Anne.

Das war weder ein erhellender noch ein hilfreicher Kommentar, doch er fasste die Lage so gut wie jeder andere zusammen. Sie standen vor einer undurchdringlichen, festen, etwa dreißig Fuß hohen Dornenwand. Es gab keine Anhaltspunkte, um ihre Dicke zu schätzen, doch sie erstreckte sich in einer sanften Kurve zu beiden Seiten bis zum Rande des Blickfeldes. Offensichtlich umrundete sie das Schloss hinter ihr vollständig – falls es dort wirklich ein Schloss gab. Die Dornbüsche glichen nichts, was Anne je gesehen hatte, denn sie waren nicht von einheitlicher Form oder Art. Einige der Dornen waren lange, glänzende Stilette – eisenhafte Nadeln, die sich bis in das Herz eines Menschen bohren konnten. Andere waren weicher, haarähnlicher und beinahe unsichtbar, doch sie klebten an der Kleidung und drangen in die Finger, wenn man sie abzuwischen versuchte. Mann konnte sie kaum entfernen, weil sie so schwer zu sehen und noch schwerer zu packen waren. Dazwischen gab es unzählige – zwischen einem und drei Zoll lange – Dornen. Sie wuchsen aus öligem, dunklem Holz hervor, waren nadelspitz und schienen vor Boshaftigkeit zu glühen. Die Büsche selbst waren biegsam wie Rohr und ähnelten Reben, die sich um einen wanden, wenn man das Pech hatte, in sie zu fallen. Insgesamt war es ein höchst beunruhigender Anblick.

»Ein paar Dornbüsche«, meinte Wendell. »Ich glaube, die Böse Königin war ziemlich falsch informiert.«

»Das sieht meiner Stiefmutter ähnlich. Sie hat einen Verstand wie eine verrostete Mäusefalle.«

»Hmmm«, machte der Prinz.

»Hmmm?«

»Das hier ist kein natürliches Gebilde. Irgendjemand hat sich große Mühe mit dieser Hecke gegeben. Ziemlich starker magischer Tobak.«

»Ist es das, was die Magie aus diesem Wald gezogen hat?«

»Vielleicht. Ich weiß es nicht. Aber was immer dahinter liegt, muss ganz schön wertvoll sein. Wie kommen wir am besten hinein?«

»Ich weiß es«, sagte Wendell. »Mit einem Rauchsack.«

»Mit – was?«

»Mandelbaum hat mir gezeigt, wie man es macht. Habt Ihr schon einmal Rauch aus einem Feuer aufsteigen gesehen?«

»Natürlich.«

»Er steigt immer nach oben, nicht wahr?«

»Komm endlich zur Sache, Wendell.«

»Schon gut, schon gut. Mandelbaums Idee besteht darin, einen großen Seidensack mit diesem Rauch zu füllen. Wenn der Sack groß genug ist, wird der Rauch ihn anheben – und mit ihm auch einen Passagier, der an seiner Unterseite hängt. Damit kann man über jedes Hindernis fliegen. Wir starten mit Aufwind, segeln über die Barriere, lassen dahinter etwas Rauch ab und steigen sanft hinunter.«

Wendell wartete gespannt. Charming und Anne starrten ihn an. Schließlich sagte Charming: »Mandelbaum hat sich so etwas ausgedacht?«

»Klingt das nicht toll?«

»Der gute alte Mandelbaum. Wendell, das ist die verrückteste Idee, die ich je gehört habe. Ich kann einfach nicht glauben, dass du sie ernst nimmst.«

»Wer ist Mandelbaum?«, fragte Anne.

»Vaters königlicher Magier. Der beste Zauberer in Illyria, was bedeutet, dass er der beste Zauberer auf der ganzen Welt ist. Zu meiner Kinderzeit kam er andauernd mit neuen Zaubersprüchen und Tricks heraus. Er hat ganze Bücher über integrale magische Systeme geschrieben.«

»Und was ist aus ihm geworden?«

»Dasselbe, was aus allen Hofmagiern wird. Sobald er seine Beamtenstellung hatte, ließ er nach. Trotzdem vielen Dank für diesen Vorschlag, Wendell, aber mir scheint, dass wir das vor uns liegende Problem besser mit den klassischen Methoden lösen können: mit brutaler Gewalt und unübertrefflicher Ignoranz.«

Der Prinz zog das Schwert namens *Streben* aus der Scheide und fuhr mit dem Finger über die Klinge. Dann lief er an der Dornenmauer entlang und suchte sich die geeignete Stelle für seinen Angriff. Schließlich erkannte er, dass eine Stelle so gut wie die andere war, und schlug einfach mit dem Schwert zu. Dornenzweige teilten sich unter der niederfahrenden Klinge und fielen zu Boden. Nach einigen weiteren Schlägen hatte Charming eine mannsgroße Öffnung in die Hecke geschlagen. Er trat zurück und betrachtete sein Werk.

»Gar nicht so übel. Uns bleiben noch ein paar Stunden Sonnenlicht. Schaun mer mal, wie weit wir kommen.«

»Braucht Ihr Hilfe?«, fragte Anne.

»Nein, ich komme allein klar. Ruht Euch aus. Wendell, warum sattelst du nicht die Pferde ab? Das hier dauert eine Weile.«

Anne setzte sich mit dem Rücken gegen einen Baumstamm, während Charming weiterhackte und einen Tunnel in die Hecke grub. Wendell fesselte den Pferden die Vorderläufe und ließ sie frei grasen, nachdem er ihnen die Nase abgerieben hatte. Es war sehr still. Die einzigen Geräusche waren das ruhige Summen einer verirrten Biene, gelegentliches Vogelgezwitscher und das Hacken und Schlitzen von Charmings Schwert. Anne schaute zu, wie er sich tiefer und tiefer in die Hecke hineinarbeitete. Sie sah, wie seine Arme sich bewegten, wenn er das Schwert von einer Hand in die andere nahm. Schweiß rann ihm den Rücken herab. Als der Tunnel tiefer wurde, senkten sich Schatten über ihn, bis man nur noch undeutliche Bewegungen von ihm wahrnahm. Seltsam; die Schatten machen ihn größer, dachte Anne. Plötzlich begriff sie, dass er gar nicht größer aussah. Der Tunnel schrumpfte.

»Prinz Charming!«, rief sie. »Der Eingang schließt sich!«

Es dauerte einige Sekunden, bis Charming verstand, was sie meinte. Er befand sich zehn Fuß tief in der Hecke, als er endlich herumwirbelte und sich in einem hölzernen Käfig gefangen sah. Frische Zweige sprossen aus dem Tunnelboden, neue Dornen wuchsen aus den Schnittstellen an den Wänden. Er machte eine Bewegung auf die Öffnung zu. Ein Zweig wickelte sich ihm um den Fuß und die nadelspitzen Dornen stachen durch seinen Stiefel. »Verdammt!« Er hackte sich den Fuß frei und stolperte vorwärts. Ein weiterer Zweig glitt von oben herab und wand sich ihm um den Schwertarm. Fluchend zog er seinen Dolch und durchschnitt die Ranke. Ein Dornenarmband blieb an seinem Handgelenk zurück und brannte wie Feuer.

Wendell reagierte unverzüglich auf Annes Rufe. Er bürstete gerade die Pferde ab, als er sich umdrehte und sah, wie Anne mit einem Baumzweig auf die Hecke einprügelte und sich der Prinz seinen Weg durch das teuflische Gehölz hackte. »Sire!« Er ließ den Kamm fallen und rannte auf das Gepäck zu. Sofort holte er einen Arm voll von Ersatzschwertern hervor und hastete zur Hecke. »Ich helfe Euch!«

»Nein!«, schrie Charming. Sein Schwert und Messer blitzten auf wie die Krallen eines Adlers. Er war noch immer ein halbes Dutzend Fuß vom Eingang entfernt und etliche Dornenranken hatten sich ihm um Arme und Beine gewickelt. Wendell schenkte seinen Worten keine Beachtung. Mit einem Schwert in jeder Hand hackte er sich durch den verschlossenen Eingang.

»Geh zurück, Wendell!« Doch Charmings Worte kamen zu spät. Ein frisches Astbündel spross unter den Füßen des Pagen hervor und hüllte ihn sofort bis zur Hüfte ein.

»Aaargh!«, kreischte Wendell, als sich ihm die Nadeln in die Haut bohrten. Eine Sekunde lang sah er nach unten. Dann bemerkte er, wie neue Zweige sich ihm von den Seiten und von oben näherten. Er hielt beide Schwerter in Bewegung und hieb die Zweige sofort ab, wenn sie sich ihm näherten. Doch er hatte keine Zeit, sich um die Triebe unter ihm zu kümmern. Rasch kletterten ihm die Ranken bis zur Brust, dann über die Schultern und drückten ihm die Arme nach unten. Schon in einigen Augenblicken würde er bewegungslos sein.

Charming focht noch immer seinen eigenen Kampf aus. Seine Haut war mit unzähligen tiefen Kratzern übersät und seine Kleidung war zerrissen und blutüberströmt. Bänder aus Dornenzweigen wanden sich ihm um

Arme und Beine. Er sah, wie sich der Weg zurück in die Sicherheit hinter seinem kämpfenden Pagen immer weiter verengte. Die ganze Hecke war in Bewegung geraten, um den Eingang zu schließen.

Mit einer letzten, gewaltigen Anstrengung riss Charming die Arme nach vorn und befreite sie aus der Umklammerung der Ranken. Dabei trieben sich die Dornen tief in sein Fleisch. Er stürzte vor Wendell zu Boden und kappte mit dem Dolch die Ranken, die den Jungen festhielten. »Senk die Schwerter, Wendell!« Als der Page den Kampf einstellte, hob der Prinz ihn auf und warf ihn mit den letzten Kraftreserven durch die kleine Öffnung in die Freiheit. Gehüllt in ein Gewirr verfilzter Dornenzweige, schlug Wendell auf den Boden. Mit einem lauten Knirschen des Unterholzes schloss sich die Hecke um Prinz Charming.

Sobald Wendell durch die Hecke gebrochen war, rannte Anne auf ihn zu und half ihm, die Dornen zu entfernen. Schnell rissen ihre Hände auf und wurden blutig, doch sie beachtete ihre Verletzungen genauso wenig wie Wendell die seinen. Nachdem sie den letzten Zweig fortgerissen hatte, näherten sich die beiden vorsichtig der Hecke.

»Sire?«, rief Wendell zögernd.

»Prinz Charming?«, fragte Anne.

»Eure Hoheit?«

»Joho«, kam die geflüsterte Antwort.

Anne und Wendell spähten in das Dickicht. Charming steckte nur noch einen Fuß tief im dichten Gebüsch, doch wegen der ihn einhüllenden Dornenzweige war er kaum zu erkennen. Arme und Beine, ja der gesamte Torso waren fest in die Äste eingewickelt und der Kopf schien in einer geflochtenen Weidenmaske zu stecken, durch den nur die blauen Augen wachsam herausschauten. Die Hände umfassten noch immer Schwert und Dolch, doch auch die Klingen waren mit dornigen

Ranken umwickelt. Blut rann langsam von den Armen und tropfte zu Boden.

»Ich kann mich nicht bewegen«, flüsterte Charming. »Die Dornen drücken mir gegen die Kehle.«

Sobald das hier vorbei war, würde sie sich erst einmal richtig ausweinen, beschloss Anne. Ein halbes Dutzend langer, schwarzer Dornen stachen gegen Charmings Halsschlagader, als ob eine böse Macht sie absichtlich dorthin gelenkt hätte. Die dünnen Spitzen ritzten die Haut und riefen hellrote Blutstropfen hervor. Der Prinz atmete langsam und flach; seine Brust wurde von den Ranken und Dornen zusammengepresst. »Wendell«, flüsterte er.

»Ja, Sire?«, flüsterte Wendell zurück.

»Du musst nicht flüstern. Ich mach das nur, damit mir die Dornen nicht das Gesicht zerkratzen.«

»In Ordnung«, meinte Wendell in normaler Lautstärke.

»Komm nicht zu nahe. Versuch, einen Zweig abzuschneiden, und finde heraus, ob er nachwächst.«

»Gut.« Wendell holte ein weiteres Schwert aus dem Reisegepäck. Behutsam näherte er sich wieder der Hecke. Anne packte ihn fest an seinem Übergewand, um ihn jederzeit zurückzerren zu können, falls die Dornen nach ihm griffen. Aber die Hecke blieb reglos. Er wählte einen dicken Zweig in Augenhöhe, den auch Charming sehen konnte, und holte aus. Das Schwert schnitt säuberlich durch das Holz und der Zweig fiel ab. Beinahe sofort schlug das verletzte Ende wieder aus und innerhalb weniger Sekunden hatte sich der Ast erneuert. »Mist. Wir müssen ganz schön schnell sein.«

»Das ist hoffnungslos«, meinte Anne. »Wir reiten zum Dorf zurück und holen Hilfe. Vielleicht sollten wir Salzwasser über den Boden schütten und die Pflanzen vergiften, damit sie nicht mehr nachwachsen. Und dann schneiden wir Euch raus.«

»Vergesst es«, gab Wendell zur Antwort. »Ich reite nicht fort und lasse ihn hier allein zurück.«

»Dann bleibst du halt hier und ich hole Hilfe.«

»Stop«, sagte der Prinz. »Zuerst sollten wir etwas anderes versuchen. Wendell, mach Feuer und zünde ein paar Fackeln an. Anne, Ihr nehmt Euch eine Fackel. Sobald Wendell einen Zweig abhackt, haltet Ihr die Flamme an die Schnittstelle und brennt sie aus. Seid aber vorsichtig und geht nicht zu nahe heran.«

Wendell und Anne nickten. Es dauerte eine Stunde, bis dieser Plan in die Tat umgesetzt werden konnte, doch die Ergebnisse waren ermutigend. Die abgeschnittenen Enden blieben leblos, wenn sie zuvor ausgebrannt wurden.

»In Ordnung«, meinte Charming. »Schneidet mir zuerst die Hände frei, aber geratet nicht in die Hecke. Es könnte eine weitere Falle sein.«

»Hab's«, sagte Wendell. Er war erleichtert, weil er nun wusste, was er tun sollte, und Charmings gefasste Stimme beruhigte ihn. Er und Anne machten sich fleißig an die Arbeit, doch sie kamen nur langsam voran, weil sie aufgrund der Nähe des Prinzen sehr vorsichtig sein mussten. Mehrfach fügte ihm Wendell üble Schnitte zu, während er das verfilzte Gewebe um ihn entfernte, und Annes Fackel bedachte ihn nicht nur ein einziges Mal mit Brandblasen. Doch schließlich waren Charmings Arme frei. Der Prinz ertrug all das mit stoischer Gelassenheit. Als der linke Arm, der den Dolch hielt, schließlich locker hing, schnitt der Prinz die Dornen an seiner Kehle fort und schenkte der Prinzessin ein ermutigendes Lächeln, während sie die Spitzen der Zweige ausbrannte.

»Jetzt ist Euer rechter Arm dran«, sagte Wendell. Charming beugte ihn und zog die längsten Dornen heraus, wobei er jedes Mal zusammenzuckte. Anne kam mit der Fackel heran und hielt sie an die abgeschnittenen Enden. Doch plötzlich sprang sie mit einem spitzen Schrei zurück.

»Was ist los?«, fragten Wendell und Charming gleichzeitig.

»Seht doch nur!« Sie deutete auf einen der ersten Zweige, die sie abgeschnitten hatten. Eine kleine grüne Knospe zeigte sich an seinem verkohlten Ende. »Es wächst wieder zu.«

Charming sah es sich an. »Ja, es wächst wieder. Kein Grund zu Panik. Wir haben noch genug Zeit.« Er hatte das Schwert namens *Streben* unter den Arm genommen und schnitt sich rasch, aber methodisch mit dem Dolch die Zweige von den Beinen. »Geht raus! Beide! Wendell, gib mir sofort eine frische Fackel, wenn die alte heruntergebrannt ist.« Sein Page zog sich gehorsam, aber widerwillig zurück. Charming nahm Annes Fackel an sich und verbrannte damit alle Zweige in seiner Umgebung, während er sich weiter losschnitt.

Es hätte durchaus ins Auge gehen können. Die ausgebrannten Zweige brauchten einige Zeit, bis sie wieder austrieben, doch sobald sich die neuen Sprösslinge durch die verkohlten Stellen gedrückt hatten, wuchsen sie äußerst schnell. Charming befand sich jedoch nahe genug am Rand der Hecke, sodass er nur die Beine befreien und einen Schritt hinaus machen musste. Es gelang ihm allerdings nur sehr knapp. Wendell umarmte ihn. Anne hätte es auch gern getan, doch er hatte noch so viele Dornen an sich, dass es für sie ziemlich schmerzhaft geworden wäre.

Charming beugte sich vor und hielt den Mund nahe an Wendells Ohr. »Sie hat mich nicht fluchen hören, oder?«

»Ich glaube nicht. Sie schien ziemlich aus der Fassung …«

»Gut. Ich darf schließlich nicht meinen Ruf schädigen.«

Sein Ruf war zwar noch intakt, doch dafür war der Prinz selbst reichlich beschädigt. Seine Kleidung war durchbohrt und zerrissen; sie stank nach Rauch und war mit Blutflecken besprenkelt. Die Haut war mit Kratzern übersät, von denen einige sehr tief gingen und noch bluteten, und der ganze Körper war mit Stichen gemustert. Dutzende Dornen steckten noch im Fleisch; einige davon waren knapp unterhalb der Haut abgebrochen. Anne brauchte beinahe zwei Stunden, um sie alle mit einer Pinzette aus ihrem Reisenecessaire herauszuziehen. Wendell hatte sich ebenfalls etliche Dornen eingefangen und auch Anne hatte sich Arme und Hände böse zerkratzt. Als sie sich gegenseitig gesäubert, bandagiert und mit Salbe eingeschmiert hatten, in frische Kleider geschlüpft waren und um das Feuer saßen, war die Dämmerung schon hereingebrochen und versprach eine sternhelle Nacht.

»Und was machen wir jetzt?«, fragte Anne. »Wollt Ihr die Suche fortführen?«

»Selbstverständlich«, antwortete der Prinz. »Also gut, wir können uns keinen Weg durch diese Hecke hacken und sie offenbar auch nicht abfackeln. Deshalb sollten wir es mit Vergiften versuchen. Aber zuerst tritt Plan B in Kraft.«

»Was ist Plan B?«

»Wendell, erkläre der Dame, was Plan B ist.«

»Wir essen zu Abend«, erläuterte Wendell.

»So ist es«, merkte der Prinz an. »In einer Lage wie dieser wenden wir immer erst mal Plan B an. Mit vollem Magen sieht alles sofort sehr viel besser aus.«

Die Heckenrosentaverne war die einzige Gaststätte in Heckenros. Sie trug zwar keinen sehr einfallsreichen Namen, war aber warm, gut erleuchtet und bequem. Sie besaß einen großen Schankraum, der gerade eine freundliche und lärmende Gesellschaft enthielt. Es waren hauptsächlich junge Paare aus dem Ort, die einen Abend fern von den wachsamen Blicken ihrer Eltern verbringen wollten. Dazu kam etwa ein Dutzend der Dorfältesten. Sie waren Stammkunden, die tapfer tranken, Domino spielten und immer wieder einen großväterlichen Blick auf die jungen Leute warfen. Es gelang Charming und

Anne, in den Schankraum zu schlüpfen und einen Ecktisch zu besetzen, ohne Aufsehen zu erregen. Wendell brachte in der Zwischenzeit die Pferde in den Stall.

Der Wirt trug ein freundliches Lächeln auf dem runden Gesicht und etliche Schweißschlieren auf dem kahlen Kopf und erklärte, dass bald Rinderbratenscheiben und Kartoffelsuppe aufgetischt würden. Sein gleichermaßen freundliches wie rundliches Weib bediente sie mit großen Bierkrügen. Anne war solche Massen fremder Leute nicht gewöhnt und rückte ihren Stuhl näher an Charming heran. Der Prinz stammte wenigstens aus ihrer eigenen Gesellschaftsschicht. Nun kam Wendell herein. »Sire! Seht nur, wer hier ist!«

Er hatte einen ältlichen Herrn im Schlepptau, der der größte, dünnste und gleichzeitig beeindruckendste Mann war, den Anne je gesehen hatte. Ein graumelierter Vollbart rahmte das Gesicht ein; graue Locken fielen ihm in die Stirn und zwei wachsame und durchdringende graue Augen schauten aus tiefen, schmalen Höhlen hervor. Die Nase war ausladend und hakenförmig, die Finger lang und verkrümmt. Seine Kleidung war zwar von hoher Qualität, aber einfach geschnitten – außer dem schwarzen Umhang, den er über den Schultern trug. Er war mit roter Seide eingefasst und wurde oben von einer kurzen Goldkette gehalten. Der Mann rauchte eine lange, geschwungene Meerschaumpfeife. Sie verströmte einen schwachen, seltsamen Geruch, der für Anne völlig fremd war.

»Mandelbaum!«, rief Charming. »Wenn man vom Teufel spricht …«

»Eure Hoheit«, erwiderte Mandelbaum und verbeugte sich leicht. »Kleines Prinzesslein«, sagte er zu Anne und verbeugte sich noch einmal.

»Setz dich, setz dich«, befahl Charming. »Bestell dir ein Bier. Du bist genau der Mann, den wir jetzt brauchen. Was für ein Zufall!«

»Das ist kein Zufall«, sagte Wendell. »Mandelbaum hat uns gesucht und will sich uns anschließen.«

»Das hatte ich mir schon gedacht, Wendell. Ich wollte nur einen Witz machen. Was führt dich denn aus deinem Elfenbeinturm hierher, Mandelbaum?«

»Einen Augenblick bitte«, sagte Anne. »Illyria ist weiter von hier entfernt als mein eigenes Schloss. Er hätte aufbrechen müssen, bevor wir selbst wussten, dass wir hierher reisen.«

»Das stimmt. Ein Zauberspiegel hat mir Euren Zielort gezeigt.« Mandelbaum nahm die Pfeife aus dem Mund und setzte sich.

»Du besitzt auch einen magischen Spiegel?«

»Hab ihn auf dem Markt in Jobinda gesehen und konnte nicht widerstehen. Hat nur dreizehnhundert Royalen gekostet. Hab ein bisschen mehr bezahlt, aber die zusätzlichen Royalen haben sich gelohnt, denn jetzt ist er mit meiner Kristallkugel kompatibel.«

Der Prinz nickte. »Das Kabel kostet halt immer extra. Aber was ist mit dieser Gralssache? Ist das nur völliger Blödsinn oder steckt mehr dahinter?«

Mandelbaum zog an seiner Pfeife und dachte nach. Schließlich sagte er: »Gralrituale waren ein wichtiger Teil der alten Fruchtbarkeitskulte. Einige der alten Priester waren sehr mächtig, auch wenn sie ihre Macht damals nur ungenau anwenden konnten. Aber, junger Herr, die Legenden, durch welche die Böse Königin auf die Spur des Grals gekommen ist, sind aus den Nebeln der tiefen Vergangenheit zu uns gedrungen. Selbst wenn eines dieser Relikte noch existieren sollte, besäße es nur einen ganz schwachen Abglanz seiner ursprünglichen magischen Kraft.«

»Willst du damit sagen, dass der Gral nutzlos wäre?«, fragte Anne.

Mandelbaum dachte noch einmal nach. Sanfte Rauchwölkchen stiegen aus seiner Pfeife auf. »Nicht unbedingt.

Er könnte durchaus einen schleichenden Einfluss auf ein Land ausüben. Man kann damit natürlich keine Wüste in blühende Landschaften verwandeln, aber all seine Auswirkungen zusammengenommen könnten auf lange Sicht positiv sein – vorausgesetzt, der Gral wird vorsichtig und vom richtigen Mann gehandhabt.«

»Oder von der richtigen Frau«, ergänzte Anne, doch sofort biss sie sich auf die Lippe, denn nun hatte sie ein wichtiges Geheimnis preisgegeben. Mandelbaum schenkte ihr ein wissendes Lächeln.

»Ich fürchte, das ist falsch«, sagte er. »Ein Gral besitzt symbolische Begriffsinhalte, die ausgesprochen weiblich sind. Deshalb kann nur ein Mann – der König der Fischer – den Gral handhaben und seine Kraft freisetzen. Genauso ist zum Beispiel ein Zauberstab ein männliches Symbol, das am besten von einer Frau gehandhabt wird.«

»Das verstehe ich nicht«, meinte Anne. »Warum?«

»Es ist symbolisch zu verstehen«, erklärte Mandelbaum. »Symbolik ist die Grundlage aller Magie. Wir reden hier über Fruchtbarkeitssymbole. Der Pokal ist weiblich. Es braucht einen Mann, um seine Macht freizusetzen. Der Zauberstab ist männlich. Also ist eine Frau nötig, um seine Kraft freizusetzen.«

»Das wirft eine neue Frage auf. Warum sollte ein Pokal ein weibliches und ein Zauberstab ein männliches Symbol sein?«

»Um Himmels Willen«, seufzte Mandelbaum gereizt. »Der Pokal ist weiblich, weil er, äh, also, er repräsentiert, äh, er empfängt des Mannes …« Anne starrte ihn an. »Der Stab symbolisiert des Mannes … um Himmels Willen. Wendell, du weißt doch, wovon ich rede, nicht wahr?«

»Nein, aber wenn Ihr sagt, dass es so ist, dann glaube ich Euch«, gab der Page unerschütterlich zurück.

»Prinz Charming, sicherlich begreift Ihr, warum ein Pokal – oder ein Becher oder sonst ein Gefäß – eine Frau und ein Stab einen Mann symbolisieren?«

»Äh, um ehrlich zu sein, nein. Kommen wir zu etwas völlig anderem. Diese Hecke ist mit der Schnelligkeit eines Buschfeuers gewachsen. Sie hat mich fast bei lebendigem Leibe gefressen. Es muss doch noch eine Menge Macht in diesem Gral stecken, wenn er eine solche Hecke aufrecht erhalten kann.«

Mandelbaum murmelte etwas über den Niedergang der freien Künste. Dann schaute er auf und sagte entschieden: »Ein alter Gral vermag keine Hecke zu erschaffen, wie Ihr sie beschrieben habt. Dabei kann es sich nur um starke und neue Magie handeln. Bestimmt erinnern sich einige Leute in dieser Taverne noch an die Zeit vor der Hecke. Ich vermute, dass wir nur etwas herumfragen müssen, um auf die Lösung dieses Rätsels zu stoßen.«

»Prinz Charming!«

Eine donnernde Stimme bellte diesen Name durch den Schankraum und erstickte jedes Gespräch. Alle Köpfe wandten sich um und alle Blicke richteten sich auf Charmings Tisch. Der Prinz seufzte. »Ist wohl mal wieder Zeit, einige Autogramme zu geben.«

»Du bist also der große Prinz Charming.« Die Stimme gehörte zu einem riesigen Bär von einem Mann. Er war dunkelhäutig, hatte dunkle Augen und war in Leder und Pelz gekleidet. Er trug ein römisches Kurzschwert an der Hüfte und über der Schulter eine Armbrust, die schwarz angemalt war und ziemlich bösartig aussah. Die Spitzen und Absätze seiner Stiefel waren mit kupfernen Platten beschlagen; sie hinterließen Schrammen auf dem hölzernen Fußboden, als der Mann durch den Raum stolzierte. Die übrigen Gäste entschieden sich plötzlich dafür, ihm aus dem Weg zu gehen und sich enger an die Wand zu drücken, von wo aus sie immer noch einen guten Blick auf den bevorstehenden Kampf hatten. Die Dorfältesten sammelten ihre Dominosteine ein und lehnten sich auf ihren Stühlen zurück. Unter ihren weißen Haaren lugten wachsame Augen hervor. »Der große Prinz Charming«, wiederholte der Eindringling. Seine Stimme troff vor Herausforderung. »Na, so groß siehst du meiner Meinung nach gar nicht aus.«

»Offenbar hat er sein Autogrammbuch vergessen«, sagte Wendell.

»Macht nichts«, entgegnete Charming. »Ich habe sowieso keine Feder dabei.« Mit leichtherzigem Lächeln erhob er sich und ging auf den Mann zu. Die rechte Hand hielt er so weit wie möglich von seinem Schwert entfernt. Charming war von gedrungener Statur und keineswegs klein, doch dieser Prahlhans überragte ihn um volle sechs Zoll und hatte Schultern wie ein Ochse. Wenn die Zuschauer gewettet hätten, wäre Charming wohl kaum der Favorit gewesen.

»O Wendell«, flüsterte Anne. »Sie werden doch nicht kämpfen, oder?«

»Ich hoffe nicht«, gab Wendell zurück. »Ich hasse es, wenn der Prinz jemanden vor dem Essen umlegt.«

»Bär McAllister«, sagte der Prinz.

Der große Mann zuckte zusammen. »Du kennst meinen Namen?«

»Ich habe dich letztes Jahr im Turnier gesehen. Wenn ich mich recht erinnere, warst du ziemlich gut im Armbrustschießen.«

»Es gibt keinen besseren als mich«, rühmte sich der Bär. »Ich war damals der Beste und bin in der Zwischenzeit noch besser geworden. Im Einzelkampf besiege ich jeden, mit oder ohne Waffen. Ich habe von Illyria bis Arondel allen einen Tritt in den Hintern gegeben. Aber dennoch gibt es Leute, die mir den verdienten Respekt verweigern. Selbst hier in meinem Heimatdorf muss ich andauernd Leute zerschmettern, die mir nicht aus dem Weg gehen wollen. Weißt du, warum?«

»Weil du ein Knilch bist«, murmelte Anne.

»Weil ich keinen Ruf habe«, höhnte der Bär. »Weil ich keinen Haufen abgeschmackter Schreiberlinge habe, die überall herumrennen und meinen Namen an allen Ecken des Königreichs verkünden. Ich habe nicht einmal einen Mietbarden, der die Geschichten meiner Heldentaten singt. Dabei habe ich sie eigens dafür niedergeschrieben. Alles, was ich habe, ist die Tatsache meiner wahren Größe. Und Tatsachen sind nun mal nicht so werbewirksam wie Phantasien.«

»Ja, ja, das Leben ist hart.«

Der Bär fuhr fort: »Stell dir mal vor, ich begegne so einem aufgeblasenen Pappheiden. Und stell dir weiter vor, ich besiege ihn im Einzelkampf. *Das* wäre natürlich eine Geschichte, die an allen Ecken und Enden weitererzählt wird.« Er grinste verschlagen und entblößte einen Mund voller gelber Zähne. Seine Fäuste, die die Größe von Schinken hatten, ballten und entspannten sich.

»Hast du einen Apfel?«, fragte ihn der Prinz.

»Nein«, antwortete der Bär. Der Rest des Raumes starrte die beiden schweigend an.

»Wendell!«

Wendell zuckte die Achseln und holte einen Apfel aus der Küche. Er übergab ihn mit einem fragenden Blick Charming. Dieser zwinkerte ihm zu. Er ging quer durch den Raum, drehte sich um, setzte sich den Apfel auf den Kopf und lehnte sich gegen die Wand. Die Hände verhakte er lässig in seiner Gürtelschnalle. »Na gut, Bär, dann wollen wir mal sehen, wie gut du wirklich bist.«

Der Bär biss sich auf die Backen und nahm seine Armbrust ab. »Den Apfel?«

»Richtig. Das sollte für dich ein Leichtes sein.«

»Ich glaube das einfach nicht«, murmelte Anne. »Jemand muss ihn aufhalten.«

»Du willst, dass ich dir den Apfel mit meiner Armbrust vom Kopf schieße?«

»Wenn du glaubst, du kannst das nicht …«

Der Bär knirschte mit den Zähnen. Er wusste, dass das ein Trick war, aber er kam einfach nicht dahinter, wie er funktionierte. Er sah sich in der Schankstube um. Alle Augen waren auf ihn gerichtet. Er legte einen hölzernen Pfeil in die Armbrust und spannte seine Waffe. Die Armbrust besaß einen Spannhahn, der beim Zurückziehen ein tiefes, mahlendes Geräusch von sich gab. »Ich bin so weit. Du bist ein ganz schön mutiger junger Schnösel.«

»Das würde ich so nicht sagen. Beim Turnier habe ich gesehen, wie du eine Kupfermünze auf die vierfache Distanz angenagelt hast.«

Einige der Zuschauer nickten. Anne packte Mandelbaum am Ärmel. »Mandelbaum! Er bringt sich um!«

»Keinesfalls. Wenn McAllister Charming erschießt, sieht es so aus, als hätte er einen einfachen Schuss verpatzt. Dann hat er sich einen schönen Ruf verpasst – nämlich den Ruf, einen Prinzen *zufällig* getötet zu haben. Einen Ruf als Pfuscher. Das ist das Letzte, was er will. Aber er kann auch nicht das Schwert ziehen und Charming angreifen, denn das sähe so aus, als wolle er sich Charmings Probe nicht stellen.«

»Und was ist, wenn er den Apfel herunterzuschießen versucht und daneben trifft?«

»Er trifft nicht daneben.« Mandelbaum sagte dies jedoch nicht mit großer Zuversicht. Er war in den Kriegskünsten unerfahren und der Apfel schien ihm ein schrecklich kleines Ziel zu sein. Der Schankraum war lang und die Lampen verbreiteten ein flackerndes, ungleichmäßiges Licht.

Der Bär legte die Armbrust an die Schulter und zielte. Er blickte den Prinzen finster an und begriff, dass er irgendwie an der Nase herumgeführt werden sollte. Dann schoss er.

Man konnte den Pfeil nicht wirklich fliegen sehen. McAllisters Waffe hatte eine Spannkraft von über hundert Pfund. Man hörte das Schwirren des Bogens und das Zischen des Pfeils durch die Luft, doch der Blick sprang sofort zu Prinz Charming.

Dieser bewegte sich so schnell, dass einige der Dörfler bis auf den heutigen Tag behaupten, es wäre einer von Mandelbaums Zaubertricks gewesen. Im einen Augenblick stand er noch lässig gegen die Wand gelehnt, wirkte mit dem Apfel auf dem Kopf etwas lächerlich, blickte höflich gelangweilt drein und hatte die Hände im Gürtel verhakt. Im nächsten Augenblick aber regte er sich. Die Blicke der Zuschauer nahmen nur eine blitzartige Widerspiegelung des Lampenlichts auf einer Klinge und verschwommene, fließende Bewegungen wahr. Da hatte Prinz Charmings Schwert schon den heransausenden Pfeil mitten in der Luft in zwei Hälften gespalten, die den Apfel ein Viertel Zoll voneinander entfernt durchschlugen.

»Das glaube ich einfach nicht«, sagte Anne. Mandelbaum schüttelte verwundert den Kopf. Wendell zuckte bloß die Achseln.

Der Bär starrte den Prinzen sprachlos an. Charming stand wie angefroren mit dem erhobenen Schwert in den Händen da. Erst langsam entspannte er sich. Er nahm den Apfel vom Kopf, schaute sich die zwei daraus hervorstechenden Pfeilhälften an und warf ihn dann dem Bär zu. Erneut vollführte er eine blitzschnelle, fließende Bewegung und das Schwert verschwand in der Scheide. Erst jetzt klatschten die Zuschauer.

Der Prinz nickte ihnen zu und ging McAllister mit ausgestreckter Hand entgegen. Der Bär ergriff sie mit einer gewissen Nervosität, denn er bemerkte, dass Charmings andere Hand noch immer auf dem Schwertgriff lag.

»Was hattest du noch gleich gesagt?«

»Hä?«

»Du hattest etwas über meinen Ruf gesagt, wenn ich mich recht erinnere – dass ich meinen Ruf gemieteten Barden verdanke.«

»Ach ja, richtig«, gab der Bär zurück. »Barden. Sind

hilfreich für den Ruf eines Mannes. Äh, weißt du zufällig, wo ich mir einen mieten kann?«

»Nein.«

»Na gut. Also, ich geh dann.«

»Nein, nein, bleib doch noch etwas und trink einen mit uns.« Charming klopfte dem großen Mann auf die Schulter. »Eigentlich suche ich gerade nach jemandem, der mir etwas über die örtlichen Legenden sagen kann.«

»Na ja, wenn du einen ausgibst, kann ich wohl schlecht nein sagen.« McAllister setzte sich und alle wurden einander vorgestellt. »Nettes Stück Stahl, das du da mit dir rumträgst, Charming. Hat das dein eigener Waffenschmied gefertigt?«

»Nein, es war ein Geschenk.« Charming nahm das Schwert ab und reichte es McAllister hinüber. Der große Mann untersuchte es ehrfürchtig. »Sehr schön, wirklich sehr schön. Ausgezeichnet ausbalanciert.« Er klappte einige der Vorrichtungen im Griff auf. »Und was ist das hier für ein gebogenes Dings? Ein Nussknacker?«

»Ich glaube eher, es ist zum Spleißen von Seil.«

Nach einigem Geplauder über Waffen, örtliche Turniere, Jagden etc. fragte Charming seinen Gegner nach der Dornenhecke. Auch Mandelbaum und Anne wollten Näheres wissen. Zur Antwort auf ihre Fragen fuhr sich der Bär nachdenklich mit den Fingern durch das struppige Haar und schüttelte den Kopf. »Ja, Magie gibt's schon in diesen Wäldern, aber von 'nem Gral hab ich noch nie nix gehört. Die alten Leutchen hier« – er deutete auf die Dorfältesten, die inzwischen ihr Dominospiel wieder aufgenommen hatten – »hätten ihn bestimmt schon mal erwähnt. Aber diese Dornenhecke umgibt das Schloss der Prinzessin Aurora.«

»Hab noch nie von ihr gehört.«

»Das ist 'ne seltsame Geschichte. Wie du bestimmt schon bemerkt hast, ist der Wald ein Feenwald und die Hecke ist keine gewöhnliche Dornenhecke.«

Charming, Anne und Wendell sahen sich an.

»Das haben wir bemerkt.«

»Also, es ist so: Der alte König Stephen hatte sein Schloss in der Mitte dieses Waldes gebaut, aber er ist nie allzu gut mit der Fee ausgekommen, die hier das Sagen hatte. War'n kleines Miststück namens Esmeralda. Am Tag von Prinzessin Auroras Hochzeit hat sie 'nen Fluch über das ganze Schloss gelegt und Aurora in 'nen tiefen Schlaf geschickt. Die Legende besagt, dass nur der Kuss von 'nem Prinzen sie aufwecken kann.«

»Nein, wie schrecklich!«, stieß Anne aus.

»Was ist daran so schrecklich?«, fragte Charming. »Dass sie in Schlaf versetzt wurde oder dass sie nur mit einem Kuss erweckt werden kann?«

»Dass sie ihre Hochzeit verpasst hat. Könnt Ihr Euch überhaupt vorstellen, wie viel Arbeit in so einer Hochzeit steckt?«

»Denkt doch an ihren armen Verlobten. Er hat die Hochzeitsnacht verpasst.«

»Ach, seid doch still!«

»Dann wuchs diese Dornenhecke um das Schloss und man konnte's nicht mehr sehn. Seitdem hat keiner mehr was vom König, der Prinzessin und komischerweise auch nicht von Esmeralda gehört oder gesehen.«

Der Wirt kam mit einer Platte Rindfleisch zurück und goss zusätzlich jedem frisches Bier ein. Der Bär und Wendell machten sich über das Essen her, während sich die anderen drei zurücklehnten und über diese Geschichte nachdachten.

»Stellt Euch das bloß vor!«, meinte Anne verträumt. »Da schläft sie Jahr für Jahr, während das Laub sich verfärbt und fällt und die Jahreszeiten kommen und gehen, und sie träumt von dem Tag, an dem ihr Prinz eintrifft und sie aufweckt.« Sie seufzte. »Denkt bloß an all die ungeöffneten Hochzeitsgeschenke.«

»Ich würde nicht allzu viel auf diese Geschichte geben«, warnte Charming. »Feenmagie ist nicht derart mächtig. Es gibt viele Knaben, die einen solchen Bann brechen können. Mandelbaum zum Beispiel.«

Mandelbaum meinte dazu: »In aller Bescheidenheit bin ich gezwungen anzumerken, dass mir nicht viele Zauberer ebenbürtig sind. Trotzdem ist Prinz Charmings Einschätzung richtig. Ein Gral ist einfach zu ungreifbar und schwammig, um viel Zeit darauf zu verwenden, doch wenn ein ganzes Schloss auf dem Spiel steht, sollte man eigentlich innerhalb weniger Stunden eine Bresche in diese Dornenwand schlagen können.«

»Ihr vergesst etwas«, sagte der Bär, während er in einem Stück Knorpel herumstocherte. »Die ganze Oberschicht des Königreichs befand sich auf der Hochzeit. Sie sind alle noch drinnen. Genau wie die führenden Kaufleute, Händler und Geldverleiher. Es war halt 'ne große Hochzeit. Jeder, der was war, war da. Diese verdammte Fee hat die gesamte Führungsschicht dieses Königreichs ausgelöscht. Es gab keinen mehr, der genug Kleingeld hatte, um 'nen erstklassigen Magier anzuheuern, und es gab auch keinen, der genug Mumm hatte, um was zu unternehmen.«

»Scheint ein ganz schönes Machtvakuum hier zu sein. Warum haben die benachbarten Könige nicht versucht, hier einzumarschieren?«

Der Bär schaute verblüfft drein. »Das haben sie getan. König Charming, dein Großvater, hat Alacia zu seinem Protektorat erklärt.«

»Alacia gehört zu Illyria?«

»Wusstet Ihr das nicht?«, fragte Anne.

Charming zuckte die Achseln. »Politik interessiert mich nicht die Bohne. Ich habe eher mit taktischen Fragen zu tun.«

»Ich weiß. Mit Töten und Retten, nicht wahr?«

»Richtig.«

»War denn das Volk seinem eigenen König gegenüber nicht treu ergeben?«

Der Bär untersuchte angestrengt den Boden seines Glases. »Na ja, man hat sie vor die Wahl gestellt. Entweder zahlten sie Steuern an den König und zusätzlich Steuern an die Adligen, denen ihr Land gehörte. Oder sie zahlten bloß Steuern an einen neuen König. Du kannst dir ausrechnen, was günstiger ist.«

Anne gefiel das Ganze überhaupt nicht.

»Mandelbaum, was glaubst du? Gibt es da drinnen eine Prinzessin?«

»Einerseits sind örtliche Legenden eine unsichere Informationsquelle, Hoheit. Andererseits ist das Errichten einer solchen Hecke kein Zuckerschlecken. Ich wage zu behaupten, dass es hinter ihr etwas Wichtiges gibt – irgendetwas.«

»Also gut. Ich hatte eigentlich vor, diese Gralssache sausen zu lassen, aber wenn es wieder mal eine Prinzessin zu retten gilt, ist klar, was ich zu tun habe. Morgen gehe ich rein.«

»Äh, Sire, ich werde wohl drei oder vier Tage benötigen, um diesen Heckenbann zu untersuchen und ein Gegenmittel herauszufinden. Vielleicht dauert es sogar ein paar Wochen, falls ich weitere Ausrüstung aus Illyria brauche.«

»Vergiss die Hecke. Ich habe eine andere Idee.«

Mandelbaums Miene hellte sich auf. »Nein, wartet. Ich glaube, ich hab's. Habt Ihr jemals gesehen, wie Rauch von einem Feuer durch den Kamin aufsteigt …«

»Mit einem Sack voller Rauch hinübersegeln? Vergiss es«, sagte Charming.

Mandelbaum sah Wendell an. »Vielleicht habe ich es dir nicht richtig erklärt. Es wird gelingen!«

»Dessen bin ich sicher. Aber ich habe eine andere Idee. Erinnerst du dich an damals, als die Armee diese Banditen verfolgte? Sie überquerten den Lassendale-Fluss und fackelten die Brücke hinter sich ab. Also …«

Charming legte seinen Plan dar. Mandelbaum strich sich durch den Bart und nickte.

»Das kann ich machen, Sire. Ich kann die Vorbereitungen heute Nacht treffen und werde im Morgengrauen fertig sein.«

Wendell sprang auf. »Ich helfe dir, Mandelbaum!«

»In Ordnung«, sagte Charming. »Ruh dich aber auch etwas aus, Wendell. Wir wissen nicht, was wir auf der anderen Seite antreffen werden.«

»Wenn Ihr uns dann entschuldigen wollt …« Mandelbaum erhob sich und verbeugte sich einmal vor Charming und einmal vor Anne. »Gute Nacht, kleines Prinzesslein.« Er ging mit Wendell im Schlepptau davon.

»Was für ein netter Mann«, fand Anne.

Der Bär stand ebenfalls auf. »Sollte mich langsam auf's Ohr hauen. Danke für das Abendessen, Charming. Bist'n prima Kerl.« Er grinste. »Netter Trick, das mit dem Schwert.«

Als sich der Tisch leerte, sah der Wirt seine Stunde gekommen. Er kam heran und sagte: »Prinz Charming, ich kann Euch gar nicht sagen, was für eine Ehre es ist, Euch in meiner nichtswürdigen Taverne beherbergen zu dürfen.«

»Sie ist keinesfalls nichtswürdig! Im Gegenteil, sie ist ausgezeichnet.«

Der Wirt drückte die Brust heraus. »Vielen Dank, Hoheit. Ihr werdet feststellen, dass ich Euch im schönsten und größten Zimmer untergebracht habe. Euch steht sogar eine Gänsefedermatratze zur Verfügung. Eure Magd kann in der Küche bei den anderen Mädchen schlafen.« Er warf einen raschen Blick auf Anne. »Meine Frau hat ihr eine Stelle gleich neben dem Kamin gegeben; da wird sie es mollig warm haben.«

»Hmm«, machte der Prinz. Er schaute Anne an und wartete darauf, dass sie sich als Prinzessin zu erkennen gab und einen ihr angemessenen Raum forderte. Sie aber schenkte ihm nur einen kühlen Blick und sagte – nichts. »Ja, äh, eigentlich hat meine Magd für mich noch einige ... Ausbesserungsarbeiten zu erledigen und, äh, ich muss ihr einiges erklären und deshalb wird sie bis tief in die Nacht auf sein. Warum bekommt sie nicht einfach den Raum neben mir?«

Der Wirt war sprachlos vor Entsetzen. Eine Welle roter Wut nahm an seinem Hals ihren Ausgang und verbreitete sich rasch über das kahle Rund des Kopfes. Anne war sicher, dass nur die Angst vor einer Majestätsbeleidigung ihn davon abhielt, den jungen Prinzen zu ohrfeigen. Dann schien der Mann urplötzlich zu verstehen. Seine Wut verschwand so schnell, wie sie gekommen war, und machte röhrendem Gelächter Platz. »Natürlich!«, donnerte er. »Eure Hoheit machen einen Witz. Hahaha! Natürlich denkt Ihr nicht im Traum daran, dass wir eine unverheiratete Frau im Männerflügel unterbringen könnten. Wie dumm von mir, dass ich auf Euren kleinen Spaß hereingefallen bin.«

Charming starrte Anne an. Sie sagte immer noch nichts. Er zwang sich zu einem Lächeln. »Ganz richtig. Mir war etwas frivol zumute. Klar, steck sie in die Küche. Und wenn sie irgendwelche Probleme macht, schütt ihr einen Eimer kaltes Wasser über den Kopf.«

Anne stand auf und machte einen Hofknicks. »Was immer Euer Hoheit wünschen«, sagte sie lammfromm. »Aber ich muss heute Abend auf Euer Zimmer kommen und Euch Eure Milch bringen. Der Prinz nimmt immer ein Glas Milch und ein Haferplätzchen zu sich, bevor er zu Bett geht«, erklärte sie dem Schankwirt.

Charming mahlte mit den Zähnen.

»Hä?«, meinte der Wirt. »Plätzchen?« Er sah erst Charming, dann Anne an. »Na gut, ich glaube, das geht in Ordnung. Eine der verheirateten Frauen wird dich begleiten. Und jetzt entschuldigt mich bitte, Hoheit. Ich muss mich um die anderen Gäste kümmern.«

Charming verabschiedete ihn. Anne glättete ihr Kleid. »Wenn Ihr mich nun entschuldigt, Hoheit, ich muss meinen Platz in der Küche aufsuchen.«

»Wartet eine Minute! Warum sagt Ihr ihm nicht ...« Doch Anne war schon davongestürmt und ließ Charming in dem rasch sich leerenden Schankraum allein zurück. »Mädchen«, murmelte er.

Schließlich ging er hoch auf sein Zimmer. Wendell hatte die Reisetaschen ordentlich ausgepackt, aber er selbst war nirgendwo zu sehen. Vermutlich trieb er sich mit Mandelbaum herum. Charming zog seine Stiefel aus und legte sich auf das Bett. Die Daunenmatratze war genauso bequem wie versprochen, doch trotzdem konnte er sich nicht entspannen. Er dachte an Anne. Sie hatte ein wirklich hübsches Gesicht, aber das Mädchen trieb ihn noch in den Wahnsinn. Ihr schien es ziemlich egal zu sein, dass er *Prinz Charming* war! Was wollte sie überhaupt von ihm? Er rollte auf den Bauch, dann wieder auf den Rücken. Sie hatte große Titten. Diese Magdkleidung brachte sie hervorragend zur Geltung. Er rollte auf den Bauch und trommelte auf das Kissen, dann schüttelte er es wieder auf. Er rollte auf die Seite. »Diese Matratze ist zu weich. Das ist alles.«

Die Tür sprang auf und Wendell huschte herein. »Großartig! Das wird ein ganz toller Zauberspruch!« Er holte ein paar Kerzen aus den Reisetaschen und lief wieder hinaus.

»Wie schön für sie«, sagte Charming zu dem leeren Zimmer.

Charming hatte großen Respekt vor Mandelbaum und bewunderte die Fähigkeiten des Magiers. Das Problem mit den Magiern war aber ihre Unfähigkeit, vernünftige Ergebnisse zu erzielen. Aus diesem Grund wollte er keine zauberischen Hilfsmittel benutzen, bevor sie ein paarmal erfolgreich getestet worden waren.

Mandelbaum schien recht verlässlich, auch wenn ihm

Charming dieses ganze Gerede über Symbolismus nicht abkaufte. Seiner Ansicht nach war das Füllen eines Grals mit Wasser nicht symbolischer, als ein Schwert in die Scheide zu stecken.

Dann ertönte ein unendlich leises Klopfen an der Tür. Es war so zaghaft, dass der Prinz zuerst nicht sicher war, ob er überhaupt etwas gehört hatte. Doch es klopfte noch dreimal sachte und die Tür öffnete sich leise. Anne schlüpfte herein und schloss die Tür hinter sich. In der Hand hielt sie eine Kerze.

Sie war das Traumbild der Schönheit.

Das Licht der Kerze betonte die Wangenknochen und spiegelte sich in den leuchtend dunklen Augen. Üppiges schwarzes Haar fiel ihr in sanften Wellen auf die Schulter. Die Lippen waren voll, rot, feucht und leicht geöffnet und die Wimpern schlugen sanft gegen die glatte, vollkommene Haut. Sie trug ein einfaches weißes Nachthemd aus Wolle, das die Rundungen ihres Körpers verbarg. Doch die wenigen Kurven, die sich trotzdem abzeichneten, befanden sich an den richtigen Stellen und wirkten vielversprechend. Sie war barfuß.

Charmings Mund wurde trocken.

Anne stellte die Kerze auf das Nachtschränkchen und setzte sich neben Charming. »Hallo«, sagte sie sanft.

»Hallo«, antwortete Charming. »Wo ist das andere Mädchen?«

»Sie schlafen alle. Ich habe die Gelegenheit wahrgenommen, Euch allein zu besuchen.« Sie lächelte scheu. »Es gibt keine Milch und keine Plätzchen. Nur mich.«

»Ich kann nicht behaupten, dass ich enttäuscht bin. Warum habt Ihr dem Wirt nicht gesagt, wer Ihr seid? Dann hättet Ihr ein Zimmer ganz für Euch allein erhalten.«

»Dummer Junge.« Anne ergriff Charmings Hände. »Der Wirt würde niemals eine Frau im gleichen Flügel wie die Männer unterbringen, aber er kann einen Prinzen

Charming schlecht aus seinem Zimmer werfen. Also hätte er mir einen der rückwärtigen Räume gegeben und die anderen Mädchen herausgeworfen.«

»Und wo hätten sie dann geschlafen?«

»Im Stall.«

»Ich verstehe. Es war sehr nett von Euch, ihn nicht über Eure königliche Abstammung aufzuklären.«

»Ich habe in unserem Schloss genug Drecksarbeit erledigt, um das Leben aus der Perspektive der Arbeiterklasse sehen zu können.«

»Ich meine trotzdem, dass das, äh, sehr nett von Euch ist.« Charming hatte plötzlich Schwierigkeiten, das Gespräch in Gang zu halten. »Äh, also, ich meine, dass es schön, äh nett von dir, äh, Euch war, ein solches Zimmer auszuschlagen.« Er fühlte sich wie ein Idiot. »Also, in der Küche zu schlafen, damit die anderen nicht im Stall schlafen müssen, ist, äh nett, ach, verflucht!«

»Du lieber Himmel! Dem charmanten Prinz Charming verschlägt es die Sprache?«

»Ach, Ihr habt mich mit Eurem Besuch in meinem Zimmer, äh, überrascht. Gebt mit eine Minute.«

»Lasst Euch Zeit.« Anne beugte sich vor und stützte die Arme auf die Knie, was zu Charmings Konzentration nicht gerade beitrug. Er riss den Blick von ihren Brüsten los, die sich mit jedem Atemzug sanft hoben und senkten, und sah ihr in die Augen.

Er sagte: »Anne, als ich eben auf mein Zimmer ging, sah ich durch ein Fenster eine Heckenrose wachsen. Normalerweise blühen sie erst im Sommer, doch diese Rose gedieh an einem geschützten Plätzchen und sie hatte bereits geknospt. Das Licht fiel aus dem Fenster auf eine einzelne Blüte – auf eine rote Rose, die sich frisch geöffnet hatte. Der Abendtau war gefallen; einige Wassertropfen hingen an den zarten Blütenblättern und schimmerten im Lampenlicht wie Perlen. Das war alles, was ich sehen konnte, Anne: eine einzelne, vollendete Rose, die in der Dunkelheit leuchtete. Als ich diese Rose sah, dachte ich an dich.«

»Oh«, murmelte Anne. »Sehr nett.« Sie schmiegte sich an den Prinzen und legte den Kopf an seine Schulter. Charming spürte ihren sanften Atem im Nacken. Sein Blutdruck bewegte sich in Richtung Mond. Es war Zeit zu handeln.

»Weißt du, Charming, du und ich, wir haben vieles gemeinsam.«

Er legte ihr den Arm um die Hüfte und fragte sich, wie er es anstellen sollte, ihre Oberschenkel nicht zu berühren. »Tatsächlich?«

»O ja. Wir beide haben Eltern, die uns um unsere Jugend und Beliebtheit beneiden.«

Mit dem anderen Arm strich er ihr die Haare aus dem Gesicht. »Stimmt wohl.«

»Wir beide hegen ein starkes Pflichtgefühl unserem Volk gegenüber.«

»Äh, ja. So in der Art.« Er zog sie sanft an sich heran und drückte ihren Körper gegen seinen. Er neigte den Kopf ihrem Gesicht entgegen, bis seine Lippen nur noch wenige Zoll von ihren entfernt waren.

Verzückt schloss Anne die Augen und verlor sich in ihren Gedanken. Ohne weiter darüber nachzudenken, murmelte sie: »Unsere Mütter starben im Kindbett.«

Der Prinz versteifte sich. »Ja, und?«

»Als ich ein kleines Mädchen war, habe ich immerzu an sie gedacht. Denkst du jemals an deine Mutter?«

»Äh, nicht in Augenblicken wie diesem.«

»Es ist komisch, ohne Mutter aufzuwachsen, besonders wenn du weißt, dass sie bei deiner Geburt gestorben ist.«

»Warte mal 'ne Minute!«

»In gewisser Hinsicht bist du verantwortlich für ihren Tod. Es ist beinahe so, als hättest du sie umgebracht.«

Charmings Blutdruck kehrte mit einem Schlag zur

Erde zurück. »He …« Selbst für einen sextollen Teenager war das ein beunruhigender Gedanke.

»Nicht dass ich mich deshalb schuldig fühlen würde. Hast du schon einmal über diese Dinge nachgedacht?«

»Nein!« Der Prinz setzte sich ruckartig auf. Annes Kopf fiel auf das Kissen. »Nein, über so etwas habe ich noch nie nachgedacht. Und besonders jetzt will ich nicht darüber nachdenken. Himmel, du weißt sehr wohl, wie man eine romantische Stimmung abmurksen kann.«

»Eine romantische Stimmung?« Plötzlich schien Anne zu bemerken, wo sie war, und kletterte aus dem Bett. »Es tut mir Leid, ich wollte nicht … du solltest nicht denken, dass ich … ich muss jetzt gehen.« Sie zog die Tür heftig auf. »Ich sehe dich morgen früh, nicht wahr?« Sie streckte ihm die Hand entgegen.

Der Prinz beachtete sie nicht. »Ist es kalt draußen?«

»Ja, es ist ziemlich frisch.«

»Gut«, seufzte Charming. »Dann mache ich einen Spaziergang.«

Das Dröhnen seiner Stiefel weckte die ganze Etage auf und Anne blieb kaum genug Zeit, um ungesehen zu ihrem Bett zurückzukehren.

Als sie aus dem Dorf ritten, hatte die Sonne die Morgennebel noch nicht vertrieben, doch heute versagten sich Charming und Wendell ihr übliches Herumgetrödele. Wendell hatte vier Stunden geschlafen, was bei seinem jugendlichen Alter mehr als genug war. Er plapperte fröhlich erregt drauflos, lenkte dann sein Pferd an die Spitze der Gruppe und untersuchte gelegentlich einen abzweigenden Pfad. Charming hingegen verspürte eine innere Spannung, die mit einem Gefühl heraufziehender Gefahr einherging. Obwohl er äußerlich ruhig erschien, brannte er ungeduldig darauf, die bevorstehende Aufgabe endlich anzupacken. Mandelbaum war die ganze Nacht auf den Beinen gewesen, doch sein Gesicht zeigte nicht die geringste Spur von Müdigkeit. Er saß fest im Sattel und rauchte gefasst seine Pfeife.

Anne starrte geradeaus, ritt in Schweigen gehüllt und beantwortete alle Fragen mit »mmpf.« Sie bemühte sich erfolgreich, den Prinzen nicht zu beachten. Die Tatsache, dass der Prinz die Missachtung nicht bemerkte, mit der sie ihn strafte, machte sie nur noch wütender über sein Verhalten in der letzten Nacht.

Als sie die Dornenhecke erreichten, erkundschaftete Wendell die Umgebung, bis er einen Haufen verkohlter Zweige entdeckte. »Genau hier. Hier war's. Hier hatten wir das Lagerfeuer entzündet.«

Mandelbaum nickte bloß. Er holte aus einer Tasche eine kleine Schere hervor, schnitt einen Zweig ab, wickelte ihn in ein Stück Stoff und steckte beides zurück in seine Tasche. Dann warf er sich den Umhang über die Schultern. »An die Arbeit.«

»Was hast du vor?«, fragte Anne gedankenverloren.

»Ah«, meinte Charming. »Sie kann doch noch sprechen.«

»Halt den Mund. Was hast du vor?«

»Beobachten und abwarten.«

Während Charming sich unter einen Baum setzte und an einem Stück Weidenborke herumschnitzte, öffneten Mandelbaum und Wendell zwei große Wollsäcke und packten etliches Arbeitsmaterial aus. Zuerst holten sie ein Dutzend mit verschlungenen Schnitzmustern verzierte Holzstangen hervor und hämmerten sie in den Boden, sodass sie annähernd einen Kreis bildeten. Offenbar war der Abstand der einzelnen Stäbe zueinander sehr wichtig, denn die beiden maßen ihn andauernd mithilfe eines knotenbesetzten Seils nach. Sie verstreuten Pulver aus Lederbeuteln auf dem Boden zwischen den Stäben. Sie öffneten Phiolen mit übel riechenden Flüssigkeiten und maßen sie mit Glaspipetten ab. Einiges tröpfelten sie auf den Boden, einiges auf die Stäbe. Dann steckten sie

Aufsätze aus Metall, Messing, Kupfer und – zu Annes Überraschung – Silber und Gold auf einige der Stäbe.

»Willst du denn gar nichts tun?«, fragte Anne Charming.

»Ich tue doch etwas. Ich schnitze gerade eine Pfeife.«

»Ich meine, willst du ihnen nicht helfen?«

»Ich habe den Eindruck, dass sie prima ohne mich zurechtkommen.«

»Mumpf.« Anne drehte sich erregt um und Charming bemerkte, dass ihre Kleidung für ein erregtes Umdrehen geradezu geeignet war. Sie ging auf Mandelbaum zu. »Kann ich euch irgendwie helfen?«

»Nein«, antwortete Mandelbaum unwirsch. »Ihr wärt uns nur im Weg. Ich habe Wendell letzte Nacht genaue Anweisungen gegeben. Setzt Euch einfach irgendwo hin.«

Anne kehrte zu dem Baum zurück und setzte sich neben den Prinzen. »Na gut, ich vermute, dass ich mich dumm benommen habe. Eigentlich sollte ich dir wegen letzter Nacht dankbar sein.«

»Was? Mir dankbar sein? Warum?«

»Weil du nicht … weil du die Lage nicht ausgenutzt hast. Ich habe mich wohl hinreißen lassen. Ich war bereit, dich … zu küssen und … na ja, noch andere Dinge zu tun. Letzte Nacht hatte ich den Eindruck, dass du mich zurückgewiesen hast, aber jetzt begreife ich, dass das nicht stimmt. Wenn deine Charakterstärke nicht gewesen wäre, hätte ich vielleicht etwas getan, was wir beide hinterher bereut hätten.«

»Oh!« Mehr fiel dem Prinzen dazu nicht ein. Er machte einige Male den Mund auf, um etwas zu sagen, besann sich jedoch schließlich eines Besseren. Nach ein paar weiteren Schweigeminuten meinte er: »Ich sollte wohl ehrlich sein. Ich habe mich nicht verweigert, weil ich eine Rüstung aus Tugend trage, sondern weil mich deine Bemutterung gestört hat. Ich meine damit, dass du mich wirklich ganz schön angemacht hast.«

»Wirklich?«

»Ja. Du bist sehr schön. Du bist nicht nur sehr schön, sondern einfach wunderbar.«

»Vielen Dank. Du hast mich gerade sehr glücklich gemacht.«

»Keine Ursache. Und jetzt kannst du mir sagen, wie schön du mich findest.«

»Du siehst ganz passabel aus.«

Er streckte ihr die Zunge heraus. Sie lachte und klopfte ihm auf die Schulter. »Jetzt erkläre mir endlich, wie wir durch die Dornen kommen.«

»Wart's ab. Mandelbaum ist fast fertig.«

Mandelbaum war sogar schon ganz fertig. Der Boden zwischen den Stäben schwelte bereits. Wendell nahm die Säcke hoch und stellte sie in sicherer Entfernung wieder ab. Der Prinz und Anne standen auf, kamen aber nicht näher. Mandelbaum murmelte Beschwörungsformeln und versetzte einigen der Stäbe ein paar letzte Schläge mit einem hölzernen Hammer. Dann klopfte er seine Pfeife aus und zog sich hastig zurück. Sein Umhang flatterte hinter ihm her.

Es geschah innerhalb weniger Sekunden. Zuerst erschien eine kleine blaue Flamme in der Mitte des Stabkreises. Kurz darauf ertönte ein Grollen und eine Feuersäule schoss zwanzig Fuß hoch in die Luft und verteilte Erdfetzen und glühende Asche in alle Richtungen. Innerhalb einer Minute erstarb jedoch die Feuersbrunst und ließ lediglich einen Kreis aus verkohltem Schmutz im Gras zurück.

»Ist das alles?«, fragte Anne. »Das soll uns durch die Dornen bringen?«

»Wartet's ab.«

Anne spürte ein schwaches Rumpeln unter den Füßen – ein Rumpeln, das rasch anwuchs. »Was ist das?«

»Geh einen Schritt zurück.«

Der Boden um sie herum kräuselte sich und erzitterte

wie ein sturmgepeitschter Ozean. Die Bäume schüttelten sich und es regnete Blätter und verdorrte Äste. Ein tiefes Jammern ritt auf dem Wind heran und erzeugte bei Anne eine Gänsehaut.

»Es kommt!«, rief der Prinz.

Mit einem gewaltigen Donnern schoss eine Wassersäule aus der Erde. Tausende von Gallonen pro Minute drückten sich durch den Boden und fuhren in den klaren, blauen Himmel, bis sie außer Sichtweite waren. Irgendwo unterhalb der Wolken hatte der wilde Strom seine Energie verbraucht; die Spitze der Fontäne brach ab und fiel hinunter. Die vier standen plötzlich in einem regelrechten Sturzbach.

»Oje, ich bin vollkommen durchnässt!«

Charming lachte. »Ja!« Dann bemerkte er, wie der nasse Baumwollstoff von Annes Kleid sich um ihre Brüste schmiegte, und schaute sofort weg.

Mandelbaum wedelte mit den Händen und versuchte, die Fontäne unter Kontrolle zu bringen. Die Wassersäule reagierte auf seine Gebärden und schwankte wie eine Palme in einem Orkan. Dabei verspritzte sie ihr Wasser in einem Umkreis von hundert Ellen über dem Wald. Schließlich neigte sie sich vollständig und bildete einen vollendeten Bogen über die Dornenhecke.

»Schön gemacht«, kommentierte der Prinz.

»Aber darüber können wir nicht reiten. Wir werden bei dem Versuch sterben.«

»Er ist noch nicht fertig. Jetzt kommt der beste Teil.«

Mandelbaum schaute sie an und zwinkerte. Dann breitete er die Arme aus und Anne bemerkte die vollkommene Stille.

Charming ging auf Mandelbaum zu. Anne folgte ihm. Eine kühle Brise schien sich plötzlich zu erheben. Die Prinzessin erzitterte in ihrem nassen Kleid. Sie erkannte, dass der Wald nicht wirklich still war; aus ihm drang dasselbe Blätterrascheln und Vogelzwitschern wie zuvor.

Das Gefühl der Stille rührte bloß daher, dass das Donnergrollen des Wassers nicht mehr gegen ihre Ohren schlug. Doch noch immer stand der wundervoll geneigte Bogen vor ihr. Wendell brachte ihr ein Handtuch, das sie dankbar entgegennahm. Als sie sich das Wasser aus Gesicht und Augen gerieben hatte, warf sie erneut einen Blick auf den Bogen. Plötzlich wurde ihr alles klar.

»Er ist gefroren. Du hast ihn zu Eis erstarren lassen.«

»Nicht berühren!«, warnte der Prinz. »Deine Haut wird daran festkleben. Ich habe Handschuhe für dich.«

»Er ist wirklich sehr kalt«, sagte Mandelbaum. »Er wird seine strukturelle Beschaffenheit ein paar Stunden lang behalten. Das sollte genug Zeit sein, um die Prinzessin zu finden, sie zu küssen und zurückzukehren, falls Ihr dem Drang nach weiteren Nachforschungen widerstehen könnt.«

»Mumpf«, machte Anne.

»Mumpf?«

»Na komm schon! Du hast doch nicht wirklich vor, diese Aurora zu küssen, falls sie überhaupt existiert, oder?«

»Warum nicht?«

»Prinz Charming! Du kennst sie nicht einmal!«

»Woher sollte ich sie denn kennen? Sie liegt schließlich unter einem Zauberbann.«

»Genau das meine ich. Du kannst doch nicht einfach in das Schlafzimmer eines Mädchens gehen und sie küssen, während sie schläft. Sie kann keine Zustimmung geben. Das ist ja fast eine Vergewaltigung.«

»Wenn ich sie nur retten kann, indem ich sie küsse, dann werde ich sie halt küssen. Das ist mein Job. Ich bin schließlich ein Prinz.«

»Das ist pervers.«

»Du bist bloß eifersüchtig.«

»Eifersüchtig? Ich? Ha!«

»Wie ich sehe, ist das eine dieser zwecklosen Diskussionen, die man tagelang fortführen kann«, meinte Mandelbaum. »Warum redet Ihr nicht weiter, während Ihr den Bogen erklettert? Zwei Stunden sind schneller vorbei, als Ihr es Euch vorstellen könnt.«

»Richtig«, sagte Charming. »Wendell holt uns Seil und Eispickel.«

»Nein«, erwiderte Wendell. »Mandelbaum hat mir gesagt, dass wir keine brauchen.«

»Ich habe eine Überraschung für Euch«, erklärte der Zauberer. »Seit der letzten Vorführung dieses Kunststückchens habe ich eine kleine Verbesserung angebracht.« Er holte aus einer seiner vielen Taschen einen silbernen Teelöffel hervor, blies sacht über die Wölbung und polierte ihn liebevoll an seinem Umhang. Dann hielt er den Löffel zwischen Daumen und Zeigefinger, beugte sich zu der Eisbrücke vor und versetzte ihr einen ganz leichten Schlag.

Es war ein leises ›Ting‹ zu hören, das an das Klingen eines kristallnen Kelchs erinnerte. Der Laut wurde tiefer und lauter und verzweigte sich zu Dutzenden von Untertönen und Harmonien. Er hielt einige Minuten an, schwand manchmal, wurde wieder lauter und lief in dem gefrorenen Gebilde hin und her. Plötzlich hörte er auf. Kleine Eisschollen brachen von dem Bogen ab und fielen glitzernd zu Boden. Als der Bann fertig war, hatte sich eine zierliche und vollkommene Treppe in die Masse gefrorenen Wassers eingegraben.

»In Ordnung«, meinte der Prinz.

»Nett«, sagte Anne. »Wirklich sehr nett.«

»Hat mir zwei Nominierungen für den Magie-Oscar eingebracht«, prahlte Mandelbaum stolz. »Bester neuer Zauberspruch und bester Spezialeffekt.«

»Gut. Dann sollte ich jetzt mal da drüber hüpfen und dieses Schnuckelchen küssen. Es ist ein harter Job, aber irgendwer muss ihn schließlich machen.«

Er zog sich Handschuhe an und betrat die Treppe, ohne einen Blick zurück zu werfen. Anne zögerte zunächst, doch dann folgte sie ihm. Das Eis war so schlüpfrig, wie Eis nur sein kann, und auf der dritten Stufe verlor sie das Gleichgewicht. Der Prinz packte sie am Arm. Er trug mit groben Nägeln beschlagene Schuhe, sodass er keine Schwierigkeiten auf dem Eis hatte. Er legte den Arm um Anne und richtete sie auf.

Wendells Schuhe waren ebenfalls beschlagen. Er hielt auf der ersten Stufe an und drehte sich um. »Mandelbaum, war das ein teures Zauberstück?«

»Sehr teuer, Wendell.«

»Teurer als die Sache mit dem Rauchsack?«

»O ja. Viel teurer.«

»Warum hast du dann nicht auf dem Rauchsack bestanden?«

Mandelbaum warf einen Blick auf den Prinzen, der inzwischen bereits außer Hörweite war. Er beugte sich nach vorn und brachte den Mund nahe an Wendells Ohr. »Es ist ein Regierungsauftrag, mein Sohn. Eines Tages wirst du es verstehen.«

Wendell zuckte die Achseln und folgte dem Prinzen über die eisige Treppe.

Das Erklettern des Bogens war keine harte Arbeit. Die Eistritte waren aufgeraut, sodass der Weg nicht gefährlicher schien als ein Marsch über einen zugefrorenen See. Aber der Scheitel des Bogens schwebte hundert Fuß hoch in der Luft, weswegen sich der Prinz und seine Begleitung mit äußerster Vorsicht bewegten. Aus dieser Höhe sah die Dornenhecke nicht einladender aus als von unten. Außerdem versprach sie jedem, der ausrutschte, eine unangenehme Landung. Sie war etwa dreißig Ellen breit. Der Eisbogen berührte kurz hinter ihr den Boden. Auf der Spitze der Eistreppe hielt Charming inne und wartete auf die anderen beiden. Anne war nur ein Dutzend Schritte hinter ihm und Wendell folgte ihr dicht. Sie erreichte leicht keuchend seine Schulter und stieß aus: »Mannomann.«

»Nicht übel«, gab der Prinz zu.

»Mir gefällt unseres besser«, meinte Wendell.

Sie hatten nun freien Blick auf das Schloss. Es war ein beeindruckendes Gemäuer, bei dem offensichtlich die Funktion der Form folgen musste. Es war ganz aus weißglasierten Backsteinen erbaut und mit einst himmelblauer, nun aber verblichener und abgeblätterter Farbe bemalt. Seine hohen, spitzbogigen Fenster waren von der Art, die Zimmermädchen zur Verzweiflung trieben, und das Dach wies unzählige Zinnen und Türmchen auf, deren einziger Zweck es zu sein schien, gut auszusehen. Die Türen und Fensterläden bestanden aus poliertem, beschnitztem Holz und zwei Steinlöwen bewachten den Haupteingang. Obwohl das Schloss unter zwanzigjähriger Vernachlässigung litt (die Angeln der Vordertür waren zum Beispiel durchgerostet), wirkte es noch verhältnismäßig neu. Das Wasser im Burggraben wurde anscheinend von einer Quelle gespeist, denn es wirkte tief und klar und kein Strom führte in den Graben hinein oder aus ihm heraus. Zu allen Seiten erstreckte sich ein weiter Rasen bis hin zu der Dornenhecke. Das Gras brauchte dringend einen Schnitt. Die zerfetzten Überreste einer Flagge hingen traurig an einem der Türme.

»So viel zu unserer Gralssuche. Dieses Gebäude ist nicht älter als dreißig Jahre.«

»Mir gefällt es trotzdem«, sagte Anne. »Es wirkt so licht und luftig. Was für ein schöner Ort für eine Hochzeit.«

»Der Drache.«

»Was?«

Charming hatte aus seinem Umhang ein kleines Fernglas hervorgeholt und richtete es auf die Gegend vor ihm. »Wendell, die Kutschen.«

»Ich sehe sie.«

»Was siehst du sonst noch?«

Etwa ein Dutzend Kutschen waren in zwei Reihen vor

dem Schloss geparkt. Sie befanden sich in keinem besseren Zustand als das Gebäude; das Wetter und der Zahn der Zeit hatten an der hellen Farbe, den Samtvorhängen und den ledernen Geschirren genagt. Hier und da war ein Rad verrottet, sodass sich die betreffende Kutsche in einem seltsamen Winkel geneigt hatte. Einige waren ganz umgekippt. Hohes Gras wuchs zwischen den Rädern.

Charming reichte Anne das Fernglas herüber. »Sieh dir die zwei Kutschen da hinten an.«

Anne setzte das Glas an die Augen. Bei näherem Hinsehen schienen diese beiden Kutschen nicht von selbst umgekippt zu sein. Alle ihre Räder waren in Ordnung, doch in ihren hölzernen Karossen befanden sich lange, parallele Kerben. Die Dächer waren wie durch eine schreckliche Gewalt vollständig aufgerissen und lange, zersplitterte Holzspeere ragten daraus hervor. Offenbar hatte irgendein mächtiges Tier die Kutschen wie einen Hummer aufgebrochen.

»Was sollen wir jetzt tun?«

»Die Augen offen halten«, empfahl der Prinz.

»Sollen wir wirklich weitergehen?«

»Du kannst zurückgehen, wenn du willst.«

»Wenn du weitergehst, gehe ich auch.«

»Prima.« Charming hatte sein Schwert einige Zoll aus der Scheide gezogen und prüfte die Klinge mit dem Daumen. »Wendell soll nach vorne kommen. Ich brauche ihn an meiner Seite.«

Wendell und Anne tauschten die Plätze und die Gruppe machte sich an den Abstieg. Der Prinz ging voraus; ihm folgte Wendell und dahinter kam Anne. Der Weg hinunter war tückischer als der Aufstieg, denn allmählich schmolz das Eis und nahm eine schlüpfrige, feuchte Beschaffenheit an. Dennoch erreichten sie den Boden ohne größere Probleme und sprangen von dem Eisboden in das kühle, kniehohe Gras. Der Prinz stürmte sofort auf das Schlossportal zu.

»Und was ist mit dem Drachen?« Anne beeilte sich, zu dem Prinzen aufzuschließen.

»Vermutlich lauert er drinnen. Wenn er draußen wäre, hätten wir ihn schon gesehen.«

»Sollten wir in diesem Fall nicht besser draußen bleiben?«

»Nein. Wir sollten drinnen sein – und der Drache draußen. Unglücklicherweise gibt es hier aber zu viele zerschmetterte Türen und zerbrochene Fenster, sodass diese Strategie nichts nützt.«

»Wie willst du ihn eigentlich ohne Pferd und Lanze töten?«

»Alles zu seiner Zeit. Erst schauen wir uns mal um.«

Die Vordertüren waren nicht verschlossen. Charming drückte sanft gegen eine von ihnen. Die einzige verbliebene Angel quietschte. Er nahm die Hand fort, schaute seine Begleiter an und legte den Finger auf die Lippen. Anne und Wendell nickten. Der Prinz quetschte sich durch die Öffnung und schlüpfte in das Innere. Er wartete, bis zuerst Wendell und dann Anne ihm gefolgt waren.

Die Eingangshalle war staubig, aber in hervorragendem Zustand. Anne hatte Spinnweben, Hornissennester, Tierkot sowie von Mäusen angenagte Vorhänge und Gobelins erwartet. Die Einrichtung wirkte zwar altersschwach, schien aber von den wilden Tieren verschont geblieben zu sein. Sie flüsterte Charming zu: »Hier sieht es noch recht gut aus.«

Charming nickte und schlich hinüber zu einem der Fenster. Ein halbes Dutzend Fliegen lag auf der Fensterbank. »Tot.«

»Schlafen sie nicht?«

Der Prinz schüttelte den Kopf. In einer Ecke des Fußbodens lag ein Heimchen. Er berührte es mit der Spitze seines Schwertes. Das Insekt war nur noch eine vertrocknete Hülse. »Tot. Irgendein Zauberbann.«

»Wo sind die Menschen?«

»Vielleicht hatten sie sich irgendwo für die Hochzeit versammelt. Wir sollten in der Kapelle nachschauen.«

Sie gingen tiefer in das Gebäude hinein, liefen durch Hallen, Korridore, Wohnzimmer und Bibliotheken und bewegten sich stetig auf das Innerste des Schlosses zu. Sie fanden die Hochzeitsgäste – oder das, was von ihnen übrig geblieben war. Sie waren nicht in der Kapelle versammelt, sondern in dem großen Speisezimmer, in dem das Hochzeitsmahl stattfinden sollte. Lange, mit goldenen Platten und feinsten Porzellangedecken übersäte Tische standen vor den Wänden; Kristallpokale enthielten die größtenteils verdampften Rückstände einstmals edler Weine. Die Gäste waren nur noch ausgedörrte Skelette. Ihre feinen Seidenkleider hingen ihnen in Fetzen um die Knochen und leere Augenhöhlen starrten aus zernagten Schädeln. Die Knochen waren in der Mitte des Raumes aufgetürmt und oben auf ihnen schlief der Drache.

Charming zog den Kopf zurück und bedeutete den anderen, ihm zu folgen. Sie wichen in die Halle zurück und von dort aus in eine kleine, abgelegene Bibliothek. Hohe Flügelfenster erhoben sich über Regalen mit verstaubten Büchern und Nippessachen. Charming staubte einen Ledersessel für Anne ab, setzte sich selbst in einen anderen und sagte: »Das war vielleicht ein freundlich aussehender Kerl, nicht wahr?«

»O je«, meinte Anne. »Er ist so schrecklich hässlich! So etwas habe ich noch nie gesehen. Und er stinkt so!«

»Das ist der Geruch von Aas. Ich schätze, er ist zwölf Fuß lang. Was glaubst du, Wendell?«

»Wenn man die Stacheln am Schwanz mitrechnet, sind es wohl eher vierzehn Fuß.«

»Hast du die fehlenden Schuppen auf dem Rücken und an den Flanken bemerkt?«

»Ja, Sire. Drachen sind schrecklich wild, wenn sie sich häuten.«

»Na gut.« Charming lehnte sich zurück, sodass der Stuhl nur noch auf zwei Beinen stand. »Wir sollten unsere Lage überdenken. Wir haben hier einen vierzehn Fuß langen, grünstacheligen Drachen – männlich, möglicherweise gerade in der Häutung, mit abgebrochenem oberen linken Reißzahn, einer fehlenden Kralle am rechten Hinterlauf, ansonsten drei Krallen an jedem Fuß, gepanzertem Kopf, Rückenkamm, anscheinend gesund und sicherlich bösartig. Im Augenblick schläft er in einem abgeschlossenen Raum.«

»So sehe ich das auch«, meinte Anne.

»Rechnet mit einem Feuerradius von sechs Fuß«, sagte Wendell. »Das Speisezimmer ist etwa vierzig mal hundert Fuß groß, hat eine zweiflügelige Eingangstür an der Südseite, zwei Türen mit Korridoren dahinter an den Seitenwänden und zwei kleine Schwingtüren an der hinteren Wand, die vermutlich in die Küche führen.«

Charming nickte. »Zwölf Fenster, gleichmäßig verteilt, acht Fuß hoch und vier Fuß über dem Boden. Und eine Menge zerschmetterte Möbel und Unrat.«

»Gefährliche Beinarbeit.«

»Richtig.« Der Prinz nahm sein Schwert ab und gab es Wendell. »Schnapp ihn dir.«

»Wie bitte, Sire?«

»Du sagst doch immer, du willst unbedingt einmal einen Drachen töten. Jetzt hast du die Gelegenheit dazu.«

»Charming!«, meldete sich Anne zu Wort.

»Ich kann das«, beschwichtigte sie Wendell. Er streckte die Hände aus, um das Schwert entgegenzunehmen, schien aber Schwierigkeiten mit seinen Fingern zu haben. Als er schließlich die Hände um die Scheide geschlossen hatte, zog er das Schwert hervor und sah es an. Der handgeschmiedete, leicht geölte Stahl glitzerte im Tageslicht und die geschliffene Klinge leuchtete wie Feuer. Er warf die Scheide fort und hielt das Schwert gegen die Decke gerichtet. »In Ordnung.«

Charming schaute ihn ausdruckslos an. Anne hingegen war entsetzt. »Gut«, meinte Wendell. »Bin in einer Minute zurück.« In seinen Tagträumen hatte er immer eine schneidige, witzige Bemerkung gemacht, bevor er in den Kampf zog. Doch jetzt fiel ihm nichts Passendes ein. Daher stieß er nur ein männlich-herbes Geheul aus, wandte sich auf dem Absatz um und schritt entschlossen auf die Tür zu.

Bevor er drei Schritte machen konnte, spürte er Charmings Hand auf seiner Schulter. »War nur ein Scherz, Wendell. Gib mir das Schwert zurück.«

»Das war aber gar nicht lustig«, maulte Anne.

Wendell reichte ihm das Schwert widerwillig. »Ich wusste es. So etwas hättet Ihr niemals zugelassen.«

»Tut mir Leid, Wendell. Das nächste Mal ...«

»Das sagt Ihr immer.«

»He«, meinte der Prinz. Er beugte sich zu Wendell vor und sagte in verschwörerischem Ton: »Ich mache das nur, um dieses Schnuckelchen zu beeindrucken. Unter anderen Umständen hättest du die Arbeit machen dürfen. Wirklich. Das meine ich ernst.«

Wendell warf einen raschen Blick auf Anne. »Vermutlich. Ich trage Euch das Schwert ins Esszimmer.«

Charming schüttelte den Kopf. »Du bleibst hier.«

Wendell war so verblüfft, dass er kaum mehr ein Wort sagen konnte. Als er schließlich doch noch etwas herausbrachte, hustete er vor Empörung. »Ihr lasst mich bei dem *Mädchen* zurück!«

»Tut mir ja soo Leid«, erwiderte Anne.

»Es ist doch nur ein einziges Mädchen. Ich will, dass du hier bleibst und sie beschützt. Na komm schon, Wendell, du weißt doch, wie scharf Drachen auf Jungfrauen sind.«

»Also gut.«

»Prima. Du hältst hier die Stellung und ich töte diese Bestie und bin in ein paar Minuten zurück. Dann ist es Zeit für die Mittagspause.«

»In Ordnung.«

Charming zwinkerte Anne zu, klopfte Wendell auf die Schulter und ging voller Selbstvertrauen fort. Bevor er aber die Tür erreicht hatte, rannte Anne an ihm vorbei. Sie stellte sich schweigend vor den Prinzen und umarmte ihn. Der völlig überraschte Prinz Charming nahm sie in den Arm. »Sei vorsichtig«, flüsterte sie.

»Das werde ich.«

»Pah«, meinte Wendell dazu.

Charming ließ die beiden zurück, verriegelte die Tür und ging in das große Esszimmer. Der Drache schlief noch immer auf dem Knochenhaufen.

Es ist schon oft beobachtet worden, dass viele Tiere im Schlaf eine hilflose Verwundbarkeit zeigen, in der sie harmlos und knuffig aussehen. Ein großer und bösartiger Grizzlybär, der sich in der Sonne zusammengerollt hat, kann so sanft und verspielt wie ein Cockerspaniel aussehen; der sadistischste Krieger wirkt im Schlummer so unschuldig wie ein Kind – und selbst Ungeziefer wie Kröten und Schlangen nehmen bei entsprechender Haltung ein süßes, spielzeugartiges Aussehen an.

Bei Drachen ist das anders.

Der grünstachelige Drache ist weder der größte noch der gefährlichste seiner Art, doch in seiner Haltung liegt eine Bösartigkeit, die man sonst nur bei Barracudas und gewissen Unterarten der Hafenratten beobachten kann. Und dieser Drache hier sah sogar noch bösartiger als die meisten anderen aus. Eine lange Reihe zerklüfteter, scharfer Zähne sprang aus seinem hängenden Kiefer hervor und er hatte Narben um die Augen, die er vermutlich beim Ausgraben irgendeines Tiers aus seinem Bau erhalten hatte. Zecken krabbelten auf seinem Rücken umher; vermutlich würde man auch Milben und Flöhe entdecken, wenn man genauer hinsah. Die Schuppen waren verschmutzt und stumpf, doch die Muskeln darunter verrieten geschmeidige Kraft und seine Zähne und Klauen wirkten rasiermesserscharf. Das Ungeheuer hatte sich zu einem Ball zusammengerollt, sodass seine Nase auf dem Schwanz lag. Ein dünnes Rinnsal aus Speichel tropfte ihm aus den Seiten des Mauls.

(Drachen sabbern stark. Das Schlimmste beim Kampf mit Drachen ist die Tatsache, dass man erst einmal mit Drachenspeichel vollgesabbert wird, wenn die Viecher das Maul aufsperren, um eine Flamme auszustoßen. Alle Ritter hassen diesen Teil ihres Jobs, mit dem man nicht einmal an romantischen Abenden vor dem Kamin prahlen kann.)

Charming dachte über all dies nach, während er mit seinem Schwert in der Hand den Drachen von der Tür aus beobachtete. Er atmete kurz und flach und nahm alles gewissenhaft in sich auf: den Drachen, den ganzen Raum, die Lage der Möbelstücke, die Fenster, das Licht und die verschiedenen Hindernisse, über die man leicht stolpern konnte, wenn man um sein Leben kämpfte. »In Ordnung«, sagte er leise zu sich selbst. »Das ist kein so großes Problem. Er schläft. Ich werde ganz leise hinübergehen und sorgfältig darauf achten, dass ich ihn nicht aufwecke. Dann ramme ich ihm das Schwert durchs Auge, bevor er weiß, was mit ihm geschieht. Fertig.«

Und da erwachte der Drache.

»Zeit für Plan B«, sagte der Prinz, doch unangenehmerweise schien der Drache denselben Plan zu haben und griff den Prinzen an.

Charming verließ rasch den Raum, aber es verblieb ihm noch genügend Zeit und Geistesgegenwart, um den Drachen in die entgegengesetzte Richtung von Anne und Wendell zu führen. Der Drache röhrte wie eine grüne Flutwelle durch die Tür. Seine Augen waren blutunterlaufen und wuterfüllt; das Ungeheuer zog die Lippen zurück und enthüllte knurrend seine teuflischen Fangzähne. Es sah, wie Charming sich durch eine weitere Tür schob, und folgte ihm mit Höchstgeschwindigkeit. Der sehnige Körper bewegte sich mit einem schlangenähnlichen Kräuseln. Der Drache hielt den Hals nach vorn gereckt und den gepanzerten Kopf wie einen Rammbock knapp über dem Boden. Er stieß ein mahlendes, knurrendes Röhren aus, das von reinem, tierischem Hass erfüllt war.

Drachen verteidigen ihr Territorium mit Krallen und Klauen.

Der Prinz schoss in den nächsten Raum. Er hatte sich einen einfachen Plan zurechtgelegt; Er wollte sich bloß neben die Tür stellen und dem Drachen ins Auge stechen, wenn dieser hereinkam. Unglücklicherweise lag der Raum, den sich Charming dazu ausgesucht hatte, voller Gobelins. Alle Wände waren damit bedeckt und sie lagen in mehreren Schichten auf dem Boden. Während sich Charming gegen den Stoff drückte, bremste der Drache vor der Tür ab und beäugte misstrauisch die Öffnung. Dann stieß er eine Flamme aus, die sofort die Teppiche auf dem Boden und zu beiden Seiten der Tür in Brand setzte. Der Prinz war sozusagen in einem Kreuzfeuer gefangen und der Rauch blendete ihn, sodass er tiefer in den Raum zurückweichen musste. Keuchend stieß er ein Bücherregal um und verschanzte sich dahinter.

Der Drache kam nicht herein.

»Zur Hölle!«, rief der Prinz. Der Raum füllte sich so schnell mit Flammen, dass Charming ihn rasch verlassen musste. Mit drei schnellen Streichen seines Schwertes schnitt er einige Gobelinfetzen von der Wand und wickelte sich zum Schutz gegen das Feuer darin ein. Dann hastete er durch die Flammen zurück in das Esszimmer. Er warf die rauchenden Fetzen beiseite und sah, wie der Drache den Raum entlangtrottete und den Kopf schnüffelnd von einer Seite zur anderen warf.

»Verdammt. Er *erschnüffelt* sie. Warum sind diese Viecher bloß immer hinter Jungfrauen her?«

Plötzlich fand ein Rollentausch statt. Der Drache rannte los und jagte dem Duft der Frau hinterher, während ihm der Prinz schreiend und mit wedelnden Armen folgte und das Untier von seinem Ziel abzubringen versuchte. Es war zwecklos. Der Drache fand Annes Versteck auf Anhieb, stellte sich auf die Hinterbeine und rammte sein volles Gewicht gegen die verriegelte Tür. Die Vorderkrallen zerschmetterten sie zu Brennholz. Mit einem triumphierenden Gebrüll riss die Bestie die Tür aus den Angeln.

Im Innern des Zimmers kauerte Anne auf dem obersten Regal eines Bücherbords und versuchte eines der Flügelfenster zu öffnen. Wendell balancierte auf einem tieferen Regal und stützte mit beiden Händen Annes Hintern ab. Als die Tür knirschend nach innen brach, ließ er los und rannte auf eines der Ersatzschwerter zu. Es war aber keine wohl geplante Bewegung, denn nun verlor Anne den Halt und fiel auf Wendells Kopf. Einige Bücher lösten sich und polterten auf die beiden herab, dann kippte das ganze Bord nach vorn und begrub Held und Heldin unter einem Schauer aus Manuskripten. All das geschah natürlich in weniger Zeit, als man braucht, um es zu berichten. Das plötzliche Umkippen des Regals und das Verschwinden der mutmaßlichen Opfer verwirrten das schwache Hirn des Drachens mächtig. Er hielt inne, schnüffelte misstrauisch und machte den Mund auf, um das ganze Gebiet auszuräuchern. In diesem Augenblick traf Prinz Charming ein.

Er hatte das Esszimmer mit Höchstgeschwindigkeit durcheilt und sah bloß das aus dem Türdurchgang herausstehende Schwanzende des Drachen. Da bemerkte er darauf eine nackte Stelle, wo sich die Bestie gerade gehäutet hatte, und rammte sein Schwert mit beiden Händen dort hinein. Der gehärtete Stahl schnitt tief in das gepanzerte Fleisch, bis er auf den Knochen traf. Eine dünne Blutfontäne schoss aus der Wunde hervor. Die

Stacheln an dem umherdreschenden Schwanz rissen tiefe Kratzer in das Holz des Türrahmens. Das Tier spuckte nun kein Feuer mehr, sondern gab ein markerschütterndes Geschrei von sich und vergaß seine beiden Opfer. Es fuhr in einem engen Bogen herum und galoppierte zur Tür.

Charming erwartete es.

Nachdem er auf den Schwanz des Drachens eingehackt hatte, war er zur Seite und außer Reichweite der tödlichen Stacheln gesprungen. Nun rannte er mit erhobenem Schwert zurück. Die Spitze seiner Waffe hielt er gesenkt; sie zielte auf die Stelle, wo er die Augen der Bestie erwartete. Der massige Kopf mit den vor Wut geröteten Augen und den gefletschten Zähnen schoss durch die Tür, als sei er von einem Katapult abgefeuert worden. Charming rannte geradewegs auf ihn zu und schlug mit aller ihm zur Verfügung stehenden Kraft nach dem bösartig glitzernden Auge. Er verfehlte es.

Sogar für Charming war es ein schwieriger Schlag; er musste unter Stress im Laufen auf einen handtellergroßen Gegenstand zielen, der im rechten Winkel zu ihm lag. Es war eher erstaunlich, dass der Prinz so nahe an das Ziel herangekommen war. Der Schwertstahl bohrte ein tiefes Loch in die Schuppen knapp oberhalb der Augenhöhle. Das Ungeheuer tobte vor Wut. Dann zog Charming die Klinge aus der zähen Haut und rammte sie der Bestie in den Hals.

Der Drache war zu schnell und konnte nicht sofort anhalten; es gelang ihm nicht einmal, den Kopf zu wenden und seinen Angreifer zu rösten. Reflexartig schüttelte das Untier den Prinzen ab und schlug mit einer Klaue nach ihm, doch Charming parierte diesen Schlag mit seiner Klinge. Der Drache rammte die Wand in vollem Lauf. Vierzehn Fuß gepanzerter Wut türmten sich vor der Mauer auf und Mörtelstücke sowie ausgebrochene Steine flogen umher. Als der Drache wieder zu sich gekommen war, hatte Charming ihm bereits den Rücken zugewandt und sich auf die Flucht weg von Anne begeben. Der Drache schickte ihm eine Flamme nach, doch der Prinz war schon außer Reichweite. Dem Reptil gelang es bloß, das hölzerne Mobiliar in Brand zu setzen.

Charming fand sich in einem langen Korridor mit Ölgemälden an den Wänden wieder, von dem viele weiß gestrichene Türen mit mattierten Messingklinken abzweigten. Unglücklicherweise schienen sie alle verschlossen zu sein. Der kahle Korridor bot wenig Schutz und kein Versteck. Hinter der Flurbiegung hörte er das rasch näher kommende Klacken der Klauen auf dem Steinboden. Er hastete von Tür zu Tür, drückte die Klinken nieder und hielt vor einer winzigen Tür mit einem Schlüsselloch inne. Ursprünglich sollte sie eine Linie mit der Wand bilden und beinahe unsichtbar sein, doch die Tür war derart mit Zahn- und Klauenspuren übersät, dass sie wie ein geschwollener Daumen vorstand. Charming lief weiter zum Ende des Korridors. Dort befand sich ein Kamin, über dem das Gemälde eines jungen, blonden Mädchens in einem einfachen weißen Kleid hing. Charming warf einen kurzen Blick darauf, griff dann in den Kamin, der mit zwanzig Jahre alter Asche bedeckt war, und zog einen Schürhaken hervor. Er war schwarz und schwer und als der Prinz ihn gegen die nächste Tür schwang, splitterte das Holz unter einem befriedigenden Knirschen.

Das Geräusch der Drachenkrallen am anderen Ende des Korridors verlangsamte sich und erstarb schließlich ganz. Das Tier hatte bereits eine Wunde davongetragen und war nun vorsichtig geworden. Der Prinz hielt inne und wartete. Die Drachenschnauze drückte sich um die Ecke und setzte den Korridor in Flammen. Dabei entzündeten sich einige Portraits und die Farbe blätterte von den Wänden. Charming wandte sich wieder der Tür zu. Nach drei weiteren wuchtigen Schlägen mit dem

Schürhaken splitterte das Holz aus dem Rahmen. Charming schlüpfte durch die Tür, als der Drache einen weiteren Angriff startete.

Die Tür führte nicht in ein Zimmer, sondern zu einer schmalen Wendeltreppe, die sich in den zweiten Stock hinaufwand. Es war bloß eine schmucklose Treppe für die Dienerschaft, denn die Tritte waren rau und unpoliert und kaum so breit wie Charmings Schultern. Er rannte die ersten sechs Stufen hoch, bis er sich hinter der Drehung der Treppe beinahe außer Sichtweite des Eingangs befand, und wartete. Es war nicht wahrscheinlich, dass sich der Drache auf die enge Treppe quetschte, aber trotzdem hoffte Charming darauf.

Seine Hoffnung wurde erfüllt. Der Drache folgte ihm tatsächlich. Er rammte die Schultern in den Treppenraum und erfüllte den Eingang mit Feuer. Der Prinz lief ein paar Stufen höher, doch er spürte noch immer die Hitze im Rücken. Er lief bis zum Absatz des zweiten Stocks und blieb schwer atmend stehen. Er hörte, wie die Schuppen über den Stein schleiften, als sich das Tier langsam zwischen den Mauern hochdrückte. Voller Zuversicht wartete der Prinz. Er wollte wieder auf das Auge zielen, denn das war die einzige verwundbare Stelle des Drachens. Das Untier konnte sich nur aufwärts bewegen und die Treppe war zu eng, als dass es hätte ausweichen können. Nun war es beinahe zu einfach. Man konnte nicht einmal damit angeben. Er wartete mit erhobenem Schwert auf dem Treppenabsatz. Als der Kopf des Drachens erschien, trieb er die Klinge tief hinein.

Diesmal verfehlte er sein Ziel nicht, doch das Ergebnis war weit von dem entfernt, was er erwartet hatte. Der Drache brüllte wütend auf, schwang den Kopf hin und her, schlug ihn gegen den Türrahmen und riss Charming das Schwert aus der Hand. Der Prinz zog sich sofort zurück. Das verwundete Tier schoss Flammenströme in alle Richtungen. Insgesamt gesehen war es weit davon entfernt, tot zu sein. Es streckte die Vorderbeine aus, versenkte die Klauen im hölzernen Fußboden und zerrte sich aus dem engen Treppenhaus frei. Charming machte sich aus dem Staube.

Er fand die Haupttreppe ohne Schwierigkeiten, doch er stieg in einen dicken Rauchvorhang hinunter, denn das Drachenfeuer hatte sich rasend schnell ausgebreitet. In der Nähe der Bibliothek war der Rauch so dick, dass Charming mit Anne und Wendell zusammenprallte, bevor er sie sehen konnte. Anne warf die Arme um seinen Hals, Wendell warf die Arme um seine Hüfte und beide drückten ihn herzlich. Der Prinz machte sich aus ihrer Umarmung frei.

»Wendell, erinnerst du dich an all die Geschichten, die wir über das Töten eines Drachens gehört haben? Dass man ihm einfach nur ins Auge stechen muss?«

»Na klar.«

»Alles Quatsch.«

Von oben drang das Röhren und Stampfen des Drachens zu ihnen. Unten wurde der Rauch immer dichter und das Prasseln des Feuers immer lauter.

»Ich glaube, es ist Zeit für Plan B!«, übertönte Anne schreiend den Lärm.

»Großartige Idee! Du kriegst langsam den Bogen raus.« Der Prinz ergriff einen Schürhaken neben dem Kamin und lief los. »Aber zuerst hier entlang!«

Sie folgten ihm in den Rauch hinein und schossen durch flammengesäumte Korridore. Nach ein paar Ecken und Biegungen rief Anne: »Das ist nicht der Weg nach draußen!«

»Das weiß ich!« Der Prinz hielt nicht an.

»Wohin laufen wir?«

»Zur Prinzessin.« Charming hielt in einem Gang inne, an dem die Farbe bereits von den Wänden abplatzte. »Zu Prinzessin Aurora, dem schlafenden Zuckerpüppchen, erinnerst du dich?« Er deutete auf eine kleine Tür mit einem winzigen Schlüsselloch.

»Bist du verrückt?«

»Steh mir mal bei, Wendell.« Der Page half ihm, den Schürhaken zwischen Tür und Rahmen zu setzen. Sie drückten mit ihrem ganzen Gewicht gegen die Eisenstange. »Sie gehen immer auf die Jungfrauen los. Ich meine damit die Drachen. Sieh dir diese ganzen Krallenspuren an.« Das Holz splitterte und die Tür schwang auf. »Er war ganz schön heiß darauf, hier hereinzukommen.«

»Jungfrauen und Hunde«, bemerkte Anne, als sie die Treppe hinter der Tür hochstiegen. »Hoffentlich ist das hier nicht bloß ein Geheimgang zum Hundezwinger.«

Die Treppe war sogar noch enger als die Dienerstiege. Charming musste sie seitwärts hochsteigen. Doch die Stufen waren nicht roh behauen, sondern poliert. Der Prinz fasste wieder Mut. Sie stiegen fünf Stockwerke hoch. Rauch floss hinter ihnen her und die Luft wurde beständig heißer.

»Dieses Treppenhaus wirkt wie ein Kamin«, erklärte Wendell plötzlich. »Sire, wir können vielleicht nicht mehr zurück.« Der Prinz kämpfte sich verbissen aufwärts. Er erfühlte sich den Weg durch Dunkelheit und Rauch und hielt Annes Arm fest. Wendell wiederum hatte Anne an der Schulter gepackt. Schließlich ertastete der Prinz mit der rechten Hand einen Türknauf. Die Tür war unverschlossen. Er drückte sie auf und alle drei taumelten in einer Wolke aus grauem Rauch nach innen. Rasch schloss Wendell die Tür hinter ihnen. Der Rauch breitete sich aus und hüllte den Raum in eine graue Decke.

Sie befanden sich in einem der Ecktürme des Schlosses; es war ein runder Raum von etwa zehn Fuß Durchmesser. Vier große Fenster blickten nach Norden, Süden, Westen und Osten und verliehen ihm Licht, Luft und Geräumigkeit. Charming öffnete eines der Fenster und sah hinaus. Unter ihm glitzerte das Wasser des Burggrabens. Eine leichte Brise zersetzte den größten Teil des Rauchs und enthüllte zierliche, rosa lackierte Möbel und vornehme Kleider, die auf dem Boden verstreut lagen und über den Stühlen hingen. Das kleine, gerahmte Bildnis eines jungen Mannes stand neben einer Vase mit vertrockneten und vergilbten Rosen auf dem Toilettentisch. In einer der Fensternischen befand sich ein zierliches orientalisches Waschgeschirr. Das Wasser war schon lange verdunstet und eine dicke Staubschicht hatte das helle Rosa und Grün des Porzellans zu Pastelltönen gedämpft.

Auf dem Bett lag etwas.

Es war ein niedriges, rechteckiges Bett mit einem rosafarbenen Baldachin und einer stark gerüschten und mit Spitze besetzten Bettdecke. Anne kniete daneben nieder. »Sieh nur«, sagte sie ruhig. »Sie hat ihr Hochzeitskleid getragen.«

Die getrockneten Überreste einer jungen Dame lagen auf dem Bett. Sie war in weiße Seide gekleidet. Ein weißer Spitzenschleier lag über ihrem Gesicht und die Schleppe war unter ihr ausgebreitet. Gerissene und geschwärzte Haut bedeckte sie überall außer an den Knöcheln, wo die weißen Knochen bloßlagen. Die Lippen waren verschrumpelt und entblößten die Zähne, was ihr ein totenmaskenähnliches Grinsen verlieh – und die blinden, pupillenlosen Augenhöhlen starrten zur Decke. Nur die dichte, blonde Haarmähne schien von der Zeit unberührt zu sein.

»Das ist echt krass«, meinte Wendell.

»Halt den Mund, Wendell«, zischte Anne. »Das ist der traurigste Anblick, den ich je gesehen habe.« Eine dünne Goldkette mit einem Medaillon lag auf der Brust der Toten. Anne öffnete das Schmuckstück. Es enthielt die Portraitminiatur eines hübschen jungen Mannes. »Ihr Prinz. Ich frage mich, ob er je hergekommen ist.«

»Vermutlich liegt er unten in dem Knochenhaufen.«

»Er sieht aus wie Ihr«, bemerkte Wendell.

»Ich sehe besser aus.« Charmings Augen waren noch auf den Leichnam gerichtet. Er runzelte die Stirn, als kämpfe er mit einem gewaltigen Problem.

Wendell untersuchte die Wendeltreppe. Es war, als öffne man die Tür zum Brennofen eines Schmieds. Sofort schlug er sie wieder zu. Hereingewehte Asche sank zu Boden. »Sire, wir müssen von hier verschwinden.«

»Ich werde das nicht tun«, sagte Charming plötzlich laut.

»Was?«

»Dieses Mädchen küssen. Ich werde das nicht tun.«

»Natürlich nicht«, pflichtete ihm Anne bei. »Wovon redest du überhaupt?«

»Davon, dieses Mädchen zu küssen und den Bann aufzuheben. Das ist es, was Mandelbaum gesagt hat.«

»Um Himmels willen. Sie ist tot! Sie schläft nicht bloß, Charming. Diesen Fluch kann niemand mehr aufheben.«

»Richtig«, stimmte Charming zu, doch er klang nicht überzeugt. »Sie ist tot. Sie ist nur noch ein lebloser Sack Knochen. Eine vertrocknete Hülse. Man kann sie nicht wiederbeleben. Stimmt's, Wendell?«

»Na ja«, antwortete Wendell zögernd. »Mandelbaum hat gesagt ...«

»Das kann ich einfach nicht glauben«, entfuhr es Anne. »Ihr müsst wirklich krank sein, wenn ihr daran denkt, dieses ... Ding zu küssen.«

»Ja, stimmt«, meinte der Prinz. »Verrückte Idee. Ich glaube, wir sollten besser von hier verschwinden.« Er bewegte sich jedoch keinen Fuß von dem Bett fort, Wendell ebenfalls nicht.

»Worauf warten wir noch? Wir sollten gehen.«

»Na ja, eigentlich ist es meine Pflicht.«

»Sei doch nicht verrückt!«

»Du wolltest sowieso nie, dass ich sie küsse, nicht wahr? Du warst eifersüchtig.«

»Um Himmels willen!« Anne stampfte von dem Bett fort. »Ich versichere dir, dass ich jetzt nicht mehr eifersüchtig bin. Na los, küss doch dieses verdammte Ding endlich. Das ist einfach zu ekelhaft, um darüber zu streiten.«

Charming trat noch näher an das Bett heran und kniete nieder. Er beugte sich über den Leichnam. Leere Augenhöhlen starrten ihn an. Der Mund grinste freudlos. Charming spitzte die Lippen und senkte den Kopf.

»Und was ist, wenn es wirklich aufwacht?«, fragte Wendell.

»Das ist grotesk. Das ist wirklich grotesk«, murmelte Anne.

Der Prinz hob ruckartig den Kopf. »Das hier ist halt mein Job. Ihr macht es mir nicht gerade leicht. Stell dir vor, Anne, das da auf dem Bett wärst du. Würdest du wollen, dass ich aufgebe, bevor ich alles Mögliche versucht habe?«

»Das sehe ich mir nicht an!« Anne wandte sich ab und starrte aus dem Fenster.

»Prima.« Der Prinz holte tief Luft, hielt sie an, schloss die Augen und presste die Lippen auf den Leichnam.

Blitzartig schlossen sich die knochigen Arme um seinen Hals und hielten seinen Kopf fest.

»Mmmpf! Mmmpf!« Charming drosch in Panik mit den Armen umher. Sein Gesicht war noch immer gegen diese Monstrosität gepresst. Er packte die Schulterknochen und drückte gegen sie, doch das Skelett hielt ihn in eisernem Griff. »Mmmpf!«

Anne hatte ihm immer noch den Rücken zugewandt. »Darauf fährst du voll ab, was? Vom ersten Augenblick an habe ich gewusst, dass du ein Perverser bist …«

Das Skelett hatte die Arme um Charmings Hüfte geschlungen und zog ihn mit übermenschlicher Kraft auf das Bett. Auch Wendell war auf das Bett gesprungen und versuchte, die Knochenfinger von Charmings Hals fortzuzerren. Der Prinz hatte die Hände in dem blonden Haar des Ghuls vergraben und versuchte, das Gesicht wegzudrücken. Stattdessen aber öffnete sich der Mund und etwas Feuchtes und Zuckendes schoss zwischen den Zähnen hindurch und drängte sich in Charmings Mund. »Ummpf!« Angeekelt rollte sich der Prinz vom Bett und riss Wendell und das Skelett mit sich. Die drei landeten in einem Haufen auf dem Boden: Wendell zuunterst, Charming darüber und das blonde Mädchen saß ihm auf der Brust.

Das blonde Mädchen. Sie ließ Prinz Charming los. Er setzte sich gerade noch rechtzeitig auf, um den Rest ihrer Wiederbelebung mitzubekommen. Die Farbe kehrte in ihre Wangen zurück; die Augen wurden rot, dann weiß, dann blassblau; die Lippen wurden voll und rosig; das Haar wurde wieder glänzend; das Fleisch erblühte unter dem Kleid. Das alles geschah in wenigen Sekunden und plötzlich schaute Prinz Charming in die Augen der jungen, wunderschönen und sehr lebendigen Prinzessin Aurora.

»… und wenn du dich nicht gerade nekrophil betätigst, fummelst du bestimmt an den Stalltieren herum«, beendete Anne ihre Anschuldigungen. Sie sah noch immer aus dem Fenster.

Charming starrte Aurora an. Ihre Augen waren so hell wie der lichte Tag. Ihre Zähne leuchteten wie Perlen im Mondlicht. Sie fuhr sich mit der kleinen, rosigen Zungenspitze über die Lippen und starrte den Prinzen an.

Dann öffnete sie den Mund und schrie Zeter und Mordio.

Anne sprang einen Fuß hoch in die Luft. Sie schnellte herum und sah gerade noch, wie ein geschmeidiges, sehr junges Mädchen in das Himmelbett sprang und sich unter der Decke versteckte. Ein sehr verängstigtes Gesicht schaute an der hintersten Ecke hervor. »Wer seid ihr?«, trillerte sie. »Was macht ihr in meinem Schlafzimmer? Schert euch fort oder ich schreie um Hilfe.«

»Das habt Ihr schon hinter Euch«, sagte Wendell.

»Psst«, machte Charming. Reflexartig lächelte er sie an. Dann fasste er sich wieder und stellte sich vor, wie das Mädchen die Situation wahrnehmen musste. Drei völlig Fremde waren plötzlich aufgetaucht; ihre Kleider waren zerrissen und ihre Gesichter mit Ruß bedeckt. Kein Wunder, dass das Zuckerpüppchen Muffensausen hatte. Der Prinz stand auf, staubte sich die Hände ab und sagte knapp: »Feuer, Madame. Order des Königs: wir müssen alle evakuieren. Keine Angst, alles ist unter Kontrolle.« Er machte einen Schritt nach vorn, ergriff gebieterisch ihre Hand und zog sie aus dem Bett.

»Feuer?« Sie starrte auf den Rauch, der unter der Tür hindurchdrang.

»Keine Sorge wegen des Rauchs; es ist alles in Ordnung«, meinte Charming und zerrte sie zum Fenster. »Tretet einfach auf den Sims.«

»Ist es in der Küche ausgebrochen? Wir können den Empfang auch im Garten abhalten. AAAAaaaahhhh ...« Ein gedämpftes Platschen ertönte, als sie ins Wasser fiel.

»Wie toll! Ein Schreihals. Vermutlich macht sie das ganz wild«, sagte Anne.

»Werd nicht gehässig. Na los, du bist die Nächste. Es sei denn, du willst dein Glück lieber auf der Treppe versuchen.« Anne trat vor und er hob sie auf den Sims.

»Du musst nicht nachhelfen. Ich kann allein springen.« Sie sah hinunter auf das glitzernde Wasser im Burggraben, etwa fünfzig Fuß unter ihr. Aurora paddelte gerade ans Ufer. »Wenn ich mir's recht überlege, solltest du vielleicht doch besser nachhelfen.« Der Prinz gehorchte und sie fiel mit den Füßen voran ins Wasser. Wendel kam als Nächster und beschrieb auf dem Weg nach unten eine halbe Drehung. Er tauchte ein, tauchte wieder auf und winkte nach oben.

»Hau ab!«, rief Charming. Er sprang den anderen nach und schlug hart auf den Wasserspiegel. Der Aufprall und das kalte Wasser trieben ihm die Luft aus der Lunge. »Uff.« Er kraulte hoch zur Oberfläche, rieb sich das Wasser aus den Augen und schwamm ans Ufer. Aurora schrie wie von Sinnen.

»Feuer! Das Schloss brennt! Mein Prinz ist da drinnen! Mein Papa auch! Warum tut denn keiner was!«

»Wir sollten endlich von hier verschwinden«, sagte der Prinz zu Wendell und Anne. Sie nickten. Er packte Aurora und begab sich auf die Eisbrücke. »Verzeihung, Prinzessin, aber Ihr müsst uns nun einfach vertrauen.«

Aurora wand sich unter seinem Griff. »Lasst mich los! Ich muss ihnen helfen!«

»Wir holen Hilfe aus dem Dorf«, sagte der Prinz. »Zuerst aber müsst Ihr mit uns kommen.«

Aurora zog den Arm zurück, ballte die Hand zu einer kleinen Faust und schlug Charming auf die Nase.

»Autsch!« Der Schlag kam eher überraschend als schmerzhaft. Aurora gelang es, sich aus dem Griff des Prinzen zu winden. Sofort rannte sie mit wehendem Kleid auf die Zugbrücke zu und schrie: »Feuer! Hilfe! Feuer!« Charming hechtete hinter ihr her. Dann kam der Drache aus dem Schloss.

Aurora änderte sofort die Richtung und flog an Charming vorbei wie ein Komet im Spitzenkleid. »Aiiiieehhh!« Sie holte Anne und Wendell ein, die auf die Eisbrücke zuliefen, und zog an ihnen vorbei. Charming bildete die Nachhut. Der Drache folgte ihm nicht. Der Griff von Charmings Schwert stach noch aus seinem Kopf hervor und Blut rann ihm heftig über das Gesicht. Das Ungetüm taumelte ein wenig, doch in ihm steckte noch genug Kraft und Kampfesmut.

Aurora hatte die Eisbrücke erreicht und lief wie ein laichender Lachs darüber. Inzwischen schmolz das Eis rasch und die Stufen waren feucht und rutschig. Auch waren sie rundlich und unregelmäßig geworden. Die Prinzessin hatte etwa fünfzehn Fuß nach oben zurückgelegt, als sie ausrutschte und rückwärts gegen Anne fiel, die inzwischen den Fuß der Treppe erreicht hatte. Nun blieb die Gruppe eng zusammen. Anne und Aurora stolperten wie wahnsinnig die glitschigen Stufen hoch, während Wendell und Charming mit ihren genagelten Schuhen einen besseren Halt hatten und die beiden Damen von hinten unterstützten. Auf diese Weise hatten sie etwa dreißig Stufen überwunden, als der Drache bei der Treppe ankam.

Charming hatte nicht damit gerechnet, dass das Tier versuchen würde, ihnen über die Eisbrücke zu folgen. Er hatte seinen Gegner unterschätzt. Glücklicherweise schickte das Ungetüm zuerst eine lange Stichflamme hinter ihnen her. Sie befanden sich bereits außerhalb ihrer Reichweite, doch die Hitze vernichtete die untersten Stufen. Der Drache setzte mehrfach zur Erkletterung an, aber immer wieder schlitterte er zu Boden. Charming und seine Gefährten brachten weitere zehn Fuß Abstand zwischen sich und das Tier. Dann grub es langsam und bedächtig seine Krallen in das Eis. Die zwei Zoll langen Haken durchdrangen die Brücke leichter als ein Bergsteigerpickel. Langsam zog sich das Tier den gefrorenen Pfad hinauf, eine Klaue nach der anderen.

Charming sah hinunter auf das sich nähernde Untier. Er drängte die Mädchen zur Eile. »Wir bekommen Gesellschaft. Schneller!« Darauf verlor er prompt den Halt und glitt fünf Stufen abwärts. Er taumelte zurück. »Bin in Ordnung. Bloß weg von hier!«

Ein verzweifeltes Rennen setzte ein. Schmelzwasser von den obersten Stufen rann zwischen ihren Füßen her. Wenn sie stolperten – was häufig geschah –, saugten sich ihre Kleider mit dem Eiswasser voll. Die Menschen kamen langsam, aber stetig voran – genau wie der Drache. Manchmal schmolz ihr Vorsprung, manchmal konnten sie ihn wieder ausbauen, doch langsam wurden die Mädchen müde. Der Drache hingegen schien unbegrenzte Kraftreserven zu besitzen. Die Flüchtigen bekamen taube Füße. Allmählich schloss die Bestie auf.

Sie erreichten den Scheitel des Bogens. Charming hielt die Gruppe an und schaute zurück. Der Drache war noch etwa vierzig Fuß entfernt. Er blitzte den Prinzen mit seinem unverletzten Auge an und knurrte tief und gefährlich. Charming setzte sich an die Spitze der Gruppe. »Jetzt geht es abwärts. Sobald der Drache hier oben ist, muss er sich nur noch auf uns fallen lassen. Wir müssen von diesem Eisberg herunterkommen, bevor das Tier die Spitze erreicht hat.«

»Wir sind doch schon so schnell wie möglich gelaufen«, klagte Anne. Aurora sagte nichts. Sie starrte nur auf den näher kommenden Drachen und zitterte.

»Richtig«, sagte Charming. »Also werden wir jetzt Folgendes tun: Wir setzen uns, als befänden wir uns auf einem Rodelschlitten, und gleiten die Eisrampe hinunter. Es wird ein wenig holperig sein, aber ich glaube, unsere Allerwertesten sind schon so taub gefroren, dass wir es kaum bemerken werden.«

»Es ist aber recht steil«, merkte Anne an. »Wir werden ziemlich schnell werden.«

»Ich rutsche zuerst und versuche, unseren Fall abzubremsen. Wendell, du bist der Zweite.« Anne setzte sich hinter Wendell und schlang die Arme um seine Hüfte. Aurora wandte endlich den Blick von dem Drachen ab, der jetzt nur noch etwa zwanzig Stufen von ihnen entfernt war, und übernahm schweigend die Nachhut. »Fertig. Los geht's.«

Anne würde sich an diese Rodelpartie noch lange als eine der unangenehmsten Erfahrungen ihres jungen Lebens erinnern. Sie waren von Anfang an schon sehr schnell und wurden immer schneller. Charming und Wendell versuchten, die Geschwindigkeit zu drosseln, indem sie ihre Stiefel gegen die Brückenflanken drückten, doch das half fast gar nichts. Eis ist äußerst hart und kann keine Bewegung abfedern; jede Stufe war ein markerschütternder Stoß, den Anne im ganzen Rücken spürte. Sie biss die Zähne zusammen, um sich nicht versehentlich die Zunge abzubeißen. Die Schläge in den Rücken wurden schneller und schneller, aber keineswegs sanfter. Bald rauschte die Oberfläche des Eises in einem weißen Schleier an ihr vorbei. Kalte Tropfen stoben auf und stachen ihr ins Gesicht. Sie hatte sich inzwischen so fest wie möglich in Wendells Schultern verkrallt und spürte Auroras Fingernägel in ihrer Haut. Vor sich sah sie das Ende der Dornenhecke. Die geduldig wartende Gestalt Mandelbaums wurde rasch größer. Der Boden raste auf sie zu. Der Wind rauschte ihr um die Ohren. Sie glaubte, Wendell sagen zu hören: »Phantastisch!« Dann kam der Aufprall.

Charming bekam die volle Wucht des Aufpralls mit; die anderen drei fielen auf ihn. Zum Glück war der Boden an dieser Stelle von Menschen, Tieren und schmelzendem Eis aufgewühlt und schlammig und federte den Aufprall des Prinzen ab. Als sich die anderen von ihm fortrollten, lag er keuchend und mit Quetschungen und Prellungen übersät da, aber er hatte sich nichts gebrochen. Mandelbaum reichte ihm erstaunt und besorgt die Hand und half ihm, sich aufzusetzen. Dann tastete er den Prinzen nach möglichen Knochenbrüchen ab. »Wozu sollte denn dieser verrückte Stunt gut sein?«

Charming versuchte zu sprechen, doch ihm fehlte der Atem. Er zeigte auf die Eisbrücke. Diese Bewegung verursachte rasende Schmerzen in seiner Schulter. Mandelbaum schaute nicht in die Richtung, in die der Prinz deutete, sondern untersuchte dessen Hand nach Verletzungen.

»Der Drache«, sagte Wendell, als er sich etwas erholt hatte. Charming nickte heftig.

»Aha«, meinte Mandelbaum.

Er warf einen Blick auf die Spitze der Eisbrücke. Der

Drache stand gerade auf dem Scheitelpunkt. Er hatte alle vier Klauen im Eis vergraben und bleckte knurrend die Zähne. Er warf den Kopf hin und her, sah die Menschen an, öffnete den Mund weit und stieß ein Gebrüll aus, unter dem die Erde erzitterte und die Wälder tanzten. Anne und Aurora hatten im Schlamm gesessen und ihre Verletzungen gehegt, doch nun sprangen sie gleichzeitig auf und taumelten auf den Schutz der Bäume zu. Der Drache senkte den Kopf und machte sich daran, die Eisbrücke herunterzurutschen.

Gemächlich nahm Mandelbaum die Pfeife aus dem Mund und schlug mit dem Mundstück gegen die Brücke.

Sofort löste sie sich in einem feinen Sprühregen auf.

Der Drache zeigte nicht das geringste Erstaunen, als ihm plötzlich jeder Halt unter den Krallen wegschmolz. In unbeschreiblicher Angriffslust versuchte er seinen Opfern entgegenzuspringen. Doch mit einem Röhren und einem gewaltigen Knirschen fiel er geradewegs in die Dornenhecke. Nun war alles still.

Charming taumelte auf die Beine. Anne kam herüber und legte ihm den Arm um die Hüfte. »Na, das sollte wohl reichen.«

Ein Knurren aus der Hecke unterbrach sie. Charming seufzte und machte sich aus ihrer Umarmung frei. »Das ist der zäheste Drache, den ich je gesehen habe.« Er hinkte zu einem der Wollstoffsäcke und nahm einige dicke Holzstäbe heraus. Es waren Teile einer Eichenlanze, deren hölzerne Zapfen genau in gehämmerte Metallnuten passten.

Wendell nickte. »Ich hole Euer Pferd.«

Anne sagte: »Glaubst du wirklich, dass er sich aus der Hecke befreien kann?«

»Er ist schließlich auch hineingekommen, nicht wahr? Es hängt wahrscheinlich bloß davon ab, wie verletzt er ist.«

Sie hörten, wie der Drache im Innern der Hecke umherschlug, und gelegentliche Rauchwolken trieben von den Stellen herbei, wo er die Dornen in Brand gesetzt hatte. Das Schlagen und Röhren wurde jedoch rasch schwächer und als Wendell mit dem Pferd zurückkehrte, war alles wieder still.

Charming suchte sich einen trockenen Flecken im Gras und setzte sich. »Das war vielleicht doch sein Ende. Ich hoffe es jedenfalls. Ich hasse Drachen. Sie sind der schlimmste Teil meines Jobs.«

»Ich bin hungrig«, gab Wendell kund. »Ich bin schon fast verhungert.«

»Ah, entschuldigt mich bitte«, sagte Mandelbaum. »Ich glaube, jemand sollte sich um das neue Mitglied unserer kleinen Gruppe kümmern. Ich vermute, es handelt sich um die lange verloren geglaubte Prinzessin Aurora.«

Charming, Anne und Wendell drehten sich um und sahen zu ihr hin. Aurora stand in einiger Entfernung gegen einen Baum gelehnt und wirkte sehr hilflos und verloren. Sie hielt sich den Bauch fest.

»Ist sie in Ordnung?«, fragte Wendell.

Während sie Anne anschaute, beugte sie sich vor und erbrach sich heftig.

»Wohl kaum«, meinte Charming. »Vielleicht sind es nur die Nerven. Armes Kind. Sie hat schließlich einen höllischen Schock erlitten.«

»Sie ist schwanger«, erklärte Anne.

Prinzessin Aurora hatte wirklich eine schlimme Woche durchlebt. Sie war gerade die Treppe heruntergestiegen, als sie einen Schwindelanfall erlitt. »Kein Grund zur Sorge«, sagte sie sich. »Du bist nur zu aufgeregt. Es ist schließlich dein Hochzeitstag.« Sie sagte ihrer Zofe, sie solle weiter nach unten gehen (sah das Mädchen nicht auch etwas unwohl aus?). Aurora hingegen taumelte zurück zu ihrem Alkoven und legte sich auf das Bett. »Ich mache für eine Minute die Augen zu; dann wird das seltsame Gefühl schon vergehen.« Und es verging tatsächlich. Sie hatte einen angenehmen Tagtraum von ihrer Hochzeit, in dem sie und ihr Gemahl ein paar sehr unanständige Dinge taten. Sie gab ihm gerade zum Abschluss einen heißen Kuss, als sie erwachte und feststellte, dass sie mit gespreizten Beinen über einem seltsamen Jungen saß, der wie ein Schornsteinfeger aussah. (Wie ein niedlicher Schornsteinfeger, entschied sie später.) An das, was danach geschehen war – an das Feuer und den Drachen –, wollte sie erst gar nicht zurückdenken. Sie tat ihr Möglichstes, um die Erinnerung daran auszuschalten. In den letzten Tagen war sie mehrfach beinahe der Meinung gewesen, dass sie sich noch immer in einem schlechten Traum befand. Es gab jedoch gewisse Dinge, die sie nicht verdrängen konnte – gewisse unangenehme Wahrheiten, die sie in die tiefsten Winkel ihres Verstandes verbannt hatte. Sie wollte sich ihnen erst dann stellen, wenn die Zeit reif war.

Und nun war die Zeit reif. Aurora war bereits vier Tage lang geritten und vermutete, sie sollte die Angelegenheit in Ordnung bringen, bevor die Gruppe ihr Ziel erreichte, wo immer dieses auch liegen mochte. Sie sah ihre Gefährten an. Der alte Zauberer und der Junge ritten voraus. Der Junge fragte den Magier andauernd nach Zaubersprüchen und magischen Tricks, nach Teufeln und Werwölfen. Manchmal antwortete der alte Zauberer ausführlich und mit großer Belustigung, doch oftmals sog er nur an seiner Pfeife, starrte nachdenklich in den Himmel und ließ die Zügel locker, während er die Welt aus seinen Gedanken ausblendete. Prinz Charming ritt hinter ihm, fiel aber immer wieder zurück, um zu sehen, ob es Prinzessin Aurora gut ging. Der Prinz trug brandneue Seidenkleider und mit gewaschenem Gesicht und gekämmtem Haar sah er wirklich sehr hübsch aus. Er war recht freundlich und verbindlich und zweifellos sehr tapfer. Unter anderen Umständen hätte sich Aurora sofort in ihn verliebt. Doch die Umstände waren halt nicht anders und außerdem war da noch das zweite Mädchen.

Zuerst glaubte Aurora, sie sei eine Dienerin, doch dann erfuhr sie, dass das nicht stimmte. Aurora war nicht ganz sicher, wer sie nun wirklich war, doch mit ihrem glänzenden schwarzen Haar, den tiefdunklen Augen und der makellosen Haut war sie das schönste Mädchen, das Aurora je gesehen hatte. Auch Anne war sehr freundlich zu Aurora, half ihr mit dem Pferd und erkundigte sich fürsorglich nach ihrem Wohlergehen. Aber sie hing wie eine Klette an dem Prinzen. Sobald er zurückfiel und mit Aurora sprach, lenkte Anne ihr Pferd neben ihn und beteiligte sich an dem Gespräch. Sie drängte sich sehr sanft vor, aber ihr Blick deutete an, dass sie sich vor keiner Nebenbuhlerin fürchtete. »Unter anderen Umständen wäre sie wohl sehr gefährlich«, dachte Aurora.

Genug davon! Es war an der Zeit, sich den Tatsachen zu stellen und die raue Wahrheit einzugestehen. Zeit, die Vergangenheit zu vergessen, die Gegenwart anzuerkennen und für die Zukunft zu planen.

Zeit für einen ausgiebigen Weinanfall.

Nein, das hatte sie schon hinter sich.

Vielleicht träumte sie noch.

Was also waren die Fakten? Ihr Vater war tot. Ihr Verlobter war tot. All ihre Bekannten waren tot. Ihr Zuhause war zerstört. Ihr Königreich war annektiert worden. Ihre Kleider waren verbrannt. Ihr Schuhe waren aus der Mode gekommen. Sie hinkte zwanzig Jahre hinterher.

Und nicht zu vergessen: Sie war schwanger.

Sie sollte versuchen, das Positive an ihrer Lage zu sehen.

Sie versuchte, nicht an Garrison zu denken. Schließlich war er tot – schon seit zwanzig Jahren. Vom wilden Drachen gefressen, die Knochen im Feuer gebacken, während der kleine Garrison in ihrem Bauch schlief.

Es war natürlich nicht seine Schuld gewesen. Moment,

stopp! Selbstverständlich war es seine Schuld gewesen. Irgendjemand musste doch die Schuld an der ganzen Sache tragen. Sie selbst war keinesfalls dieser Jemand. Sicher, sie hatte es so eingerichtet, dass sie sich im Garten treffen konnten, aber das war doch nur aus Neugier über sein Aussehen geschehen. Beide Eltern hatten keinen Grund gesehen, warum Braut und Bräutigam sich vor der Hochzeit kennen lernen sollten. Es sei schlecht für die Disziplin, sagten sie. Aurora hatte nur gewusst, dass er der Prinz irgendeines Königreiches war (natürlich) und dass er eine Menge Land besaß (natürlich). Außerdem sei er sehr schön. Sie hatte sich aber geweigert, in diesem Punkt dem Wort ihres Vaters zu glauben.

Hinter den Rosensträuchern hatte er sie in den Arm genommen und sanft auf den Boden gelegt. Sie hatte gekämpft – hatte sie etwa nicht gekämpft? Natürlich hatte sie – sie musste einfach gekämpft haben –, aber es hatte nichts genützt. Sie wollte schreien, doch er küsste sie einfach immer weiter. Sie wollte wirklich, dass er damit aufhörte. Zwar hatte sie nicht ausdrücklich Nein gesagt, aber jedermann wusste doch, dass anständige Mädchen so etwas nicht tun. Es war also allein seine Schuld. Er hatte den Tod verdient. Es geschah ihm Recht!

Sie wollte das Kind nach ihm nennen.

»Seht doch einfach das Positive an der ganzen Sache«, schlug Anne vor, während sie ihr Pferd neben das von Aurora lenkte. Aurora war überrascht. Es war das erste Mal, dass Anne mit ihr sprach und der Prinz nicht in der Nähe war.

»Ja, aber was ist das Positive? In letzter Zeit sind so viele gute Neuigkeiten aus allen Richtungen auf mich eingedrungen, dass ich kaum mehr weiß, worüber ich als Nächstes nachdenken soll.«

»Entschuldigung, ich wollte nicht platt klingen. Aber Ihr lebt, nicht wahr? Ihr hattet Glück, in diesem Turm zu sein, als der Bann sich ausbreitete, aber es wurde trotzdem höchste Zeit für Eure Rettung. Früher oder später hätten Euch die Ratten angenagt.«

»Wie freundlich Ihr seid! Ich bin sicher, dass Ihr überall im Mittelpunkt steht, wohin Ihr auch geht.«

»Bevor wir das Schloss erreichen, halten wir in der Stadt an und kaufen Euch neue Kleider. Dann werdet Ihr Euch gleich besser fühlen. Zumindest geht es mir immer so.«

»Ich habe kein Geld.«

»Ich eigentlich auch nicht. Wir könnten aber wenigstens einen Schaufensterbummel machen. Dann muss ich mich also in diesem Aufzug im Schloss von Illyria zeigen. Und dabei wollte ich bei meinem ersten Besuch dort einen besonders guten Eindruck machen.«

»Was? Ihr seid noch nie dort gewesen?«

»Nein. Der Prinz und ich sind von meinem Schloss aus sofort zu Eurem gereist. Wir waren auf der Suche nach einem Fruchtbarkeitsgral. Meine Stiefmutter hatte einen alten Gral auf dem Grund und Boden Eures Schlosses ausgemacht.«

»Ein Fruchtbarkeitsgral!« Aurora lachte verbittert. »Das würde eine Menge erklären. Wir sind ein ganz schön fruchtbarer Haufen. Die Mädchen in meinem Königreich werden meistens schon beim ersten Schuss schwanger.«

»Hmm«, meinte Anne beschämt. Sie war solch offene Reden nicht gewöhnt. »Na ja …«

»Ihr habt trotzdem Eure Zeit verschwendet. Ich habe nie etwas von einem Gral gehört. Paps stand allerdings nicht auf Kulte und so was. Er hat nicht mal Antiquitäten gesammelt.«

»Es wäre nicht das erste Mal, dass sich meine Stiefmutter geirrt hat. Wenn es um die schwarzen Künste geht, sind bei ihr die Augen oft größer als der Mund.«

»Eure Stiefmutter? Ist Eure leibliche Mutter tot?«

»Sie ist im Kindbett gestorben. Und mein Vater ist vor einigen Jahren von uns gegangen.«

»Auch meine Mutter ist im Kindbett gestorben.«

»Genau wie Prinz Charmings Mutter. Bei diesem Thema ist er etwas empfindlich.«

»Jedermanns Mutter ist tot. Ist eine Geburt wirklich so anstrengend?«

»Nach Mandelbaum liegt der Grund darin, dass sich die königlichen Familien Privatärzte und die beste Gesundheitsvorsorge leisten können. Genau aus diesem Grund sterben sie wie die Fliegen.«

»Ah, ein rechter Zyniker.«

»Das glaube ich nicht. Ich glaube, er hat nur das gesagt, was er denkt.«

Eine Weile ritten sie schweigend nebeneinander her. Für Anne war es eine unangenehme Situation. In ihrem bisherigen Leben hatte es nur wenige gleichaltrige Mädchen gegeben, von denen keines ihren eigenen Rang besaß. Aurora war das erste Mädchen, mit dem sie auf gleicher Ebene reden konnte. Auch wenn ihre Gedanken im Augenblick düster waren und sie eine sardonische Art hatte, war sie doch zweifellos klug und wohl erzogen. Trotzdem war Aurora ziemlich verdorben und genau die Sorte von Mädchen, vor der Anne immer gewarnt worden war. Irgendwann in der Vergangenheit hatte sie es zugelassen, dass ein Junge mit ihr *Sachen* machte. Schon die bloße Vorstellung fand Anne abstoßend. Aber auch fesselnd.

»Was ist denn mit Euch und diesem Charming?«, fragte Aurora geradeheraus.

»Was meint Ihr damit?«

»Ich meine, mögt Ihr ihn? Ihr mögt ihn, ist das richtig?«

»Natürlich nicht!«, empörte sich Anne und errötete. Sie spürte, wie ihr das Blut ins Gesicht schoss, was sie wiederum verlegen machte und ihr Gesicht noch stärker rötete. »Ich mag ihn nicht. Das heißt, natürlich mag ich ihn, aber ich *mag* ihn nicht.«

»Klar«, erwiderte Aurora. »Was könnte man schon an ihm mögen? Nur weil er süß, klug, berühmt und reich ist, muss man ihn doch nicht gleich anhimmeln. Ich weiß auch nicht, was Ihr an ihm finden solltet.«

»Ganz herzlichen Dank dafür, dass Ihr mir keine Worte in den Mund legt. Außerdem ist er wirklich nicht so toll.«

»Seid Ihr tatsächlich nicht heiß auf ihn?«

»Ich bin auf niemanden heiß«, antwortete Anne würdevoll. »Ein nettes Mädchen ist niemals, äh, heiß auf jemanden. Prinz Charming und ich haben uns nur aufgrund bestimmter Umstände für die Dauer dieser Suche zusammengetan.«

»Ich verstehe«, sagte Aurora und schwieg.

Diese Antwort kam in einem Ton heraus, der Anne gar nicht gefiel. Aber Aurora hatte offenbar keine Lust, das Gespräch fortzuführen. Nach einer Weile lenkte Anne ihr Pferd weg. Sie behielt Aurora jedoch misstrauisch im Auge.

Ihr Misstrauen war gerechtfertigt, denn es war deutlich zu sehen, wie sich die Rädchen im Kopf der Blondine drehten. Schließlich kam Aurora zu folgenden Ergebnissen.

Ich habe keine eigenen Mittel, wenn ich nicht das Königreich von Alacia wieder in meine Gewalt bringen kann; von Rechts wegen gehört es jetzt mir.

Der König von Illyria hat mein Land annektiert. Die Geschichte lehrt uns, dass Könige keinen Teil ihres Territoriums ohne Krieg abtreten, gleichgültig ob sie es rechtmäßig beherrschen oder nicht.

Die Hoffnung darauf, dass eine heranwachsende, unverheiratete Mutter eine Armee ausheben und einen mächtigen König besiegen kann, ist lächerlich gering.

Trotzdem.

Aurora sah den Prinzen nachdenklich an.

Vielleicht gab es noch einen anderen Weg, auf dem sie ihr Ziel erreichen konnte.

Wendell lenkte sein Pferd neben Charming. »Prinzessin Aurora ist ganz schön hübsch, nicht wahr?«

»Allerdings«, meinte der Prinz. »Tolle Titten.«

»Aha! Ich wusste es. Ich wusste, Ihr könnt nicht den ganzen Weg bis zum Schloss zurückreiten, ohne etwas über ihre Brüste zu sagen. Ich bin überrascht, dass Ihr es überhaupt so lange zurückzuhalten vermochtet.«

»Reine Willenskraft.«

»Allerdings. Ihr wolltet doch immer ein unanständiges Mädchen treffen. Da habt Ihr sie! Ich wette, nun seid Ihr glücklich.«

»Aurora ist ein nettes Mädchen, Wendell.«

»Aber sie ist schwanger!«

»Richtig. Das bedeutet, dass sie eine Mutter ist. Alle Mütter sind Heilige – selbst die unverheirateten, und jedermann tritt ihr mit Ehrerbietung und Respekt entgegen, es sei denn, es handelt sich um andere Frauen. So ist das nun mal.«

»Ihr sagtet aber, sie habe tolle Titten. Das will mir gar nicht respektvoll erscheinen.«

»Nein? Sie hat es ja nicht gehört.«

Mandelbaum hatte während der letzten Stunden geschwiegen, doch jetzt ritt er langsamer und gesellte sich zu den anderen. »Hoheit, mir scheint, wir drosseln besser unsere Geschwindigkeit. Wenn wir so schnell weiterreiten, erreichen wir das Schloss noch vor Einbruch der Dunkelheit.«

»Ist das ein Problem?«

»Nun ja, Hoheit, bei allem Respekt: Habt Ihr nicht bedacht, was es bedeutet, mit einer schwangeren Gefährtin in die Stadt einzureiten?«

»Das geht doch mich nichts an!«

»Ja, ja, natürlich nicht, aber Ihr müsst an Euren Ruf

denken. Ihr reitet fort, verschwindet für einen Monat von der Bildfläche und kommt plötzlich mit einer wunderschönen jungen Frau zurück, die gerade mal einen Monat schwanger ist. Das würde Euch zumindest den Anschein der Unschicklichkeit verleihen.«

»Also wirklich! Du warst die ganze Zeit bei mir, seit ich von Aurora wusste. Und Anne und Wendell haben mich ebenfalls keine Minute aus den Augen gelassen.«

»Prinz Charming, ich will nichts problematisieren, sondern Euch die Lage bloß so schildern, wie ich sie sehe. Nicht ich, sondern Eure Wählerschaft muss von der Reinheit Eurer Intentionen überzeugt sein. Und ich fürchte, dass sie einen Pagen und ein sechzehnjähriges Mädchen nicht als geeignete Anstandswauwaus anerkennen werden.«

»Und was ist mit dir?«

»Zauberer werden selbst im besten Falle mit Misstrauen betrachtet. Man mag unsere Taten bewundern oder fürchten, aber unser Eid erheischt leider nur wenig Ansehen. Wenn es um Glaubwürdigkeit geht, kommt als Anstandswauwau entweder ein Paar mittleren Alters oder eine vertrocknete ältere Frau infrage.«

»Das ist doch verrückt. Ich habe in allen zwanzig Königreichen wunderschöne Zuckerpüppchen gerettet und sie nach Hause begleitet. Und ich habe sie nicht einmal angerührt.«

»Das hätten sie auch niemals zugelassen«, meinte Wendell dröge.

»Diese Zuckerpüppchen, wie Ihr sie nennt, trafen auch nicht schwanger zu Hause ein. Die Volksneugier begreift sehr wohl die Gesetze von Ursache und Wirkung. Wenn sie die Wirkung bei der jungen Aurora entdecken, werden sie selbstverständlich nach einer Ursache suchen. Ich fürchte, die Klatschbasen werden einen lebenden Prinzen für einen viel schöneren Skandal halten als einen seit zwanzig Jahren toten Prinzen.«

Charming dachte darüber nach. »Ich glaube, du unterschätzt die Leute, Mandelbaum. Sie sind nicht so primitiv. Doch nehmen wir einmal an, dass deine Befürchtungen berechtigt sind: Wäre es dann nicht besser, keck im hellen Tageslicht in die Stadt zu reiten, so als ob wir nichts zu verbergen hätten (was wir ja auch nicht haben), anstatt uns in der Nacht wie ein Haufen Drückeberger in die Stadt zu, äh, drücken?«

»Ich würde es bevorzugen, mit der Möglichkeit eines Skandals zu spielen, anstatt ihn von Anfang an offenbar zu machen.«

»Es ist sowieso egal«, meinte Wendell. »Alle Dienerinnen im Schloss sowie die Wachen und Soldaten werden auf alle Fälle darüber reden.«

»Das stimmt«, gab der Prinz zu. »Ich glaube nicht, dass Paps Aurora in einem Turm einsperren will. Wir müssen es ausfechten.«

»Was müssen wir ausfechten?«, fragte Anne. Sie und Aurora ritten seit kurzem neben ihnen und hatten die letzte Bemerkung gehört. Nun ritten fünf Pferde auf einem Pfad nebeneinander, der nur für drei bestimmt war, sodass Mandelbaum und Wendell zurückfielen und die Nachhut bildeten.

Der Prinz erklärte: »Wir versuchen uns zu entscheiden, ob wir Aurora im Schutz der Dunkelheit in das Schloss schmuggeln oder einfach bei hellem Tageslicht einreiten sollen. Glaubt Ihr wirklich, dass die Leute Eure Schwangerschaft bemerken? Ihr seht gar nicht schwanger aus.«

»Frauen sehen so etwas sofort«, gab Anne zu bedenken.

Prinzessin Aurora warf stolz die Haare zurück. »Ich bin die Prinzessin von Alacia«, bemerkte sie würdevoll. »Welcher Missetaten ich mich auch schuldig gemacht haben mag, so bin ich doch immer noch die Prinzessin von Alacia und benehme mich nicht wie ein Drückeberger oder ein Dieb.«

»Also wäre es entschieden«, seufzte Charming. »Wir bieten dem Rest der Welt die Stirn.«

»Einen Augenblick«, schaltete sich Anne ein. »Ich habe eine Idee. Warum behaupten wir nicht einfach, sie sei verheiratet?«

»Wie bitte?«, wunderte sich der Prinz. Aurora sah Anne seltsam an.

»Also bitte! Dir ist diese Idee bestimmt auch schon gekommen. Es weiß doch niemand, was wirklich in diesem Schloss geschehen ist. Um Himmels Willen, das Ganze liegt schon zwanzig Jahre zurück. Und das Schloss ist nur noch eine rauchende Ruine. Wenn wir vorgeben, der Bann habe erst ein paar Stunden nach der Hochzeit gewirkt, wird niemand das Gegenteil behaupten. Es muss bloß genug Zeit dazwischen liegen, damit die frisch Verheirateten nach oben gehen und die Ehe vollziehen konnten.«

»Das klappt nie«, sagte Aurora, doch es klang so, als denke sie ernsthaft über diese Idee nach.

»Warum nicht?«, fragte Charming. »Es ist durchaus glaubhaft. Das Erste, was ich nach der Trauung tun wollte, wäre ...« Beide Mädchen sahen ihn an. »... nachsehen, ob meine Frau in Ordnung ist«, schloss er lahm.

»Mir gefällt das nicht«, wandte Wendell ein. »Wenn das Ganze herauskommt, sieht der Prinz ganz schön alt aus. Warum sollte er seinen Ruf riskieren, um den eines Mädchens zu retten?«

»Es ist mein Job, Mädchen zu retten, mit Ruf und allem Drum und Dran.« Er nahm Wendell beiseite. »Wenn ich zu wählen habe, ob ich meine eigene Ehre oder die einer Dame retten soll, ist es das Ehrenhafteste, die eigene Ehre zu opfern und die der Dame zu verteidigen, auch wenn sie sich selbst bereits entehrt hat. Verstehst du das?«

Wendell schüttelte den Kopf.

»Glaub mir einfach. Wir brauchen in diesem Fall keinen Trauschein, weil der ja in Flammen aufgegangen ist. Und alle Trauzeugen sind tot. Ja, wir sollten Euch einen Ring an den Finger stecken, unsere Aussagen aufeinander abstimmen und den Leuten diese Lügengeschichte auftischen.«

Auroras Miene hellte sich auf. »Glaubt Ihr wirklich, dass es gelingt?«

»Ich kenne da ein paar Zwerge, die uns vielleicht einen guten Preis für einen Hochzeitsklunker machen«, sagte Anne. »Aber zuerst müssen wir mit ihnen verhandeln.«

»Das ist das Problem«, bemerkte Wendell. »Woher sollen wir so schnell einen Ring herbekommen? Ein Ring für eine Prinzessin muss etwas Besonderes sein. Nur ein Goldschmied kann ihn herstellen. Also müssen wir eine weitere Person einweihen.«

»Was ist denn mit Eurem Verlobungsring passiert?«, fragte Anne.

»Der befindet sich noch in seiner Kassette im Schloss. Ich frage mich, ob er das Feuer überlebt hat.«

»Wartet einen Augenblick«, schaltete sich der Prinz ein. »Wir brauchen keinen Verlobungsring. Das sind die mit den großen Diamanten. Wir brauchen eine Ehering. Wir kaufen einfach einen schmucklosen Goldring beim königlichen Goldschmied. Er hat viele davon und ist nicht neugierig.«

Mandelbaum hatte während der ganzen Unterhaltung geschwiegen, doch nun hüstelte er diskret. »Hoheit, darf ich Euch auf ein Wort sprechen?«

»Aber klar doch.« Der Prinz und Mandelbaum setzten sich etwas von der Gruppe ab. Mandelbaum zog an seiner Pfeife, stieß den Rauch aus und schaute der davonschwebenden Wolke nachdenklich hinterher. Charming wartete geduldig.

»Hoheit, es betrübt mich, einen jungen Mann, der in der Praxis der Ehrenhaftigkeit und Tugend so gründlich geschult wurde, einer solchen List bereitwillig zustimmen zu sehen. Obwohl ich schon oft Eure ungesunde Neigung zum schönen Geschlecht bemerkt habe, bin ich doch überrascht, dass ein zauberhaftes Gesicht Euch so leicht den Kopf verdreht.« Charming wollte etwas entgegnen, doch Mandelbaum hob die Hand. »Aber darum geht es im Augenblick nicht. Was mir Sorgen bereitet, ist meine eigene Rolle in dieser Komödie. Als Mitglied des königlichen Hofes und Empfänger der königlichen Münzen gehört meine Loyalität Eurem Vater. Darf ich Euch fragen, ob Ihr auch ihn zu belügen gedenkt? Wenn dem so ist, erwartet Ihr dann von mir, dass ich ihm Informationen vorenthalte?«

»Nanu, Mandelbaum, warum bist du denn auf einmal so engherzig? Das kommt wohl von der Militärarbeit, die du in letzter Zeit leisten musstest. Ich habe immer geglaubt, du wärst lässiger.«

Mandelbaum sagte: »Mumpf.« Dann fügte er hinzu: »Das ist keine Antwort.«

»Ich versuche doch nur, das Mädchen von allem Gerede fern zu halten. Also lüge ich ein wenig. Aber ich begehe deswegen keinen Hochverrat. Außerdem hast du mir eben lang und breit erklärt, dass ich meinen Ruf schützen muss. Dieser Plan bringt auch mich aus der Gefahrenzone.«

»Ich habe nur vorgeschlagen, dass wir bei Nacht hineinreiten und so die öffentliche Aufmerksamkeit gering halten. Dabei schwebte mir nicht vor, dem Hof eine verzwickte Scharade zu präsentieren.«

»Erst sagst du mir, dass die Öffentlichkeit die Wahrheit nicht akzeptieren wird, und dann rätst du mir, mich ausschließlich an die Wahrheit zu halten. Was soll ich denn deiner Meinung nach tun? Aurora in Sack und Asche durch die Straßen zerren?«

»Im Umkreis eines Tagesritts gibt es verschiedene Nonnenklöster, die der Prinzessin angemessenen Unterschlupf und die Möglichkeit bieten, ihre moralische Verworfenheit zu büßen.«

»Moralische Verworfenheit! Jetzt wirst du aber völlig unvernünftig. Wie sollte ich Aurora dazu überreden, ins Kloster zu gehen? Nein, das kommt gar nicht infrage. Sie ist doch nur ein Mädchen, das mal einen Fehler gemacht hat.«

»Woher wisst Ihr, dass sie einen Fehler gemacht hat? Habt Ihr mit ihr darüber gesprochen?«

»Natürlich nicht. Über so etwas kann man mit einem Mädchen nicht sprechen.«

»Genau. Also können wir nicht wissen, was für perverse Praktiken sie ausgeübt hat. Und Anne sollte sich nicht zu eng mit ihr befreunden. Es ist Eure Pflicht, sie vor schlechtem Einfluss zu schützen.«

»Ich bin nicht bereit, dieses verrückte Gespräch weiterzuführen. Mandelbaum, ich mache dir einen Vorschlag, den du nicht ablehnen kannst. Sobald wir zurück sind, verschaffe ich Aurora eine Audienz bei Paps. Er soll entscheiden, was mit der Prinzessin geschieht. Bis dahin spielst du unser Spielchen mit. Wie klingt das?«

»Na ja …«

»Also bitte, Mandelbaum! Denk doch an den kleinen Aurorus. Willst du wirklich, dass er mit einem Makel aufwächst? Es ist doch nicht seine Schuld.«

»Na schön. Aber wenn Seine Hoheit mich etwas fragt, werde ich ihm die Wahrheit sagen.«

»Abgemacht.« Charming wendete sein Pferd und gesellte sich zu den anderen. »Meine Damen, jetzt gilt's. Aurora, von nun an seid Ihr Witwe.«

»Dann sollten wir irgendwo anhalten und ihr schwarze Kleider besorgen«, schlug Anne vor.

»Ich hätte es wissen müssen«, murmelte der Prinz. »Was immer man auch vorschlägt, es läuft in der Frauenwelt auf einen Einkaufsbummel hinaus.«

»Die Kleider sind unwichtig«, meinte Aurora jedoch. »Es geht mir nur darum, mein Leben umzukrempeln. Prinz Charming, ich kann Euch nicht genug für all das danken, was Ihr mir getan habt.«

Sie schaute ihn an. Ihr Blick war plötzlich sanft und hingebungsvoll. Sie legte die Hand auf seinen Arm und nahm sie nicht wieder fort. Anne entschied, dass ihr diese Geste überhaupt nicht gefiel.

»Nettes Häuschen«, meinte Anne, als sie die glänzenden Fußböden und die Einlegearbeiten sowie die im Licht der Lampen schimmernden Türknäufe betrachtete.

»Ja, ja«, meinte Charming. »Das da sind die Wände und das ist der Boden. Es ist also alles da, was man braucht.«

Sie hatten das Schloss am späten Abend erreicht. Wie geplant, war bereits der größte Teil der Dienerschaft zu Bett gegangen und die Küche hatte geschlossen. Aber es gab noch genügend Diener, die Annes und Auroras Zimmer herrichten konnten. Wendell kümmerte sich inzwischen um die Pferde und das Gepäck. Es entstand ein Aufruhr, als sich die Reisegruppe und die Diener voneinander trennten. Plötzlich fand sich Prinz Charming allein mit der rabenhaarigen Prinzessin in einem verlassenen Korridor wieder.

»Ist dein Zimmer bequem genug?«, fragte er sie.

»O ja«, antwortete Anne. »Ja, es ist sehr schön. Sehr komfortabel. Schon beinahe luxuriös. Ja, sehr nett. Ja.«

»Das ist gut. Ich bin froh, dass dir das Zimmer gefällt. Eigentlich sind alle Räume hier ganz hübsch. Wenn du also einen anderen Raum bevorzugst, kannst du ihn gern haben. Du kannst auch gern in deinem Zimmer bleiben. Wie du willst.«

»Nein, das Zimmer ist in Ordnung. Wirklich.«

»Also gut.«

Sie gingen weiter nebeneinander her. Charming fand,

dass seine Stiefel auf dem hölzernen Boden seltsam laut klangen.

»Hier lebst du also?«, fragte Anne. Es war durchaus eine der dämlichsten Fragen in der Geschichte der Menschheit, wie Anne sofort bemerkte.

»Äh, ja, richtig«, antwortete Charming und kam sich wie ein Idiot vor, weil er nichts Klügeres zu sagen wusste. Er hielt sich an der Klinke zu seinem Zimmer wie an einem Rettungsanker fest.

»Das ist also mein Zimmer«, sagte er und packte die Klinke noch fester. »Sehen wir uns morgen früh?«

»Ja«, flüsterte Anne. »Träum was Schönes.«

»Du auch«, erwiderte der Prinz. »Ich würde dich ja hereinbitten, aber natürlich sähe das nicht gut aus.«

»Selbstverständlich nicht«, pflichtete Anne ihm bei. »Die Nacht in der Herberge war eine Ausnahme. Natürlich kann ich das Schlafzimmer eines Mannes nicht allein betreten.«

»Nein«, bekräftigte der Prinz. Er drückte die Tür auf und Anne folgte ihm in das Zimmer. »Es würde große Aufregung verursachen.«

»Richtig«, stimmte Anne zu. »Obwohl wir ja gar nichts Verbotenes tun würden.«

»Richtig.«

Sie standen nun in drei Fuß Entfernung voneinander mitten in Charmings Bettkammer und vermieden es, sich anzusehen. Der Prinz machte eine verlegene Geste. »Ich nehme an, dass nichts dabei ist, wenn wir die Tür offen lassen.«

»Gute Idee. Wir wollen zwar nicht, dass uns jemand zusammen sieht, aber wir wollen genauso wenig an einem Ort zusammen sein, an dem uns niemand sehen kann.«

»Ganz meine Meinung«, sagte der Prinz und stieß die Tür mit dem Fuß zu. Anne unternahm nichts dagegen. Einige Minuten lang standen sie sich schweigend gegenüber.

»Nettes Zimmer«, sagte Anne schließlich.

»Ja, mir gefällt's. Da drüben ist ein offener Balkon, von dem aus man die Sterne beobachten kann.«

»Wie schön! Siehst du dir die Sterne oft an?«

»Nein, nie. Aber wenn ich es wollte, könnte ich auf den Balkon gehen.«

Erneutes Schweigen.

»Ich glaube, ich gehe jetzt besser zurück in mein Zimmer«, meinte Anne. »Ich weiß gar nicht, warum ich überhaupt deine Bettkammer betreten habe.« Sie machte einen Schritt auf den Prinzen zu.

»Ja, vermutlich ist es das Beste, wenn du nicht länger hier bleibst«, pflichtete ihr der Prinz bei. Er machte einen Schritt auf Anne zu. Sein Arm schlängelte sich um ihre Hüfte; er zog sie an sich. Es verschlug ihr den Atem. Sie schloss die Augen und wandte ihm das Gesicht zu.

Jemand klopfte an die Tür. »Oh«, machte Anne und sprang einen Fuß zurück. Der Prinz machte sich von ihr frei und steckte die Hände in die Hosentaschen. Das Klopfen ertönte abermals.

Charming liebäugelte kurz damit, so zu tun, als wäre er nicht da, doch dann rief er: »Herein!«

Die Tür wurde geöffnet und Aurora trat ein. »Oh«, lautete ihr Kommentar, als sie Anne sah. »Was macht Ihr denn hier?«

»Was macht *Ihr* denn hier?«

»Was macht *Ihr* denn hier?«

»Ich wollte bloß Prinz Charming eine gute Nacht wünschen.«

»Genau das wollte ich auch«, sagte Aurora. Sie ging zu Charming hinüber und hakte sich bei ihm unter. Sie trug ein Nachthemd, das sie irgendwo hervorgeholt hatte, und Charming bemerkte unwillkürlich, dass die beiden obersten Knöpfe offen standen. Anne bemerkte es ebenfalls und war gar nicht amüsiert.

Aurora schnurrte: »Mein Zimmer ist sehr schön, Prinz Charming. Ihr habt ein wunderbares Schloss.«

»Danke.«

»Es ist ziemlich dumm, ihm das zu sagen«, zischte Anne. »Er hat es schließlich nicht selbst eingerichtet.«

Aurora erwiderte süßlich: »Ich bin mir auch sicher, dass er sich seine Kleider nicht selbst schneidert. Trotzdem darf ich ihm sagen, dass er sehr hübsch in ihnen aussieht.«

»Äh, nochmals vielen Dank«, sagte der Prinz. Er schaute von Anne zu Aurora und hatte das schwache Gefühl, dass sich gerade ein Sturm zusammenbraute. Anne presste die Lippen zu einer dünnen Linie zusammen und tappte mit dem Fuß auf den Boden. Aurora sah aus, als bekümmere sie nichts in der Welt, was sehr seltsam für ein Mädchen war, das noch vor wenigen Stunden völlig niedergeschlagen gewirkt hatte.

Er sagte: »Morgen werde ich mich darum kümmern, dass Ihr eine Audienz bei Paps bekommt. Es könnte einen Tag oder zwei dauern, aber das ist in Ordnung so. Man kann hier eine ganze Menge unternehmen, zum Beispiel einkaufen, ins Theater gehen und lauter solche Mädchensachen. Ach ja: hier!« Er holte einen kleinen Ring aus der Hosentasche hervor. »Ich habe ihn für Euch besorgt.« Aurora schlug die Wimpern nieder und streckte die Hand aus. Charming wollte ihr den Ring gerade an den Finger stecken, als er einen Blick auf Anne warf und bemerkte, wie ein feierlicher Ausdruck über ihr Gesicht huschte. Er zögerte eine Sekunde und legte den Ring dann auf Auroras Handfläche. »Bitte schön. Macht Euch um die Rückgabe keine Gedanken. Wir besitzen eine Million Kinkerlitzchen wie dieses hier. Reste aus früheren Eroberungszügen.«

»Ich freue mich trotzdem sehr darüber«, hauchte Aurora und wandte sich an Anne. »Und ich freue mich auch über all Eure freundlichen Worte und Eure Liebenswürdigkeit, Anne.«

Anne kramte ihre süßeste Säuselstimme hervor. »Es war mir ein reines Vergnügen, Euch behilflich sein zu dürfen, Aurora.«

»Da die Suche nach dem Gral nun vorbei ist, kehrt Ihr sicherlich in Euer eigenes Königreich zurück?«

»Vermutlich«, sagte Anne. Bisher hatte sie noch nicht über eine Rückkehr nachgedacht. Sie hatte keinen Fruchtbarkeitsgral für ihr Volk. Der Gedanke an das Zusammensein mit ihrer Stiefmutter war niederschmetternd, aber die Vorstellung, Prinz Charming zu verlassen, verursachte in ihr ein Gefühl der Einsamkeit, das sie nicht recht begriff.

»Es tut mir ja sooo Leid, dass Ihr nicht länger bleiben könnt«, fuhr Aurora fort. »Aber Ihr habt wirklich keinen Grund mehr, Euch hier herumzudrücken, nicht wahr? Und vermutlich habt Ihr zu Hause ja noch sooo viel zu tun.«

»Vermutlich.«

»Aber hallo, warum denn plötzlich diese Eile?«, warf Charming ein. »Bleib doch noch etwas hier. Mach einfach Urlaub. Wie ich schon sagte, man kann in Illyria eine Menge unternehmen – es gibt hier alle Arten von Partys, Bällen und Festschmäusen. Was ist so wichtig zu Hause, das nicht noch ein paar Tage warten kann?«

»Ich muss wirklich gehen ...« flüsterte Anne.

»Bestimmt vermisst sie ihren Geliebten«, wisperte Aurora Charming zu. Ihm fiel die Kinnlade herunter.

»... aber wenn du darauf bestehst, bleibe ich halt noch ein paar Tage«, schloss Anne laut.

»Großartig! Also gut, dann sehe ich euch beide morgen früh. Gute Nacht.«

»Gute Nacht«, sagte Anne.

»Gute Nacht«, sagte Aurora.

Keines der beiden Mädchen machte die geringsten Anstalten zu gehen. Aurora hielt noch immer Charmings Arm fest im Griff. Anne hatte die Füße fest gegen den Boden gestemmt. Der honigsüße Ton war aus den Stimmen der beiden Damen veschwunden. Nun schauten sie sich mit offener Feindseligkeit an.

»Gute Nacht«, sagte der Prinz noch einmal. »Ich vermute, ihr möchtet jetzt beide in eure Zimmer zurückgehen.«

Keine der beiden Prinzessinnen sagte ein Wort. Jede wartete darauf, dass die andere zuerst ging. Charming sah verblüfft von einer zur anderen. Das hätte die ganze Nacht so weitergehen können, wenn nicht glücklicherweise noch jemand an die Tür geklopft hätte. »Herein«, sagte der Prinz erleichtert.

Wendell wirbelte herein. »Guten Abend, Sire. Hallo, Prinzessin Anne. Hallo, Prinzessin Aurora.«

»Hallo, Wendell«, erscholl es im Chor.

»Ich habe einen von den Köchen wachgerüttelt, damit er uns einen kleinen Imbiss macht. Es gibt Toast, Eier, Speck, Bücklinge und Wurst. Und außerdem frische Pfefferkuchen.«

»Ich glaube nicht, dass ich hungrig bin«, sagte Aurora. »Ich gehe jetzt besser.«

»Aber es gibt Pfefferkuchen!«, rief Wendell ungläubig.

»Nicht heute Nacht; vielen Dank. Gute Nacht.« Sie verließ den Raum und warf Charming einen Blick über die Schulter zu.

»Ich bin in ein paar Minuten wieder bei euch«, sagte Anne und ging ebenfalls.

»Was ist denn in die beiden gefahren?«, fragte Wendell.

Der Prinz zuckte die Achseln.

»Mädchen«, sagte Wendell voller Abscheu. »Ach ja, das hätte ich beinahe vergessen. Norville wünscht Euch morgen früh gleich als Erstes zu sehen.«

»Sag ihm, ich sei noch nicht zurück.«

»Er weiß bereits, dass Ihr zurück seid.«

»Sag ihm, ich bin krank.«

»Er meint, es sei sehr wichtig.«

»Das ist es immer. Jetzt wollen wir erst mal essen.«

»Gut. Wir müssen uns aber beeilen, denn Mandelbaum mischt heute Nacht ein paar neue Zaubertränke, die Stare von den Getreidefeldern fern halten sollen. Er will, dass ich ihm dabei helfe. Es hat etwas mit lebenden Fledermäusen zu tun. Sie fliegen gerade zu Hunderten in seinen Turm. Ist das nicht süß?«

»Klingt großartig. Du verbringst inzwischen viel Zeit mit Mandelbaum, Wendell. Hast du vor, in die Zauberei einzusteigen, anstatt Ritter zu werden?«

»Ach nein. Ich finde bloß, dass Magie einfach eine nette Sache ist. Mandelbaum hat gesagt, dass er mich vielleicht als Zauberlehrling anstellt, aber ich wollte nicht. Magie ist ganz schön cool, aber nicht so cool wie ein Ritt durch die zwanzig Königreiche und wie Schwertkämpfe und Abschlachtereien. Außerdem trägt man als Zauberer keine Rüstung und bekommt keinen Titel. Stattdessen muss man jahrelang Bücher lesen, Selbstdisziplin üben und den Verstand trainieren. Ich habe ihm gesagt, dass Ihr mich unbedingt braucht und mich zu Eurem Edelknaben machen wollt.«

»Richtig.«

»Zauberer machen manchmal richtig verrückte Sachen. Vielleicht könnte ich Ritter *und* Zauberer sein. Das wäre doch eine heiße Kiste. Ein Ritter, der seine eigene Magie hat. Dann wäre ich der berühmteste Ritter in allen zwanzig Königreichen.«

»Erinnere dich daran, dass es mehr im Leben gibt als Ruhm und Ehre, Wendell.«

»Klar. Ihr meint Wahrheit, Gerechtigkeit, Aufrichtigkeit und Familie, nicht wahr?«

»Eigentlich meinte ich damit Sex. Aber das andere natürlich auch.«

Sie gingen nach unten. Auf dem Weg gesellte sich Anne zu ihnen. Sie hatte ihr Nachthemd ausgezogen und trug nun wieder ihre üblichen schwarzen, mit Spitze besetzten, einfachen Kleider. Sie begaben sich in ein kleines

Esszimmer, das von einem der vielen Korridore abzweigte. Charming war in Schweigen versunken. Es war ein langer Tag und ein ermüdender Ritt gewesen. Er wollte einfach nur ein entspannendes Mahl zu sich nehmen und dann zu Bett gehen. Aber es sollte nicht sein.

Als sie den Essraum betraten, stellten sie fest, dass Königin Ruby bereits darin saß.

Zu sagen, dass die drei Reisenden überrascht waren, wäre eine monumentale Untertreibung gewesen. Wendells Mund klappte nach unten. Anne wurde bleich. Alle drei standen wie vom Schlag gerührt da. Es war der Prinz, der sich am schnellsten gefangen hatte. »Ah, Königin Ruby, wie schön, dich wiederzusehen. Welch glückliche Fügung führt dich nach Illyria?«

Die Böse Königin trug ihre übliche schwarze Kleidung: eine enge schwarze Seidenbluse mit Perlenknöpfen, eine schwarze Reithose, natürlich Stiefel mit Pfennigabsätzen und schwarze, fingerlose Handschuhe in Ellbogenlänge. Sie wirkte sowohl unglaublich erregend als auch düster. Gerade hatte sie ein Brötchen gebuttert, doch bei Prinz Charmings Worten stand sie auf und sagte ernst zu ihm: »Hör mit dem Geseiere auf, Charming. Ich will wissen, wo der Gral ist.«

»Was machst du hier?«, fragte Anne

»Es stellt sich wohl eher die Frage, was *du* hier machst, junge Dame. Ich erinnere mich nicht daran, dass wir einen Zwischenstopp in Illyria eingeplant hatten. Nicht dass ich überrascht wäre. Ich wusste von Anfang an, dass du dich nicht an unsere Abmachung hältst, Charming. Ich bin hergekommen, weil ich wusste, dass du den Gral für dich selbst behalten willst – falls die kleine Anne ihn dir nicht schon längst abgeluchst hat.«

»He!«, meldete sich Wendell zu Wort. »So dürft Ihr nicht mit dem Prinzen reden.«

»Ich wüsste nicht, dass mir jemand etwas abgeluchst hat«, sagte Charming.

»Ich glaube das einfach nicht«, flüsterte Anne. »Das Ganze ist mir so peinlich.«

»Das waren nun bereits drei ausweichende Antworten«, sagte die Königin blasiert. »Ich will es noch einmal versuchen. Wer von euch hat den Gral?«

»Niemand hat den Gral«, antwortete Anne. »Es gab keinen Gral. Der Ort ist mit einem ziemlich neuen Schloss bebaut. Was immer vorher dort gestanden hat, ist wohl zerstört worden.«

»Versuch nicht, mich anzulügen, junge Dame. Ich werde mir eine Strafe für dich ausdenken, wenn wir wieder zu Hause sind. Charming, ich will den Gral haben. Ich habe schon eine Audienz bei deinem Vater beantragt, bei der ich die Rückgabe meines Eigentums fordern werde.«

»Der ganze Ort steckte voller Magie«, erklärte der Prinz. »Es gab dort Drachen, Schlafzauber und verhexte Wälder. Schick eine Gruppe von magischen Archäologen hin; wer weiß, was sie dort finden werden. Aber wenn es dort jemals einen Gral gegeben hat, ist er jetzt nicht mehr da.«

Ruby stand auf und bedachte Charming mit einem düsteren Lächeln ihrer blutroten Lippen. Es war klar, dass sie keinem von ihnen glaubte. Sie wollte gerade etwas sagen, als Mandelbaum den Raum betrat. »Ah, da bist du, Wendell. Ich hörte, es sei ein Essen vorbereitet worden, und dachte mir, dass ich dich hier finde.«

»Scheint ein guter Tag für rechtzeitige Auftritte zu sein«, raunte der Prinz Anne zu.

»Was haben wir denn hier? Brötchen, Bücklinge ... sehr schön.« Er strich etwas Marmelade auf ein Brötchen und biss hinein. Dann erst bemerkte er die Böse Königin. Hastig schluckte er den Bissen herunter. »Oh, hallo. Sind wir uns schon einmal begegnet?«

»Mandelbaum, das ist Königin Ruby von Alacia, Annes Stiefmutter«, stellte der Prinz sie vor. Die Königin streckte herablassend die Hand aus und Mandelbaum hob sie an seine Lippen. »Königin Ruby, das ist Mandelbaum, der königliche Zauberer des Hofes von Illyria.«

Plötzlich verschwand jegliche Herablassung aus dem Verhalten der Königin. »Nein, wirklich?« Sie trat näher an den Magier heran. »Du musst ein sehr mächtiger Zauberer sein.«

»Stets zu Euren Diensten, meine Dame.« Mit kritischem Blick betrachtete Mandelbaum den schlanken Körper der Königin von oben bis unten. Offenbar gefiel ihm, was er sah, denn er ließ den Blick langsam wieder nach oben schweifen. »Ich tue, was ich kann, um meine ärmlichen Fähigkeiten dem Dienst an meinem König und Vaterland zu weihen«, schloss er mit völlig durchsichtiger Bescheidenheit.

»Ich liiiebe Zauberer«, murmelte die Königin. Sie zog mit einem roten Fingernagel eine Linie über Mandelbaums Brust. »Sie haben solche Macht, solche … innere Kraft. Ich liebe es, ihre tiefsten Geheimnisse zu erfahren.«

»Das Streben nach Wissen kann in der Tat, äh, sehr beglückend sein«, sagte Mandelbaum. »Gehe ich recht in der Annahme, dass Ihr selbst ein gewisses Interesse an den schwarzen Künsten hegt?«

»Jawohl. Ich habe mich schon seit langem in die Kunst der Magie vertieft.« Sie ergriff seine Hände und sah ihm tief in die Augen. »Aber da ich mich nur im Selbststudium geübt habe und kein erfahrener Magier mich angeleitet hat, befürchte ich, nur ein schwaches und unzureichendes Verständnis des Themas zu besitzen.«

»Bingo«, murmelte Anne. Ruby warf ihr einen warnenden Blick zu.

»Man muss Geduld haben«, erklärte Mandelbaum. »Diese Dinge brauchen Zeit. Wäret Ihr an einer kurzen Besichtigung meines Laboratoriums interessiert?«

»Das würde ich liebend gern«, flötete Ruby. Sie zog sich seinen Arm um die Hüfte und ließ es zu, dass er sie zur Tür geleitete. »Anne, ich will morgen früh mit dir reden. Äh, aber nicht zu früh.«

»Mandelbaum!«, rief Wendell. »Und was wird aus den Fledermäusen?«

»Ein andermal, Wendell.«

»Aber …«

»Ein andermal, Wendell.« Er ging mit der Königin fort. Wendell hörte verblüfft, wie ihre Stimmen durch den Korridor hallten. »Habt Ihr je eine Fledermaus genauer untersucht? Eine erstaunliche Kreatur.«

»Fledermäuse faszinieren mich«, murmelte die Königin. Sie stiegen zusammen die Treppe hoch.

»Huch!«, machte Wendell. »Was ist denn plötzlich in ihn gefahren?«

»Nimm es ihm nicht krumm, Wendell. In ein paar Jahren wirst du es verstehen.«

»Was für ein Miststück«, schimpfte Anne. »Ich hasse sie. Ich kann nicht glauben, dass Mandelbaum ein solcher Schwächling ist. Ich habe ihn für klug gehalten. Sieht er denn nicht, dass sie ihn bloß benutzt?«

»Der Verstand eines Mannes vernebelt sich immer ein wenig, wenn er … wenn er mit einer Frau zusammen ist. Er tut Dinge, die er sonst nie tun würde. Dumme Dinge.«

Anne schenkte ihm einen schelmischen Blick. »Zum Beispiel einhändig einen Drachen töten?«

»Ja, auch so etwas. Ich dachte aber eher an das Schreiben von Gedichten und an Blumengrüße.«

Obwohl Charming Prinz und Thronerbe war und sowohl einen Ritterposten als auch einen Rang in der Armee innehatte, war er nicht verpflichtet, eine Stellung in der Verwaltung des Königreichs anzunehmen. Viele junge Prinzen in anderen Königreichen, die sich einem Leben in Ruhe und Wohlstand und ohne jede Verantwortlichkeit gegenübersahen, waren zu Taugenichtsen herabgesunken – zu Parasiten, die für ihr Volk und für sich selbst völlig wertlos waren und nur ihrem Vergnügen lebten. Charming aber nahm seine Rolle als Paladin und Hüter der Gerechtigkeit ernst genug, um den Versuchungen der Faulheit, Trunkenheit, Gefräßigkeit und Ausschweifung zu entgehen, denen so viele andere junge Männer von Stand zum Opfer gefallen waren. Allerdings musste er manchmal zugeben, dass das Leben eines degenerierten Taugenichts' durchaus seine guten Seiten hatte, besonders was die Ausschweifungen betraf.

Aber wenn man von einer langen Reise zurückgekehrt war, mussten so viele Dinge erledigt werden, dass sogar ein Nichtfunktionär vollauf beschäftigt war. Charming musste seinen Schneider und den Waffenmeister aufsuchen und die Pferde mussten untersucht werden (Wendell hatte das natürlich bereits größtenteils erledigt, doch die Stalljungen fühlten sich immer sehr geschmeichelt, wenn der Prinz persönlich ihnen einen Besuch abstattete). Er musste seine Lehrer beschwichtigen; der Schatzkanzler musste seine Ausgaben genehmigen und er musste den Sekretär seines Vaters dazu bringen, für die beiden Prinzessinnen eine Audienz einzurichten. Außerdem war da noch der unausweichliche Termin mit Graf Norville. Norville hatte bei allen Dienerinnen, Frühstücksköchen und Stallhilfen die Botschaft hinterlassen, der Prinz solle ihn so schnell wie möglich aufsuchen. Charming hatte dieses Treffen so lange wie möglich herausgezögert. Er hatte keine Lust, dem drögen und erbsenzählerischen Grafen erklären zu müssen, warum sich eine einfache Töte-und-Rette-Mission zu einer so verwickelten Suche ausgewachsen hatte.

Erst am Mittag traf er wieder mit Anne und Aurora zusammen. Die beiden saßen an den gegenüberliegenden Enden des Esstisches und aßen Sandwichstreifen und Gurken mit saurer Sahne. Als der Prinz eintrat, sprang Aurora auf und umarmte ihn. »Prinz Charming! Wie schön, Euch wiederzusehen. Habt Ihr gut geschlafen? Ich hatte mich so auf ein Frühstück mit Euch gefreut.«

»Hallo«, sagte Anne.

»Hallöchen, Aurora. Hallöchen, Anne. Ich war leider den ganzen Morgen beschäftigt. Aber ich habe gute Neuigkeiten. Heute Nachmittag treffen wir uns mit Paps. Um zwei Uhr. Eigentlich hatte er einen Termin mit dem Stadtrat wegen der Schule. Oder war es wegen der Kanalisation? Ich hab's vergessen. Wie dem auch sei, der Termin wurde gestrichen. Wir haben wirklich Glück. Normalerweise kann selbst ich ihn nicht so kurzfristig sprechen.«

»Das sind wirklich gute Neuigkeiten«, freute sich Aurora. »Wir haben viel zu besprechen; es geht immerhin um die Rückübertragung meines Königreichs.«

»Das geht mich nichts an. Politik interessiert mich nicht.«

»Hat meine Stiefmutter auch eine Audienz erhalten?«

»Nein. Sie hat sich bisher noch nicht einmal an seinen Obersekretär gewandt.«

»Das ist gut. Wenn ich vor ihr beim König bin, kann ich vielleicht die Lage entschärfen.«

»Setzt Euch doch und leistet mir Gesellschaft«, sagte Aurora zu Charming. »Beim Essen könnt Ihr mir dann von Illyria berichten.«

Anne spießte mit ihrer Gabel wütend eine Gurke auf. »Zufällig sucht ein gewisser Graf Norville nach dir«, meinte sie.

»Ich weiß. Ich will ihn nicht sehen. Wenn er noch einmal herkommt, sagt ihm, ich sei nicht da.«

»Es geht angeblich um diese Schuhsache.«

Der Prinz sprang auf die Beine. »Was? Wo ist er? Ich muss sofort zu ihm!«

»Keine Panik. Er wird in etwa einer halben Stunde zurück sein.«

Charming zögerte. Aurora legte ihm den Arm um die

Schulter und drückte ihn auf seinen Stuhl herunter. »Ihr erreicht ihn am besten, wenn Ihr hier wartet. Und jetzt erzählt mir von Illyria. Gibt es in diesem Schloss irgendwo eine Bibliothek, in der ich Unterlagen über die Annektierung von Alacia finden kann?«

»Worum geht es bei dieser Schuhsache?«, wollte Anne wissen.

»Ich glaube nicht, dass Alacia annektiert wurde; es ist lediglich eine Art Protektorat. Bei der Schuhangelegenheit geht es um … äh, da war dieses Mädchen, das ihren Schuh auf dem Ball verloren hat, und ich versuche sie ausfindig zu machen und ihr den Schuh zurückzugeben.«

Anne sah ihn zweifelnd an. »Das ist alles? Das ist die ganze Geschichte? Ein Mädchen hat einen Schuh verloren?«

»Äh, ja, das ist alles.«

»Warum kommt sie denn nicht einfach her und holt ihn sich?«

»Keine Ahnung.«

»Und warum kümmerst du dich darum, wenn sie ihn nicht einmal zurückhaben will?«

»Ich will die Sache einfach erledigen; das ist alles. Wenn wir uns nicht um all die Schuhe kümmern würden, die die Leute hier vergessen, würde das Schloss schon aus allen Nähten platzen.«

»Ich verstehe.«

Aurora sagte dazu: »Ich finde es sehr nett von ihm, wenn er den Schuh zurückgeben will. Das arme Mädchen fragt sich bestimmt schon, was aus dem Schuh geworden ist.«

Anne sah noch zweifelnder drein.

Königin Ruby rauschte in das Zimmer. Charming war begeistert. Die Böse Königin war wie gewöhnlich in Schwarz gekleidet, doch statt ihrer nadelspitzen Absätze und ihres roten Lippenstifts trug sie heute flache Sandalen und rosafarbenen Lippenstift. Sie hatte das Haar mit einem rosafarbenen Band zurückgebunden. Anne hielt den Löffel reglos vor ihren Lippen und starrte Ruby an.

»Anne, mein Liebling, wie geht es dir heute Morgen? Hast du gut geschlafen? Du siehst sehr gut aus.«

»Was?«

»Solange wir noch in Illyria sind, sollten wir dir ein paar neue Kleider besorgen. Hier gibt es die wundervollsten Geschäfte. Du solltest wirklich mehr Sorgfalt auf deine Kleidung verwenden, meine Liebe.« Sie küsste Anne auf die Wange.

»Was?«

»Und gleichzeitig sollten wir uns die Haare schneiden lassen. Und vielleicht können wir in einem dieser zauberhaften Cafés Tee trinken. Aber nicht heute, fürchte ich. Mandelbaum nimmt mich zum Picknick mit. Und dabei will er mir zeigen, wie man diese Knollenblätterpilze mit der sagenhaften Heilwirkung findet. Wir können sie zu Hause wunderbar gebrauchen. Ah, das hier ist bestimmt deine kleine Freundin Aurora. Meine Liebe, ich leide so unter der Tragödie, die über Euch hereingebrochen ist. Wenn ich etwas tun kann, um Euch die Übergangszeit zu erleichtern, sagt es mit bitte sofort. Prinz Charming, richte bitte deinem Vater meine wärmsten Grüße aus. Jetzt muss ich los. Ich will den lieben Mandelbaum nicht warten lassen.«

»Junge, Junge, Eure Stiefmutter ist aber nett«, meinte Aurora.

»Was?«, entfuhr es Anne.

»Hui, ich habe den alten Mandelbaum unterschätzt«, flüsterte Charming.

Graf Norville betrat das Esszimmer. Wendell war ihm gefolgt, überholte ihn nun und lief auf das Tablett mit den Sandwiches zu. Er nahm eines in jede Hand und stopfte sich ein drittes sofort in den Mund. Dann schluckte er hastig und sagte höflich: »Guten Tag, Sire. Guten

Tag, Prinzessin Aurora. Guten Tag, Prinzessin Anne.« Als er diese Verpflichtung erfüllt hatte, mampfte er mit Höchstgeschwindigkeit weiter.

Der Prinz hatte den Blick starr auf Norville gerichtet und unternahm große Anstrengungen, nicht aufgeregt zu wirken. »Hallo, Norville. Du wolltest mich sprechen?«

Mit triumphierendem Schwung holte Norville einen Glasschuh unter seinem Umhang hervor. »Hoheit, ich habe sie gefunden«, tat er kund.

»Grandios, Norville! Das ist großartig! Bist du sicher, dass sie die Richtige ist?«

»Vollkommen. Sowohl die Beschreibung als auch der Schuh passen perfekt.«

»Dann ist sie es. Sie hatte sehr zarte Füße.«

»Entschuldigung«, unterbrach Aurora ihn. »Wollt Ihr wirklich ein Mädchen nach einem Schuh ausfindig machen? So klein ist dieser Schuh nun auch wieder nicht. Wahrscheinlich gibt es viele Mädchen, denen er passt.«

»Das sollte man glauben, aber es ist nicht so«, sagte Norville. »Die große Mehrzahl der jungen Mädchen aus der Stadt hat ihn anprobiert und nicht ein einziger Fuß passte hinein.«

»Ist er wirklich aus Glas?«, fragte Anne.

»Aus sehr reinem Bleikristall«, erklärte Norville. »Hört nur!« Der Schuh besaß einen schmalen, drei Zoll hohen Absatz. Der Graf schlug sacht mit einem Löffel dagegen. Ein schwacher, glockenähnlicher Ton erscholl und flimmerte durch den Raum. »Es überrascht mich, dass der Absatz nicht bricht. Er hält hervorragend.«

»Darf ich ihn anprobieren?«

»Ich sehe nichts, was dagegen spricht, aber Ihr verschwendet Eure Zeit.« Der Graf reichte Anne den Schuh. Sie schlüpfte aus ihren Sandalen und bemühte sich, den Glasschuh überzustreifen. Einige Minuten lang setzte sie ihre Versuche fort, während Aurora sie mit immer größer werdender Herablassung beobachtete und Charming die

Gelegenheit ergriff, leise ein paar Worte mit Norville zu wechseln.

Schließlich sagte Anne: »Dieser Schuh ist zwar nicht sehr klein, aber sehr eng. Er ist eigentlich auch nicht eng, aber vorn an den Zehen seltsamerweise unfassbar schmal.«

»Ich glaube, schlank ist das Wort, nach dem Ihr sucht«, meinte Aurora. »Offenbar wurde dieser Schuh für ein Mädchen mit schlanken Füßen geschaffen. Deshalb passt er natürlich niemandem mit klobigen Füßen.«

»Mit klobigen Füßen!«

»Oh, meine Liebste, das war taktlos von mir, nicht wahr? Ich wollte damit nur ausdrücken, dass die Eigentümerin dieses Schuhs vermutlich keine matronenhafte, sondern eher eine zierliche Gestalt hat.«

Anne knirschte mit den Zähnen. »Also los, Fräulein Achsotoll, probiert ihn an.«

Aurora nahm den Schuh und quetschte die Zehen hinein. Es folgte ein mehrminütiger Kampf. »Dieser Schuh ist schmäler, als er aussieht. Ich vermute, das Kristall wirkt wie ein Vergrößerungsglas.«

»Richtig«, meinte Anne.

Aurora schenkte ihr einen feindseligen Blick und nahm einen Suppenlöffel vom Tisch. Indem sie ihn als Schuhanzieher benutzte, gelang es ihr schließlich, den Fuß in den Schuh zu zwängen. »Na bitte!«, rief sie.

»Er ist nicht ganz drin!«

»Ist er doch!«

»Nein, ist er nicht. Eure Ferse berührt nicht einmal das Glas. Ihr könnt nicht darin stehen.«

»Natürlich kann ich das. Auuuuuuutsch!«, schrie Aurora, als sie den Versuch machte, aufzustehen. Sofort setzte sie sich wieder. »Das ist der unbequemste Schuh, den ich je anprobiert habe. Er muss sehr teuer gewesen sein.«

»Ich weiß, was Ihr damit sagen wollt. Wir haben in

meinem Königreich einen Schuster, der himmlische Damenschuhe anfertigt. Sie drücken teuflisch.«

»Bei meiner Mündigkeitsfeier trug ich Schuhe, die äußerst qualvoll waren. Sie waren sehr teuer, aber sie waren's wert. Danach konnte ich zwei Tage lang nicht stehen. Der Schuster hat später sein Geschäft aufgegeben und ist Oberfolterer bei König Bruno von Omnia geworden.«

»Pah«, machte Wendell.

Währenddessen sprach Charming in leiser, aber drängender Stimme mit Graf Norville. »Hast du sie gesehen?«

»Ja«, sagte Norville. In seiner Stimme lag nur eine ganz schwache Spur von Widerwillen.

»Ziemlich heißer Schuss, ja?«

Norville seufzte. »Prinz Charming, bitte glaubt mir, wenn ich Euch sage, dass ich mich ernsthaft angestrengt habe, Eure Besessenheit im Hinblick auf fleischliche Freuden zu verstehen. Aber es übersteigt mein Fassungsvermögen, warum Ihr Euch von solch einer … Schlampe angezogen fühlt. Gibt es denn innerhalb unserer Grenzen nicht eine Überfülle keuscher und tugendhafter junger Frauen? Selbst wenn Ihr Euch auf Frauen Eures eigenen Ranges beschränkt, ist die Auswahl groß. Denkt doch nur an die beiden schönen jungen Damen, die Ihr mitgebracht habt …«

»Zum Teufel mit ihnen, Norville. Dieses Mädchen war einfach unglaublich. Beim Tanzen hat sie ihre Brüste gegen mich gedrückt. Und die ganze Zeit über hat sie nie eine Gelegenheit versäumt, ihr Becken an meine Hüfte zu schmiegen. Und während ich mit ihr gesprochen habe, hat sie sich die ganze Zeit über die Lippen mit der Zunge befeuchtet. Ich hatte schon befürchtet, ich müsste explodieren. Über sich selbst hat sie nicht viel gesagt.«

»Anscheinend hat sie sich ganz auf Körpersprache verlegt.«

»Jau! Ich muss dieses Mädchen wieder sehen, Norville. Sie war heiß auf mich. Wenn ich sie nur allein erwischen kann! Ich weiß, dass sie auf mich wartet, damit ich es ihr so richtig besorge. Du sagst, du hast sie heute Abend zum Essen eingeladen?«

»Ich bin der Meinung, dass wir diese unerquickliche Episode so schnell wie möglich zu einem Ende bringen sollten. Falls diese junge Frau in die verwerflichen Taten einwilligt, die Ihr so herbeisehnt, werde ich die Public-Relations-Abteilung alarmieren, damit sie Schadensbegrenzung betreibt. Ich hasse es, Euch zu enttäuschen, junger Herr, aber Cynthia wird nicht allein kommen. Ihre Patentante wird sie begleiten.«

»Ihre Patentante?«

»Ihr habt wohl kaum erwartet, dass eine junge Frau ohne Anstandsdame herumläuft.«

»Warum ausgerechnet ihre Patentante? Sag mir nicht, dass ihre Mutter tot ist.«

»Genau wie ihr Vater. Vielleicht hat dieses Fehlen familiärer Beziehungen etwas mit ihrem ungezügelten Sexualverhalten zu tun. Jedenfalls scheint sie ein enges Verhältnis zu ihrer Patentante zu haben und die Patentante hat einen großen Einfluss auf ihr Leben.«

»Ich muss unbedingt Mandelbaum fragen, ob ein Zusammenhang zwischen gutem Aussehen und toten Eltern besteht.«

»Offenbar gibt es Spannungen zwischen ihr und ihrer Stiefmutter sowie ihren Stiefschwestern. Der Rest der Familie versuchte, das Mädchen vor uns zu verbergen. Aus diesem Grund haben wir so lange gebraucht, um sie ausfindig zu machen – was natürlich nicht bedeuten soll, dass ich nach einer Entschuldigung für meine Männer suche.«

»Ist schon in Ordnung. Ich werde mir die Patentante ansehen und versuchen, sie abzulenken. Es ist alles nur eine Frage der passenden Gelegenheit.«

Wendell war vom Tisch aufgestanden und gesellte sich zu dem Prinzen und Norville. »Sire, ist dieses Mädchen, das Ihr auf dem Ball getroffen habt, die Richtige?«

»Sie ist es, Wendell.«

»Puh. Na ja, ich bin diesen Nachmittag ohnehin nicht da. Mandelbaum zeigt mir, wo man Kräuterpilze finden kann.«

»In Ordnung. Nein, warte! Du kannst heute Nachmittag nicht weggehen, Wendell. Ich, äh, ich muss mich im Stockkampf üben und brauche dazu deine Hilfe.«

»Aber Ihr kämpft doch nie mit dem Stock. Auf der Reise hatten wir nicht einmal einen dabei.«

»Genau das ist der Grund, warum ich aus der Übung gekommen bin. Bleib also bitte hier.«

»Aber Mandelbaum ...«

»Tut mir Leid, Wendell. Ich bringe das mit Mandelbaum für dich in Ordnung.«

»Ja, Sire ...«

»Ich habe Mandelbaum heute Morgen gesehen«, warf Norville ein. »Er sah ziemlich erschöpft aus.«

»Ich glaube, er war die ganze Nacht auf, Norville. Wir setzen unsere Unterhaltung später fort. Jetzt muss ich erst einmal Prinzessin Aurora zu Paps begleiten.«

»Ja, natürlich. Was für eine Tragödie, den Ehemann sofort nach der Hochzeit zu verlieren – und dann auch noch auf diese Weise!«

»Äh, ja. Bis später.« Charming kehrte an den Tisch zurück, an dem die Mädels sich noch immer zankten. »Wir sollten jetzt aufbrechen und Paps' Sekretär aufsuchen. Sein Terminplan ist ziemlich dicht gedrängt; daher ist es nicht schlimm, wenn wir früh da sind.« Das war das Zeichen für Anne und Aurora, ihre Haarbürsten hervorzukramen und die nächsten zwanzig Minuten mit Kämmen zu verbringen. Charming seufzte und aß derweil ein paar Sandwiches.

Schließlich aber erreichten die beiden Prinzessinnen

einen Zustand annähernder Ausgehbereitschaft. Charming gelang es, sie durch die langen Korridore und über die große Treppe zu geleiten, die zum Thronsaal führte. Sie liefen durch ein Labyrinth von Vorzimmern, in denen sich wartende Höflinge, Rechtsgelehrte, Diplomaten und Kaufleute versammelt hatten; dann schritten sie eine vorbildliche Phalanx von Sekretären und Untersekretären ab, bis sie schließlich durch eine Seitentür in den Thronraum eingelassen wurden.

Am entgegengesetzten Ende des Thronraums beriet sich der König gerade mit einigen seiner Lords. Charming und die Mädchen standen an der Wand und erwarteten ihren Auftritt. »Guten Tag, Hoheit«, sagte der Zeremonienmeister und warf einen Blick auf seine Checkliste. »Prinzessin Anne und Prinzessin Aurora?«

»Lassen wir das Protokoll heute mal beiseite, Eddie. Ich stelle sie selbst vor.«

»Sehr wohl, Sire.«

Plötzlich drückte sich Aurora an ihnen vorbei. Sie stand auf den Zehenspitzen und lehnte sich vor, um einen besseren Blick auf den König zu haben. Sein Gesicht war halb von ihr abgewandt und er hielt den Kopf leicht geneigt, sodass sie zunächst nur sein graues Haar und den Schwung seines Bartes erkennen konnte. Aurora zitterte vor Spannung wie ein Windhund hinter dem Startgitter. Dann hob der König plötzlich den Kopf und sah sie an.

»Entschuldigt bitte«, sagte Charming. »Aurora, Ihr müsst leider warten!« Aber da war sie bereits losgerannt. Zum Erstaunen des ganzen Hofes bahnte sich das junge Mädchen einen Weg durch die Herumstehenden, rannte an den überraschten Leibwächtern vorbei und sprang dem König auf den Schoß. »Tölpelchen!«, rief sie.

»Tölpelchen?«, fragte der Prinz verwundert.

Man musste es König Garrison zugute halten, dass er immer eine freie Minute für seinen Sohn erübrigen konnte, auch wenn er gerade sehr beschäftigt war (und der König von Illyria war *immer* sehr beschäftigt). An jenem Nachmittag war er ganz froh, dass die Wände des Schlosses aus Stein bestanden und die Eichentüren schwer waren, denn der Prinz schien höchst zornig und seine Stimme hallte von der Decke zurück. »Das kann ich einfach nicht glauben! Du hast mir diesen ganzen Unsinn über Keuschheit und Reinheit erzählt und mir Lektionen in Moral und Tugend erteilt und mir eingeschärft, auf meinen Ruf zu achten und die Sittsamkeit der Frauen zu ehren, und jetzt erfahre ich, dass du vor zwanzig Jahren ein Blondchen hinterm Busch geknallt hast!«

»Alle Eltern haben das getan, was sie ihren Kindern verbieten«, entgegnete der König ruhig. »Deshalb wissen sie genau, warum sie es verbieten.«

»Und jetzt willst du heiraten …«

»Ich bin schließlich verlobt.«

»Mit einem Mädchen, das fünfundzwanzig Jahre jünger ist als du!«

»Aurora ist siebenunddreißig.«

»Aber sie hat zwanzig Jahre lang geschlafen!«

»Und du schläfst jede Nacht acht Stunden«, betonte der König. »Deswegen bist du wohl kaum erst zwölf Jahre alt.«

»Schon gut, schon gut!«, bellte der Prinz. »Mach doch, was du willst. Aber ich habe heute Abend ein heißes Date und will nichts mehr von Moral hören. Geh mir also einfach aus dem Weg!« Er stürmte hinaus.

Dieses Streitgespräch lag jedoch noch etliche Stunden in der Zukunft. Im Augenblick schaute Charming genau wie der Rest des Hofes sprachlos zu, wie sich Aurora auf den Schoß des Königs warf und sein Gesicht überall abschmatzte.

»Aurora?«, fragte der König.

»Tölpelchen!«

»Ich glaubte, du seiest tot!«

»Ich glaubte, *du* seiest tot!«

»Die Jungs hatten mich in jener Nacht zu einer Junggesellenfeier mit in die Stadt genommen. Wir sind erst am nächsten Tag zurückgetaumelt. Wir haben versucht, durch die Hecke zu kommen. Ehrlich! Ich habe zwei meiner besten Männer in den Dornen verloren. Aber schließlich mussten wir aufgeben.«

»Dann hast also du mir mein Land gestohlen!«

»Äh, ich habe es nur für dich verwaltet.«

»Aber du hast doch geglaubt, ich sei tot.«

»Nicht, als ich dein Land gestoh... äh, als ich es unter meine Verwaltung gestellt habe. Außerdem war es die Entscheidung meines Vaters.«

»Na, egal.« Aurora küsste ihn erneut. »Nach unserer Hochzeit ist es ohnehin unser gemeinsames Land.«

Der König zögerte nur eine Sekunde lang, doch diese Zeit reichte, um einen eingehenden Blick auf die schlanke Gestalt des mannbaren Mädchens in seinen Armen zu werfen. »Natürlich«, sagte er leicht krächzend. »Liebling, in all den Jahren habe ich nie aufgehört, dich zu lieben.«

Aurora lehnte sich zurück und sah den König aus engen Augenschlitzen an. »Aber du warst doch verheiratet.«

»Es war eine politische Verbindung«, sagte der König ernst. »Ich *musste* es tun. Ich habe sie nie geliebt.«

»Ach, wirklich?«, murmelte der Prinz.

»Aurora, du bist das Licht meines Lebens. Als ich dich verlor, war es, als ziehe eine Wolke vor die Sonne. Seitdem habe ich mein Leben im Schatten gelebt. Heute hat sich diese Wolke zum ersten Mal verzogen und der Schein deiner ...«

»Danke, das reicht.« Die Prinzessin legte ihm den Finger auf die Lippen. »Versuch nicht, große Reden zu schwingen, Tölpelchen, das ist nicht deine Stärke. Ich glaube dir.«

»Bitte nenn mich nicht in der Öffentlichkeit Tölpelchen, Liebling.«

»Tschuldigung, Garrison. Willst du mich wirklich noch heiraten?«

»Aber natürlich, Liebling.«

»Willst du Kinder haben?«

»So bald wie möglich.«

»Vielleicht sogar schon früher«, murmelte Aurora. Sie küsste ihn noch einmal. »Wir werden später darüber reden.«

Der größte Teil des Hofes, der mit der Geschichte der schlafenden Prinzessin und ihrer seltsamen Bezauberung nicht vertraut war, empfand diesen Augenblick als äußerst verwirrend. Dennoch erkannten die Umstehenden, dass etwas Bedeutsames geschehen war und sich eine Hochzeit abzeichnete.

Sofort beglückwünschten sie den König, stellten sich der Prinzessin vor und schmeichelten sich auf verschiedene Weise bei der königlichen Familie ein. Nur Anne und Charming waren zurückgeblieben. Charming versuchte noch immer, die widersprüchlichen Empfindungen zu ordnen, die die Enthüllungen der letzten Minuten in ihm hervorgerufen hatten. Anna lehnte sich einfach nur gegen die Wand und beobachtete Aurora mit berechnendem Blick.

»Hmmm«, sagte sie.

»Ich glaube, mit Mandelbaum stimmt etwas nicht«, meinte Wendell. »Ich habe ihn gefragt, ob er die richtigen Pilze gefunden hat, und er sagte nur: ›Welche Pilze?‹ Als ob er nicht wüsste, wovon ich spreche! Was haben die beiden bloß den ganzen Tag über gemacht, wenn sie keine Pilze gesammelt haben?«

Charming zuckte abwesend die Achseln und verschränkte die Hände hinter dem Kopf. Er saß auf einer Bank im Büro des Sekretärs seines Vaters, hatte die Beine vor sich ausgestreckt und einen bestiefelten Fuß über den anderen gelegt. Den Blick hielt er starr gegen die Decke gerichtet; offenbar war er in Gedanken versunken. Anne saß auf dem Schreibtisch. Sie schwieg, war aber hellwach.

»Ich habe Euren Stab und die Kleiderpolster geholt«, fuhr Wendell fort. »Ich habe angenommen, dass Ihr mit voller Polsterung anfangen wollt, weil Ihr schon so lange nicht mehr mit dem Stab gekämpft habt.«

»Mit dem Stab?«, fragte Charming verständnislos.

»Wie bitte? Soll das ein Witz sein? Oder leidet hier plötzlich jeder an Gedächtnisverlust?«

»Ich glaube, Seine Hoheit muss augenblicklich über vieles nachdenken«, sagte Anne. »Genau wie Mandelbaum. Und wie Seine Majestät, der König.«

»Ha!«, meinte Wendell. »Es gibt hier einfach zu viele Mädchen, das ist alles.« Er sah sie an. »Jungs verhalten sich komisch, wenn zu viele Mädels in der Nähe sind.«

»Vielleicht hast du Recht.«

Prudhomme, der Sekretär des Königs, betrat sein Büro. Anne sprang vom Schreibtisch herunter, doch er bot ihr rasch einen Stuhl an. »Nein, nein Prinzessin, Ihr müsst nicht stehen. Bitte fühlt Euch hier wie zu Hause. Na, das war eine ersprießliche Überraschung, nicht wahr? Stellt Euch vor, nun werden wir nach all den Jahren wieder eine Königin bekommen. Wie wunderbar. Prinz Charming, Ihr freut Euch bestimmt sehr für Euren Vater.«

Charming schenkte ihm einen langen, starren Blick. »Klar.«

Der Sekretär schluckte. »Sicherlich verspürt Ihr auch die Notwendigkeit, der Erinnerung an Eure verstorbene Mutter treu zu bleiben.« Prudhomme erholte sich langsam von Charmings merkwürdigem Blick. »Ich kann Euch gar nicht oft genug sagen, Hoheit, wie sehr wir alle sie verehrt haben, als sie noch unter uns weilte. Möge ihre Seele in Frieden ruhen. Ich bin sicher, dass sie sehr stolz auf ihren Sohn wäre und …«

»Prudhomme?«

»Ja, Sire?«

»Gib's auf.«

»Ja, Sire. Da ist übrigens jemand, der Euch zu sehen wünscht, Hoheit. Ich habe ihm gesagt, dass er dazu einen Termin braucht, aber er ließ sich nicht abwimmeln. Er scheint mir ein ziemlich hartnäckiger und – wenn ich so sagen darf – etwas aggressiver Knabe zu sein.«

»Ach, wirklich? Wo ist er denn jetzt?«

»Als ich das letzte Mal nachgesehen habe, wartete er unten im Hof.«

»Ich habe ihn auch gesehen«, sagte Wendell. »Es ist dieser große, haarige Kerl, der Euch in der Taverne zum Kampf herausgefordert hat.«

»Und er lebt noch?«, wunderte sich Prudhomme.

Charming trat zum Fenster und sah hinunter. Es war tatsächlich McAllister. Er lief über das Kopfsteinpflaster hin und her, während die Wachen ihn aufmerksam im Auge behielten. Seine Armbrust baumelte ihm über den Rücken und unter einem Arm klemmte ein in Öltücher eingeschlagener Gegenstand. Charming zuckte die Schultern. »Mal sehen, was er will.«

Er verabschiedete sich von Prudhomme und ging zusammen mit Wendell die Treppe hinunter. Anne folgte ihnen mit einigen Schritten Abstand. Als Charming auf den Hof trat, begrüßte ihn der große Mann mit Ehrerbietung. Der Prinz erwiderte den Gruß mit aller ihm zu Gebote stehenden Freundlichkeit. »Was führt dich nach Illyria?«

»Ach, ich war gerade in der Gegend«, sagte Bär McAllister. »Und ich dachte, ich sollte Euch das hier zurückgeben.« Er hielt den Gegenstand hoch.

»Das ist das Schwert namens *Streben!*«, rief Wendell, sprang auf und nahm das Bündel entgegen, bevor Charming es ergreifen konnte. Er riss die Öltücher fort. »Ich wusste es. Das ist ja großartig. Es ist ein so wundervolles

Schwert. Von all Euren Schwertern ist dieses mein Lieblingsschwert.«

»Ein paar Jungs haben es im Wald gefunden. Es stak in 'nem Drachenschädel«, erklärte der Bär. »Es war in der Taverne ausgestellt. Der Eintritt war zwei Pennies. Ich hab es für Euch da rausgeholt.«

»Ich freue mich darüber. Vielen Dank.«

»Ja, danke«, stimmte Wendell ein.

»Natürlich gibt es dafür eine Belohnung. Wie schön, dass deine Freunde es gefunden haben.«

McAllister trat von einem Fuß auf den anderen. »Ja, äh, also, da ist noch etwas, worüber ich mit Euch reden möchte. Eigentlich bin ich nur gekommen, um mit Euch zu sprechen. Nicht über die Belohnung, sondern über dieses Schloss. Wir haben es uns angeschaut.«

»Ihr seid durch die Hecke gedrungen?«

»Ja. Keine Ahnung, woher Ihr das wusstet, aber ich vermute, dass der Bann gebrochen wurde, als Ihr das Schloss abgefackelt habt. Ein paar Tage später ist die Hecke vertrocknet und abgestorben. Wir haben uns einen Weg durch sie gehackt und hatten keine Probleme mit ihr. Sie ist nicht mehr nachgewachsen. Die anderen Jungs haben den Drachen gefunden und ich und meine Freunde sind zum Schloss gegangen. Wir hatten nach, äh, nach irgendwelchem Zeugs gesucht, versteht Ihr?«

»Ihr wolltet es plündern.«

»Äh, ja, so in der Art. Es war aber gut, dass wir das wollten, denn wir haben ein paar Überlebende gefunden – einige Weinkellner unten im Weinkeller. Sie hatten mehr Wein hochholen wollen und sind eingeschlafen. Sie haben wohl zwanzig Jahre da unten geschlafen, wohin weder der Drache noch die Flammen gekommen sind. Sie waren ganz schön durcheinander. Wir haben sie mit ins Dorf genommen. Aber vom Schloss selbst war leider nicht mehr viel übrig. Ihr habt es bis auf die Grundmauern niedergebrannt.«

»Wegen der Termiten. Das ist der einzige Weg, um sie loszuwerden.«

»Ach ja? Wie dem auch sei, dann sind wir runter in das Brunnenhaus gegangen.«

»Was für ein Brunnenhaus?«

»Der Burggraben wird von einer Quelle gespeist und wo die Quelle aus dem Boden sprudelt, befindet sich dieses alte Brunnenhaus. Die Grundmauern des Schlosses stehen zum Teil darauf.«

Plötzlich sagte Anne laut: »Wie alt ist es?«

»Sehr alt, meine Dame. Echt alt. Eine Antiquität.«

»Weiter.«

»Ich glaube, dass das neue Schloss auf den Ruinen eines viel, viel älteren Schlosses stand. Man geht runter in die Ruinen, in die Verliese und kommt dann immer tiefer. Es sind bestimmt drei oder vier Ebenen und da unten gibt es alle möglichen Durchgänge, Räume und so weiter. Wir konnten in die meisten nicht reingehen, denn sie waren mit Backsteinen, Mauerstücken und Abfall zugeschüttet, aber man konnte genau sehen, dass das alles sehr alt sein muss – viel älter als der Rest des Schlosses. Es ist bestimmt schon sehr lange her, dass da unten zum letzten Mal jemand war.«

»Interessant.«

»Aber das Beste kommt noch«, sagte der Bär triumphierend. »Wir sind in dieses Brunnenhaus eingedrungen, weil es eigentlich der einzige Teil war, in den wir ohne Schwierigkeiten reinkamen. An den Wänden gab es diese Einritzungen mit religiösen Symbolen – Kreuze und so weiter. Und an etwa zehn verschiedenen Stellen gibt es ein Bild von einem Gral!«

»Bist du sicher?«

»Ziemlich sicher. Es ist zumindest so 'ne Art Trinkkelch. Hab mich daran erinnert, dass Ihr gesagt habt, Ihr sucht dort nach einem Gral. Deshalb hab ich gedacht, ich sag Euch, was ich weiß.«

»Das ist sehr freundlich von dir, Bär, aber um ehrlich zu sein, ist die Suche nicht mehr ganz aktuell.«

»Oh. Heißt das, dass Ihr so bald nicht mehr zu uns zurückkommt?«

»Vermutlich nicht. Warum suchst du nicht selbst nach dem Gral? Vielleicht ist er etwas wert.«

»Das ergibt einen Sinn«, murmelte Anne vor sich hin. »Ein Brunnenhaus als Kapelle. Der Gral war ein Fruchtbarkeitssymbol. Brunnenhäuser symbolisieren Leben, Geburt und Taufe, also symbolische Geburt.«

Der Bär zuckte die Achseln. »Ich hatte dran gedacht. Aber wir hätten 'ne Menge Dreck wegräumen müssen und die Jungs sind nicht sonderlich an altem Zeugs interessiert. Ich eigentlich auch nicht. Und ich hab keine Lust, mit magischen Sachen rumzuspielen.«

»Sehr klug.«

»In einem gerechten Kampf und auch in einem ungerechten nehm ich's mit jedem Mann auf. Aber dieses Zauberzeugs ist nicht ganz meine Kragenweite.«

»Ich weiß, was du meinst.«

»Aber das Dorf ist ganz aus dem Häuschen. Wir hatten eine halbwegs stabile Situation, bevor Ihr kamt. Jetzt will jeder wissen, was passiert ist und wie Illyria und Alacia zueinander stehen.«

»Diese politischen Sachen interessieren mich nicht.«

»Ihr habt die Dinge ins Rollen gebracht. Also solltet Ihr sie auch zu Ende bringen.«

Charming schenkte ihm einen verwirrten Blick. Der Bär breitete abwehrend die Arme aus. »Natürlich will ich Euch nicht vorschreiben, was Ihr zu tun habt, Hoheit.«

Der Prinz schüttelte den Kopf. »Vielleicht hast du Recht, Bär. Ich werde die Angelegenheit mit dem Geheimdienstminister besprechen und hoffe, er kann Licht ins Dunkel bringen.«

»Das ist sehr freundlich von Euch.«

Charming klopfte dem großen Mann auf die Schulter.

»Für einen harten Kerl bist du ganz schön diplomatisch, Bär. Und anscheinend entwickelst du auch so etwas wie Loyalität zu deinem Dorf.«

Der Bär kratzte sich am Kopf. »Ich glaube, dass ein Mann sich früher oder später ein paar Freunde anschaffen sollte, Hoheit.«

»Ein guter Gedanke. Vielen Dank für die Neuigkeiten, Bär.«

»Und danke für das Schwert«, fiel Wendell mit ein.

»Gern geschehen.«

»Vergiss nicht, wegen deiner Belohnung beim Schatzamt vorbeizuschauen.«

Der Bär grinste. »Das werd ich wohl kaum vergessen.«

Als der stark behaarte Mann gegangen war, sagte Anne: »Inzwischen hat er sich ja einen ganz anderen Ton angewöhnt.«

»Er ist ein kluges Kerlchen«, meinte Charming. »Er hat erkannt, dass er uns nicht einschüchtern kann; also verhält er sich nicht mehr einschüchternd.«

»Wirst du dorthin zurückgehen?«

»Das überlege ich mir später. Heute Nacht habe ich anderes zu tun.«

»Nach allem, was heute geschah, denkst du immer noch an dieses Gör, das seinen Schuh verloren hat? Warum schickst du ihn ihr nicht? Sende doch einfach einen Boten aus.«

»Äh, es macht einen guten Eindruck, sie hierhin einzuladen. Es geht um Public Relations. Eigentlich war es Norvilles Idee. Sie kommt mit ihrer Patentante her. Also wird es ein jugendfreies Treffen.«

»Das hatte ich vergessen«, gestand Anne. »Du musst an dein Image denken. Schließlich bist du *Prinz Charming.*«

»Verdammt richtig.«

»Wir haben uns entschlossen, weiterhin zu behaupten, schon verheiratet zu sein«, sagte Aurora, die sich zu den dreien gesellt hatte. »Diese Geschichte hat bereits die Runde gemacht und die Leute scheinen sie hinzunehmen. Warum also sollten wir sie jetzt ändern und damit öffentliches Gerede provozieren? Garrison und ich werden mit einer kleinen, privaten Zeremonie heute Abend heiraten. Das ist für mich wirklich eine große Erleichterung. Nach dem letzten Fiasko habe ich den Geschmack an großen Hochzeiten verloren.«

»Das kann ich mir vorstellen«, meinte Anne. »Es besteht schließlich auch kein Grund, Euer Kind dem Makel der Unrechtmäßigkeit auszusetzen.«

»Genau. Anne, ich hoffe, Ihr werdet mir bei der Zeremonie Gesellschaft leisten. Seit wir uns begegnet sind, wart Ihr immer so freundlich zu mir. Ich glaube, Ihr seid meine beste Freundin; ja, Ihr seid meine einzige Freundin auf der ganzen Welt. Ich wäre so glücklich, wenn Ihr meine Brautjungfer werden würdet.« Aurora sagte das mit vollem Ernst und hatte völlig vergessen, dass die beiden Mädchen noch vor wenigen Stunden wie tollwütige Turteltauben aufeinander losgegangen waren.

»O Aurora, wie süß von Euch, mich zu fragen«, sagte Anne gleichermaßen ernsthaft und vergesslich. »Natürlich bin ich Eure Brautjungfer. Ihr seid mir eine so liebe Freundin. Beinahe möchte ich glauben, dass wir Schwestern sind.«

Aurora umarmte sie. »O Anne, ich hege dasselbe Gefühl für dich.«

»Pah!«, machte Wendell.

Die Essensgäste versammelten sich im Wohnzimmer, von dem das Esszimmer abzweigte. Wendell ging zu Graf Norville hinüber, der nervös an seiner Krawatte nestelte. Neben ihm stand Prinz Charming, der sich in seine feinsten Seidenkleider gewandet und dessen Haar einen glänzenden Schein angenommen hatte. »Wir besitzen recht beschränkte Kenntnisse von Alacia«, gestand Norville dem Prinzen. »Sie zahlen ihre Steuern und machen uns keine Schwierigkeiten. Deshalb war es nicht nötig, dort einen Agenten zu stationieren. Da sie jetzt von Rechts wegen unter unsere Herrschaft fallen, werden sie in unser Informationsnetz eingebunden, aber so etwas braucht Zeit.«

»Ich verstehe«, sagte Charming.

»Da Ihr nun nach einem neuen Abenteuer sucht, Hoheit, hätte ich für Euch den Fall eines recht hübschen Mädchens, das von einer Räuberbande verschleppt wurde. Sie ist nicht von königlichem Geblüt, stammt aber aus einer reichen Kaufmannsfamilie ...«

»Ist sie wirklich verschleppt worden oder nur davongelaufen?«

»Möglicherweise das Letztere. Ihre Familie glaubt aber, dass sie ausgebüchst ist. Wenn Ihr sie befreien würdet, stünde die Familie in der Schuld des Königs.«

»Kein Interesse. Verdammt, Norville, wo bleibt sie denn? Sie hat sich verspätet.«

»Sie ist noch nicht zu spät«, entgegnete Norville. »Es ist erst ganz kurz nach der vereinbarten Zeit.«

»Glaubst du, dass sie mich mag?«

»Auf dem Ball hat sie Euch gemocht. Das war ganz offensichtlich.«

»Glaubst du, dass sie mich noch immer mag?«

»Wenn dem so ist, dann hoffe ich, dass sie ihre Zuneigung diesmal nicht so offen zeigt.«

»Das glaube ich nicht. Das Tollste an diesem Mädchen ist, dass ich ihr nicht einmal irgendwann das Leben gerettet oder sie aus einer Gefahrensituation herausgeholt habe. Sie schuldet mir gar nichts. Das heißt also, sie hat damals auf dem Ball ihre Hüften an mir gerieben, weil es sie ...«

»... danach gelüstete«, beendete Norville den Satz.

»Genau. Ist das nicht großartig?«

»Nein. Außerdem möchte ich betonen, dass all die jungen Damen, die Ihr gerettet habt, Euch nicht das Geringste schulden. Man darf keine Gefälligkeiten erwarten, wenn man bloß seine Pflicht tut.«

»Aber du sagtest doch gerade, dass diese Kaufmannsfamilie dem König etwas schuldet, wenn Prinz Charming ihre Tochter befreit«, betonte Wendell.

»Äh, ja, das habe ich gesagt. Gut aufgepasst, edler Knabe. Aber eine politische Schuld ist etwas anderes als eine persönliche. Ein Held zu sein, entbindet einen nicht von der Beachtung allgemeiner Anstandsregeln.«

»Madame Cynthia und Madame Esmeralda«, kündete ein Lakai an.

Alle Köpfe wandten sich um. Und blieben in dieser Stellung.

Ein Dichter in einem späteren Zeitalter würde es so ausdrücken: Schönheit entsteht im Auge des Betrachters. Frauen haben andere Schönheitsideale als Männer. Frauen empfinden Schönheit im klassischen Sinne; sie sehen sie in den fein gemeißelten Umrissen einer griechischen Statue, in den makellosen Linien des Gesichts und des Körpers, in königlicher Haltung und einem erhabenen Kinn. Ihr weibliches Ideal ist die Eisgöttin: unendlich begehrt, aber völlig unerreichbar.

Wenn Männer an Schönheit denken, meinen sie damit Sex.

Anne war schön.

Aurora war schön.

Cynthia war sexy.

Ihr Haar war flammend rot und lang. In dichten, sanften Wellen fiel es bis zur Hüfte und noch tiefer; es schmiegte sich an die üppigen Rundungen ihres Hinterns – an Rundungen, die von dem engen, schwarzen Seidengewand noch stärker hervorgehoben wurden. Sie trug ein trägerloses Kleid, das in einem tiefen Ausschnitt deutlich den Ansatz ihrer hohen, festen Brüste zeigte. Auch hinten war es tief ausgeschnitten und enthüllte die zarte Rundung ihres Rückgrats. Ihre Taille war schmal und die langen, schlanken Beine erschienen durch die schwarzen Seidenstrümpfe und die vierzolligen Absätze noch länger und schlanker. Die Augen waren so grün wie die ersten Frühlingsknospen und die Lippen waren voll, feucht und leicht gespitzt. Sie schaute ausschließlich Prinz Charming an und schenkte ihm ein Lächeln, das so verführerisch wie der Gesang einer Sirene wirkte.

»Na, was habe ich dir gesagt?«, meinte Prinz Charming. »Ist sie nicht ein Feger?«

»Sie sieht ganz in Ordnung aus«, erklärte Wendell gelangweilt.

Cynthia war so aufgeregt, dass sie schon befürchtete, ihr würde das Herz in der Brust platzen. »Selbst wenn es nicht gelingt, war es das Ganze wert«, dachte sie. »Auch wenn ich ihn nie wiedersehen sollte, bin ich für den Rest meines Lebens glücklich. Und wenn ich bald sterben sollte, sterbe ich in Ekstase.« Sie war hier, mitten im Schloss von Illyria, und hatte eine persönliche Einladung von *Prinz Charming*. Es war alles genauso eingetroffen, wie ihre Patentante vorhergesagt hatte. Bei dem Gedanken an ihre Patin erbebte Cynthia am ganzen Körper. Esmeralda war so – anders. Es war nicht nur so, dass sie Magie wirken konnte; sie selbst war Magie. Sie besaß diese magische Qualität – Charme, Charisma oder wie immer man es nennen wollte –, der Cynthia bei der ersten Begegnung mit ihr sofort erlegen war. Wenn sie Cynthia in den Armen hielt und tröstete, war es, als ob alle Jungmädchenprobleme dahinschmolzen und die ganze Welt mit einem warmen, goldenen Dunst durchtränkt wurde.

Manchmal glaubte sie, dass die Dinge anders lägen, wenn sie eine Waise wäre. Nüchtern gesehen war sie natürlich eine Waise, denn ihre beiden Eltern waren tot, aber sie meinte keine solche Art von Waise. Sie meinte damit Kinder, die ausgesetzt worden waren; Findelkinder, die ihre Eltern in sehr jungen Jahren verloren hatten und sich nicht mehr an sie erinnern konnten. Solche Kinder teilten einen gemeinsamen Traum: Eines Tages würden ihre Eltern zurückkommen, wären reich, schön und lieb und nähmen sie mit, um alle zusammen irgendwo anders in Frieden und Glück zu leben.

Cynthia waren solche tröstlichen Trugbilder verwehrt. Ihr Vater hatte durchgehalten, bis sie acht Jahre alt war, und ihr deutlich zu verstehen gegeben, dass ihre Mutter bei Cynthias Geburt gestorben war. Sie war ohne Zweifel tot und würde niemals zurückkommen. Ihr Vater war verbittert und verübelte seiner Frau nicht nur den Tod, sondern vor allem die Tatsache, dass sie ihm keine Söhne geschenkt hatte. Er hatte irgendwann wieder geheiratet und wollte eine neue Familie gründen und Söhne zeugen (wenn möglich), doch eine Woche später erhielt er von einem Pferd einen Tritt gegen den Kopf. Das war's. Cynthias neue Stiefmutter hatte plötzlich noch einen Mund zu stopfen und keinerlei Einkommen. Sie entschloss sich, ihren Unterhalt mit harter Arbeit zu verdienen – mit Cynthias Arbeit natürlich. Plötzlich fand sich das Mädchen in der Rolle einer Haushaltssklavin wieder. Doch das war noch nicht das Schlimmste. Mit den Jahren wurde es offenbar, dass Cynthia schöner war als ihre Stiefschwestern. Viel, viel schöner. Bereits die Eifersucht einer erwachsenen Frau ist schrecklich, doch um vieles schrecklicher ist die Eifersucht zweier junger Mädchen.

Also war die wunderschöne Cynthia in ihrer ewigen Dienstmagdrolle gefangen. Viele erbärmliche Jahre lagen vor ihr und sie hatte nicht einmal die Möglichkeit, durch eine gute Heirat ihrer Lage zu entkommen, denn ihre Stiefschwestern würden sie erst aus dem Haus lassen, wenn sie eine alte Frau war, oder zumindest erst dann, wenn die beiden anderen verheiratet waren, was auf dasselbe herauskam.

In der Nacht des Balls war Cynthia allein zu Haus und weinte sich neben dem Herd aus (sie weinte viel in jenen

Tagen – ein klarer Fall von chronischer Depression). Plötzlich füllte sich der Raum mit winzigen, glitzernden, farbigen Lichtern und sie hörte die Worte, die ihr Leben auf ewig verändern sollten:

»Halt dich an mich, Kleines, und du kommst ganz nach oben.«

Jetzt trat sie langsam vor und ließ den Blick nicht von Prinz Charming. Sie schwenkte sanft die Hüften, wie Esmeralda es ihr beigebracht hatte, und warf die Schultern zurück, wodurch die Brüste sich hoben und das Kleid einen genau berechneten Ausblick darbot. »Der Weg zum Herzen eines Mannes beginnt an seiner Hüfte, Mädel«, hatte Esmeralda gesagt. Sie hatte Cynthia Kleider besorgt, die zum Teil wirkliche Hingucker waren.

Sie ging weiter auf den Prinzen zu und richtete den Blick auf seine kühlen, blauen Augen. (›Schau ihm in die Augen, Kleines. Tief im Innern sind all diese Macho-Typen hoffnungslose Romantiker.‹) Als sie den Prinzen erreicht hatte, machte sie keinen Hofknicks, sondern hob langsam die Hände. Charming ergriff sie. Dabei ließ sie seine Augen nicht aus dem Blick und presste die volle Länge ihres üppigen Körpers gegen ihn. Ihre Lippen schwebten nur wenige Zoll vor seinen. »O mein Prinz«, flüsterte sie.

»O meine Dame«, flüsterte Charming zurück.

»Oh, mein Magen«, murmelte Anne.

»Psst!«, zischte Aurora. Sie starrte Cynthia mit Augen an, die so kalt und starr wie der Tod selbst waren.

»Seit ich dich auf dem Ball aus den Augen verloren habe, fühle ich mich wie ein Wanderer in der Wüste, ohne Wasser und Beistand«, deklamierte der Prinz. »Es gab kein Leben mehr um mich herum, sondern nur trostlosen Treibsand und einen Wind, der andauernd deinen Namen jaulte. Nun ist mir, als hätte sich vor mir plötzlich eine Oase aufgetan und das Wasser der Liebe fließt aus tiefen Quellen hervor.«

»Seit ich Euch auf dem Ball aus den Augen verloren

hatte«, flüsterte Cynthia, » schien die Sonne nicht mehr für mich und dunkle Nacht umgab mich wie ein Wolfsrudel, das mich umschlich und nach meinen Fersen schnappte, und der kalte Wind fuhr mir mit eisigen Fingern in die Brust und hielt mein Herz in kaltem und unerbittlichem Griff. Nun blasen die lauen Frühlingswinde dort, wo vordem nur ein erfrorenes Feld lag.«

Sie hätte noch eine Weile so weitersülzen können, denn ihre Patentante hatte ihr eine ganze Menge von diesem Geseiere aufgeschrieben und sie dazu gebracht, es auswendig zu lernen. Auch Charming brachte einige beeindruckend romantische Zeilen zustande. Gar nicht übel, dachte sie, wenn er wirklich improvisiert. Das Einzige, was ihr an der ganzen Sache nicht gefiel, war seine körperliche Nähe. Es machte sie kribbelig, wenn ein Junge sie anfasste. Sie hatte das auch am Abend nach dem Ball Esmeralda erzählt.

»Ich weiß, Kleines«, hatte die Elfenpatin gesagt. »Männer sind abscheuliche Kreaturen. Aber es ist sehr wichtig, dass du den Prinzen erduldest. Du musst nicht nur so tun, als ob du seine Liebkosungen genießt; du musst ihn sogar dazu ermutigen. Das ist der Eckpfeiler unseres ganzen Plans.«

»Aber wenn ich mit ihm ins Bett gehe, wird er dann am nächsten Morgen nicht meiner überdrüssig sein? Alle sagen das.«

»Manche Männer sind so«, gab Esmeralda zu. »Aber nicht Charming. Dazu ist er zu anständig. Du musst bedenken, dass du es mit einem Mann zu tun hast, der fast alles hat, was er will. Du gibst ihm das Eine, was er vor allem anderen will, nämlich das, was kein anderes Mädchen aus seinem Königreich ihm bieten kann. Sein angeborener Sinn für Ehre und Gerechtigkeit wird ihn dazu zwingen, dir die Ehe zu versprechen.«

Cynthia nickte. Sie vertraute ihrer Patentante uneingeschränkt.

Esmeralda lehnte sich vor. »Sobald ihr beide verheiratet seid und wir es uns im Schloss bequem gemacht haben, brauchst du seine Berührungen nie mehr zu erdulden.«

Dieser Hinweis hatte das Mädchen beruhigt. Als nun Esmeralda Cynthias Darbietung über den Tisch hinweg verfolgte, war sie sehr zufrieden mit dem Mädchen. Sie war als Schauspielerin ein Naturtalent. Als sie an dem Prinzen vorbei nach dem Salz griff und dabei ihre Brüste gegen ihn rieb, fielen ihm beinahe die Augen aus dem Kopf. Er war völlig in sie verknallt.

Esmeralda schaute den Tisch entlang und plante ihren nächsten Schachzug. Es wäre gut, mit dem Pagen zu reden. Er musste nach dem Essen beschäftigt werden, vielleicht mit ein paar magischen Tricks, damit er seinem Meister fern blieb. Der Graf war ein moralinsaurer Hanswurst, aber jemand wie er konnte ihrem Plan durchaus gefährlich werden. Also musste sie auch ihn ablenken, sodass sich der Prinz mit Cynthia verdrücken und sein Spielchen spielen konnte. Der Rest der Gäste war nicht von Belang. Der König war glücklicherweise zu beschäftigt, um überhaupt bei diesem Essen anwesend sein zu können. Die übrigen Würdenträger und Hofschranzen würden keine Probleme machen und die beiden Prinzessinnen auf Besuch waren zwar auf ihre bodenständige Weise recht hübsch, stellten aber keine Konkurrenz für Cynthia dar. Sie könnten genauso gut aufgeben und nach Hause gehen – wo immer das war.

Esmeralda nippte an ihrem Wein und lächelte Norville an. »Was haltet Ihr denn von der augenblicklichen politischen Lage, Graf?«

Am anderen Ende des Tisches stach Aurora gerade auf ein wehrloses Stück Fisch ein. »Diese Nutte!«, zischte sie. »Diese Hure! Dieses Miststück! Wenn sie irgendwelche Tricks versucht, bringe ich sie um.«

Anne täuschte kühle Belustigung vor. »Warum regst du dich so auf? Immer mit der Ruhe. Was kümmert es dich, wenn der Prinz bei so einem frechen Flittchen wie Cynthia den Kopf verliert?«

»Cynthia! Wer redet hier von Cynthia? Ich rede von der Patin. Das ist dieselbe Elfenkönigin, die mich mit dem Schlafbann belegt hat!«

Diese Bemerkung erwies sich als hervorragender Konversationskrepierer. Anne drehte den Kopf und Königin Ruby und Mandelbaum, die neben ihr saßen, lehnten sich vor, um einen besseren Blick auf Esmeralda zu haben.

»Sie ist eine Fee? Bist du sicher?«

»Natürlich! Man vergisst keine Frau, die einen einmal gebeten hat, zu … äh, ach, egal.«

»Was?«

»Ich will es einmal so ausdrücken: Wenn man sie um Hilfe bittet, macht man damit den Bock zum Gärtner.«

»Wie bitte?«, fragte Anne.

»Vergiss es. Diese Frau ist eine Ränkeschmiedin allererster Güte. In Alacia hatte sie überall ihre Finger drin. Aber bei Pappi konnte sie nichts erreichen. Sie hat andauernd versucht, eine politische Vereinbarung aus ihm herauszulocken. Es kam zu einem großen Kampf und sie hat uns alle verflucht.«

»Das war ein höllischer Fluch«, meinte Königin Ruby. »Ihre Macht muss gewaltig sein.«

»Nicht unbedingt«, entgegnete Mandelbaum. »Der Fluch, den sie über das Schloss gelegt hat, war recht grob gewirkt. Um ihn aufrechtzuerhalten, hat sie alle Kraft aus dem Feenwald gezogen. Ich vermute, er sollte nur kurze Zeit wirken, aber sie fand keinen Weg, wie sie ihn wieder aufheben konnte. Als die Magie des Waldes erschöpft war, mussten die Feen ausziehen.«

»Aber sie hat das Ränkeschmieden nicht aufgegeben. Jetzt taucht sie hier auf und versucht, durch Prinz Charming Einfluss auf den Hof zu gewinnen. Sie ist einfach machtgeil. Na, ich werde sie mir noch vorknöpfen.« Plötzlich ließ Aurora die Gabel fallen. »O nein! Mein Gott!«

»Was ist los?«

»Und was ist, wenn sie noch immer hinter mir her ist? Schließlich taucht sie nach zwanzig Jahren plötzlich auf meiner Hochzeit auf!«

»Reiner Zufall«, beschwichtigte Anne. »Charming hat dieses Mädchen drei Monate lang suchen lassen. Damals wusste er noch gar nicht, dass es dich gibt.«

»Ich will kein Risiko eingehen. Deshalb bitte ich Garrison bei nächster Gelegenheit, dem Prinzen den Umgang mit diesem Mädchen zu verbieten. Sie ist sowieso nicht sein Typ.«

Mandelbaum sah belustigt drein. Anne zuckte die Achseln. »Ich bezweifle, dass Charming ein solches Verbot beachten würde. Wahrscheinlich treibst du ihn damit erst recht in ihre Arme.«

»Hmm. Ich verstehe nicht, wie du so ruhig bleiben kannst. Ich dachte, du magst Prinz Charming. Wie erträgst du es, ihn mit dieser ... Hure herumhängen zu sehen?«

»Verzeiht«, mischte sich Mandelbaum ein. »Ich will nicht unhöflich erscheinen, Prinzessin, aber steht es Euch wirklich zu, den moralischen Charakter einer anderen Frau zu bewerten? Ich frage nur informationshalber.«

»Bei mir war das etwas anderes«, gab Aurora steif zurück. »Ich war schließlich verlobt.«

»Das stimmt«, sagte Anne zu ihrer Verteidigung. »Verlobte dürfen das.«

»Sie dürfen es keinesfalls«, erwiderte Königin Ruby. »Anne, ich habe keine Ahnung, wie du auf eine solche Idee kommst.«

»Na ja, vielleicht dürfen Verlobte es wirklich nicht, aber es ist nicht so schlimm, als würde man es mit jemandem machen, mit dem man nicht einmal verlobt ist. Du weisst, was ich meine.«

»Junge Dame, wir müssen mal ein ernstes Gespräch miteinander führen.«

»Prima! Ich vermute, du bist die Keuschheit selbst.«

»Mandelbaum und ich sind nur gute Freunde«, sagte Ruby.

»Keiner kann von mir verlangen, dass ich dem Ganzen tatenlos zusehe«, erboste sich Aurora und warf ihre Serviette auf den Teller. »Ich werde diesen beiden hinterhältigen Weibsstücken sagen, dass ich weiß, was sie vorhaben. Und ich werde dafür sorgen, dass der Prinz es erfährt. Zumindest das bin ich ihm schuldig.« Sie beugte sich zu Anne vor. »Du solltest nicht versuchen, mich mit deiner ach so lässigen Art zum Narren zu halten, kleines Prinzesslein. Du hast den Fisch auf deinem Teller so klein geschnitten, dass die einzelnen Stücke wie Sesamkörner aussehen, und du hast noch keinen einzigen Bissen gegessen.«

Anne schaute auf ihren Teller und hob die Gabel zum Mund. Dann legte sie sie wieder beiseite, ohne vom Fisch gekostet zu haben, und schlang den Arm um die Schulter des blonden Mädchens. »Aurora«, murmelte sie ihr ins Ohr, »wenn du wirklich etwas um den Prinzen gibst und meine Freundin bist, dann solltest du so schnell und still wie möglich heiraten.«

Aurora schaute sie verwundert an.

»Vertrau mir einfach«, sagte Anne. »Vergiss diese Feenpatin. Es ist schließlich zwanzig Jahre her.«

Aurora zögerte, doch dann fasste sie einen Entschluss. »Du kennst diese Frau nicht so gut wie ich.« Sie stand auf und ging am Tisch entlang. »Graf Norville, darf ich Euch unter vier Augen sprechen?«

»Sicherlich, meine Prinzessin.«

»Kein Grund, so geheimnistuerisch zu sein, Liebes«, erklärte Esmeralda. »Ich kann mir sehr wohl vorstellen, was du ihm erzählen möchtest. Als wahrer Ehrenmann wird er mir jedoch die Möglichkeit geben, meine Sicht der Dinge offen und geradeheaus darzulegen.«

»Ich wüsste keinen Grund, das nicht zu tun«, erwiderte Norville und schaute verwirrt vom einen zum anderen.

»Offen und geradeheraus!«, rief Aurora. »Das ist ja etwas ganz Neues! Alles, was du bisher getan hast, war so gerade wie ein Korkenzieher – du und diese kleine Schlampe, die du angeheuert hast, um den Prinzen zu verführen.«

Blitze schossen aus Esmeraldas Augen, doch ihre Stimme klang gefasst. »Wir sind heute Abend etwas launenhaft, nicht wahr, Blondie? Vielleicht lösen sich diese Krämpfe, wenn du erst ganz erwachsen geworden bist. Warum machst du in der Zwischenzeit nicht einfach ein Nickerchen? Ein schönes, *langes* Nickerchen. Ich könnte dir dabei behilflich sein.«

Aurora zitterte vor unterdrückter Wut. Sie sagte mit zusammengepressten Zähnen: »Versuch es doch, du Miststück. Der Hof von Illyria besitzt Magier, die dich wie ein Stück Speck braten und deine Zaubermacht in einer Wolke durch den Kamin blasen können. Wenn sie auch nur das geringste Anzeichen eines Zauberbanns bemerken, machen sie einen Kartoffelchip aus dir. Und sie können alles neutralisieren, was du Charming anhext. Vergiss also ruhig deine kleinen Ränkespielchen.«

»Der Bann, den Cynthia auf die Männerwelt legt, hat nichts mit Hexerei zu tun«, gab Esmeralda zurück. »Vielleicht wirst du das verstehen, wenn du älter bist.«

»Da wir gerade von Cynthia reden – wo ist sie eigentlich?«, fragte Norville.

Sie sahen den Tisch entlang. Cynthia und der Prinz waren still hinausgeschlüpft und hatten zwei leere Stühle und unangerührte Desserts hinterlassen.

»Ich glaube, sie wollten frische Luft schnappen«, flötete Esmeralda. »Ihr braucht Euch über Cynthia keine Sorgen zu machen, Graf. Ich bin sicher, dass Prinz Charming sich bestens um sie kümmert.«

*

Das Schloss von Illyria war groß. Es stand auf einem sanften Hügel und erhob sich etwa hundert Fuß über der Stadt und war umgeben von Läden, Wohnhäusern, Hausbooten, Schulen und Sportplätzen, Gasthäusern und Kirchen, Bars und Brauerein, Stallungen, Büros, Bäckereien, Cafés und Theatern. All das bildete zusammen die größte Metropole der zwanzig Königreiche. Die Stadt lag beinahe im geographischen Mittelpunkt von Illyria und besaß recht gut gepflasterte Straßen, die sich in alle Richtungen erstreckten.

Aber es war das Schloss selbst, das einem als Erstes ins Auge sprang, wenn man sich der Stadt näherte. Es war gewaltig groß und erbaut aus grauem und schwarzem Stein; ein Teil davon war sechshundert Jahre alt, vieles aber auch brandneu. Es beherbergte nicht nur die königliche Familie, sondern hielt überdies Räumlichkeiten für die königliche Verwaltung bereit sowie Büros für eine riesige Zahl ziviler Bediensteter, die man benötigte, um ein Land von der Größe Illyrias zu regieren, sowie Unterkünfte für durchreisende Adlige, ausgedehnte Quartiere für Diener und Arbeiter und nicht zuletzt Platz für eine Garnison bewaffneter Soldaten, die als Wachen und Garanten der öffentlichen Sicherheit und Ordnung dienten. Früher hatte es sicherlich einmal einen architektonischen Plan für das Schloss gegeben und eine Symmetrie in der Anordnung der Räume und Korridore. Doch Jahrhunderte von Anbauten und Umbauten hatten blinde Gänge und unerreichbare Hintertreppen geschaffen sowie Geheimräume, die gar nicht geheim sein sollten, aber so weit vom Rest des Schlosses entfernt lagen, dass sie in Vergessenheit geraten waren.

»Nein, wie nett«, entfuhr es Cythia, als sie einen solchen Raum betraten.

»Ja, nicht wahr?«, meinte Charming. »Königin Belinda ließ sich dieses Zimmer bauen, damit sie einen Blick auf die Stadt hatte und hier ihre Gedichte schreiben konnte.

Als aber vor hundertvierzig Jahren der neue Südturm errichtet wurde, hatte sie bloß noch einen Blick auf die nackte Steinmauer. Deshalb suchte sie sich einen neuen Platz zum Schreiben. Dieser Raum hier ist jedoch so geblieben, wie sie ihn verlassen hat.«

»Irgendwie hatte ich schon vermutet, dass Ihr die Spitze und den Samt nicht selbst aussuchtet. Waren ihre Gedichte gut? Hat sie sie für einen Liebhaber geschrieben?«

»Sie hat sie für ihre Kinder geschrieben. Ich glaube, sie sind ganz gut, wenn man auf Gedichte steht. Der Legende nach hat sie einen ganzen Band davon ihrem jüngsten Sohn gegeben, der ihn sich in die Brusttasche steckte, bevor er in die Schlacht ritt. Ein Pfeil erwischte ihn an der Brust und bohrte sich in das Buch, sodass der Prinz nur eine kleine Hautritzung davontrug.«

»Auf diese Weise hat die Poesie ihm das Leben gerettet.«

»Unglücklicherweise entzündete sich die Wunde. Er starb daran. Kriegspech.«

»Hmmm«, machte Cynthia zögernd. Die Konversationsanweisungen ihrer Patentante hatten sie nicht auf ein solches Gespräch vorbereitet. Also musste sie sich selbst etwas einfallen lassen. »Ich vermute, die Geschichte hat eine Moral.«

»Man sollte dickere Bücher bei sich tragen?«

»Man sollte nicht allzu sehr auf sein Glück vertrauen. Ich vermute, der junge Krieger hatte einen guten Schlachttag hinter sich und fühlte sich unbesiegbar, zumal er knapp dem Tode entronnen war. Er wurde nachlässig und unterließ es, Salbe auf die Wunde zu schmieren. Er hätte etwas aus seinem Glück machen können, aber er verpasste die Gelegenheit.«

»Hmhm.«

Cynthia ließ sich auf einem kleinen Zweisitzer nieder und breitete ihren Rock aus. Schwarze Seidenstrümpfe schimmerten an ihren Waden. Wie geplant, setzte sich

Charming neben sie. Er sagte: »Stell dir einmal vor, ein Mädchen geht auf einen Ball. Sie ist keine Prinzessin, sondern ein ganz gewöhnliches Mädchen und sie trifft einen wunderbaren Jungen. Das wäre Glück. Stell dir vor, der Junge würde sie zum Abendessen einladen. Das wäre ein gutes Zeichen. Es zeigt, dass er sich sein Glück zunutze macht. Nun muss das Mädchen ihrerseits die gute Gelegenheit ergreifen. Sie sollte dafür sorgen, dass der Junge nicht enttäuscht wird. Ist es nicht so?«

»Na ja, das kommt darauf an. Wie sollte dieses ungewöhnliche, außergewöhnliche Mädchen sicherstellen, dass der Junge nicht enttäuscht ist?«

»Indem sie ihm das gibt, was er haben will.«

Charming hob mit einem Finger den Kragen an, der sich plötzlich viel enger und heißer als zuvor anfühlte. Cynthia hatte sittsam die Augen niedergeschlagen, klimperte ein paarmal mit den Wimpern, hob dann ganz langsam den Blick und sah Charming an. Ihre Pupillen waren geweitet und die grüne Iris funkelte vor verborgenem Übermut. Die vollen, rosafarbenen Lippen bogen sich zu einem schwachen Lächeln. Ein winziger Schweißtropfen bildete sich in der Halswölbung und glitt sanft zwischen ihre Brüste. Ihre Kleidung und ihre vorgebeute Haltung erlaubten es Charming, den Tropfen auf seinem Weg sehr lange zu beobachten.

Die Kerzen auf dem Tisch brannten zu einem schwachen Schimmer herunter. Im Raum herrschte absolute Stille – mit Ausnahme des Atmens zweier Leute. Cynthias Atem kam unnatürlich schnell und flach – und Charmings Atem seltsam tief und langsam. Cynthia bewegte die Beine, sodass sich ihr linker Schenkel gegen Charming schmiegte. Sanft rieb sie ihn vor und zurück.

Vorsichtig streckte Charming die rechte Hand aus und berührte ihr schwarzes Seidenkleid. Langsam zog er es herunter. Cynthia machte keine Einwände. Sie legte ihm eine Hand auf die Brust und drehte sanft an einem der

Knöpfe. Charming zog das Kleid immer weiter herunter, bis die schwarze Seide ihr in einem Ring um die Taille lag. Im flackernden Kerzenschein schimmerten ihre vollen, hohen und runden Brüste und die dunklen Warzen standen aufrecht. Mit übermenschlicher Kraftanstrengung hob der Prinz den Blick zu Cynthias Gesicht. Ihre Augen waren halb geschlossen, die Lippen feucht und offen und die Wangen gerötet. Charming legte ihr eine Hand auf das Kreuz und zog sie an sich heran. Ihre nackten Brüste drückten gegen die dünne, weiße Seide seines Hemdes. Sie machte keinen Versuch, ihm zu widerstehen. Wie verzaubert wandte sie ihm den Mund zu.

»Cynthia?«

Die Stimme draußen vor der Tür war hoch, schrill und spannungsgeladen. Cynthia gefror wie ein Kaninchen vor einer Schlange. Die Stimme erklang wieder und wurde diesmal von einem Donnern gegen die Tür begleitet. »Cynthia, mach sofort die Tür auf!«

»Das ist meine Patin.«

Der Prinz lehnte sich seufzend auf dem Sofa zurück. »Es scheint ein periodisch wiederkehrendes Muster in meinem Leben zu geben.«

Cynthia zog sich das Kleid hoch und entriegelte die Tür. Esmeralda und Königin Ruby standen davor; Ruby hielt Mandelbaums Taschenspiegel in der Hand. Cynthia packte ihre Patin am Arm und zog sie in das Zimmer. Dabei flüsterte sie heiser: »Was soll das? Ich hatte ihn gerade am Haken!«

Esmeralda bedachte Charming mit einem wütenden Blick. »Unsere Pläne haben sich geändert. Zieh dich an, Kindchen. Wir reisen ab.«

»Aber … aber …«

»Ich erkläre es dir später. Vergiss diesen angeblichen Prinzen. Wir gehen nach Hause.« Sie drehte sich auf dem Absatz um und marschierte den Gang entlang und die Treppe hinunter. Cynthia warf Charming einen verwirrten Blick zu; dann folgte sie der Patin. Charming knöpfte hastig sein Hemd zu und rannte hinter den beiden her. Ruby übernahm mit belustigtem Lächeln die Nachhut.

Unten hielten die Diener bereits Esmeraldas und Cynthias Mäntel bereit. Sie zogen sie gerade an, als Charming die Treppe herabstürmte. Esmeralda beachtete ihn nicht. »Königin Ruby«, sagte sie, »es war mir ein großes Vergnügen, Eure Bekanntschaft zu machen. Ich danke Euch von ganzem Herzen für Eure Hilfe.«

»Das Vergnügen ist ganz auf meiner Seite.«

»Esmeralda«, rief Charming verzweifelt. »Ich versichere Euch, dass meine Absichten Cynthia gegenüber völlig ehrenhaft waren und von den reinsten Gefühlen getragen wurden. Ich gebe zu, dass ich heute Abend vielleicht etwas voreilig war, aber ich wollte ihr nichts Böses tun und muss Euer Patenkind unbedingt wiedersehen.«

Esmeralda schenkte ihm einen eisigen Blick und nahm Ruby den Taschenspiegel aus der Hand. »Spieglein, Spieglein in der Hand, wer ist die Schönste im ganzen Land?« Der Spiegel umwölkte sich und wurde erst wieder klar, als er ganz deutlich Annes Abbild zeigte. Esmeralda warf ihn Charming zu, der ihn mit einer Hand auffing. »Selbst auf deinen Spiegel ist kein Verlass mehr«, knurrte sie und marschierte zur Tür.

Charming setzte sich in einen Sessel und nahm den Kopf in die Hände. »Was zum Teufel soll das alles?«

»Ich vermute, sie war ein wenig erbost darüber, dass du kein echter Prinz bist«, sagte Ruby leichthin.

Für Prinz Charming hatte es den Anschein, dass er im Augenblick die gottgewollte Bestrafung für seine Sünden erhielt. Diese Begründung wäre jedoch nachvollziehbarer gewesen, wenn er wirklich mit Cynthia gesündigt hätte. Da es in ihrer Affaire aber keinen Vollzug gegeben hatte, verbannte er die höheren Mächte aus seinem Bewusstsein und fand ein weltlicheres Ziel für seinen Zorn. Zufällig war es Königin Ruby.

»Du intrigantes Weichei!«, schrie er sie an.

»Na, na«, murmelte Ruby. »Das war aber gar nicht charmant.«

»Ich hatte sie genau da, wo ich sie haben wollte. Sie saß auch dem Sofa, war schon bis zur Hüfte nackt und wollte mich gerade küssen. Es konnte gar nicht mehr schief gehen.«

»Was für ein Charmeur du doch bist, Charming. Wie viel Anstrengung muss es dich gekostet haben, die Hemmungen eines so scheuen und sittsam gekleideten Kindes zu überwinden.«

»Ich habe drei Monate lang nach diesem Mädchen gesucht. Als sie endlich mit mir allein war, musstest du ihrer Patin ja unbedingt verraten, wo wir waren. Es ist ekelhaft, diese magischen Spiegel zum Ausspionieren anderer Leute zu benutzen! Das ist ein Anschlag auf die Privatsphäre. Und dann machst du alles noch schlimmer, indem du ihr sagst, dass ich gar kein echter Prinz sei. Was sollte das überhaupt bedeuten? Bist du jetzt völlig übergeschnappt?«

»Ah, du hast doch zugehört. Ich hatte nicht vor, dir den Spaß zu verderben. Wenn du dich unbedingt wie ein Tier benehmen willst, habe ich nichts dagegen. Allerdings werde ich es zu verhindern wissen, dass Anne sich mit einem Mann von so zweifelhaftem Charakter verbindet. Nein, nein, ich habe Esmeralda gegenüber nur erwähnt, dass Prinzessin Aurora und König Garrison heute Nacht in aller Stille geheiratet haben.«

Charmings Augen verengten sich. »Das war alles?«

»Das war alles.«

»Und deswegen hat sie Cynthia von hier weggeschleppt?«

»Genau.«

»Das begreife ich nicht. Ich vermute, du wirst mir jetzt

sagen, dass sie davon träumte, die graue Eminenz des Staates zu werden, falls ich Cynthia zu meiner Königin gemacht hätte? Dass sie diese ganze Romanze nur inszeniert hat, um sich politisch und gesellschaftlich hochzuarbeiten?«

Ruby war überrascht. »Offenbar habe ich deinen Scharfsinn unterschätzt. Ja, das war es natürlich, was die beiden wollten.«

»Trotzdem verstehe ich es nicht. Die Hälfte aller Prinzessinnen in den zwanzig Königreichen verfügt über Ratgeberinnen, die auf ihre angemessene Verheiratung hinarbeiten. Damit muss man leben, wenn man von adligem Geblüt ist. Warum sollte es bei Cynthia anders sein? Und welchen Unterschied macht es für Esmeralda, wenn da wieder eine Königin ist? Ich werde ohnehin erst in vielen Jahren König. Es hätte schließlich auf alle Fälle die Möglichkeit bestanden, dass Paps sich neu verheiratet.«

»Vergisst du dabei nicht etwas? Aurora ist schwanger.«

»Na und? Als Erstgeborener bin ich der Thronfolger.«

»Wenn ihr Kind auf die Welt kommt, ist es aber schon zwanzig Jahre alt – drei Jahre älter als du.«

»Es geht um die Erst*geburt*«, sagte Charming geduldig. »Das Datum der Empfängnis ist unerheblich. Ich bin der Erstgeborene.«

Ruby zog einen Stuhl heran und setzte sich. Sie trug wieder die schwarzen Stiefel mit den nadelspitzen Absätzen; das polierte Leder schimmerte im Lampenlicht. Lässig staubte sie einen Stiefel mit einem Taschentuch ab. »Aber du bist unehelich.«

Charming war voller unterdrückter Wut während des Gesprächs auf und ab gelaufen. Jetzt hielt er inne und starrte Ruby misstrauisch an, als erwartete er, dass alles nur ein gewaltiger Scherz war. »Wie bitte?«

»Garrison und Aurora haben vor zwanzig Jahren geheiratet. Der Schlafbann wurde erst nach der Hochzeit wirksam. Das bedeutet, dass die Ehe des Königs mit deiner Mutter ungültig war, weil er noch mit Aurora verheiratet war. Und weil er deshalb mit deiner Mutter nie verheiratet gewesen ist, bist du leider ein uneheliches Kind. Auroras Sohn hingegen ist der erste eheliche Thronanwärter von Illyria.«

»Um Himmels willen!«, stöhnte Charming. »Nur deshalb hast du mir mein Rendezvous mit Cynthia ruiniert?« Er trat gegen einen Stuhl. »Ich habe Neuigkeiten für dich, Königin Ruby. Mein Vater und Aurora haben nicht … äh, sie waren nicht, äh …«

»Red nur weiter.«

»Ach, egal!«

»Ich nehme an, du willst mir sagen, dass Garrison und Aurora gar nicht richtig verheiratet waren, als der Bann über das Schloss gelegt wurde, und dass sie diese Geschichte nur erfunden haben, um Aurora vor der öffentlichen Schande und Ächtung zu schützen, mit der unsere Gesellschaft all jene Frauen belegt, die außerhalb der Ehe intim geworden sind. Und du hast geschworen, dieses Geheimnis für dich zu behalten, weil du nicht wusstest, dass der Vater ihres Kindes dein Vater war, stimmt's?«

Charming sah sie nicht an. Er starrte auf ein gekreuztes Paar Breitschwerter an der Wand. In ihrem polierten Stahl sah er das Gesicht eines jungen Mannes, der langsam in einem Sumpf aus Ungewissheit versank. Er hielt Ruby weiterhin den Rücken zugewandt und sagte: »Und was wäre, wenn ich so etwas behauptete? Das ist natürlich eine reine Unterstellung.«

Ruby legte den Kopf zurück und lachte leichtfertig. »Ach, Charming, du bist süß. Dein überentwickeltes Ehrgefühl zwingt dich dazu, dein Versprechen gegenüber Aurora auch dann einzuhalten, wenn es dein eigenes Leben zerstört. Deswegen sagst du mir nicht die Wahrheit, auch wenn mir beide Mädchen und der liebe

Mandelbaum dieses Geheimnis bereits verraten haben. Du musst eine einzigartige Kindheit gehabt haben, wenn sie dir eine solche Rechtschaffenheit eingeflößt hat. Ich hätte mit dir schlafen sollen, als ich die Gelegenheit dazu hatte. Dann hättest du wenigstens einen kleinen Vorteil aus der ganzen Sache gezogen, mein Ärmster.«

Wenn es etwas gab, das Charming noch mehr ärgerte als das Gefühl, übers Ohr gehauen worden zu sein, dann war es Rubys Mitleid. Er wandte sich auf dem Absatz um und starrte Ruby aus verengten Augenschlitzen an. »Vielleicht bin ich gar nicht so rechtschaffen, wie du glaubst.«

»Doch, das bist du. Aber ist das wirklich von Bedeutung? Du kannst mir jetzt die Wahrheit sagen, aber damit würdest du zugeben, dass du vorhin gelogen hast. Wenn du aber einmal gelogen hast, glaubt dir keiner mehr, denn woher soll man wissen, ob du gerade die Wahrheit sagst?«

Charming sah etwas verwirrt aus, doch bald schwanden die Runzeln auf seiner Stirn wieder. Er schellte nach einem Diener. »Schick mir Prudhomme! Sofort!« Der Diener nickte und verschwand. »Ich will hier keine harte Linie fahren, Ruby, aber du bist nur Gast in diesem Schloss und ich glaube, du nimmst dir zu viele Freiheiten heraus. Du rennst herum, versaust einem Mann das Stelldichein und denkst dir Geschichten aus. Was Auroras vorzeitige Hochzeit betrifft, habe ich vielleicht wirklich einen Schnitzer gemacht, weil ich nichts gesagt habe. Aber schließlich komme ich deswegen nicht ins Kreuzverhör. In der öffentlichen Meinung bin ich noch immer Prinz Charming, der das Böse überall in diesem Königreich und in fast allen anderen Ländern bekämpft hat. Mein Volk wird sich nicht wegen einer Notlüge gegen mich wenden.«

»Hmmmmm.« Ruby klopfte sich mit einem roten Fingernagel gegen die Schneidezähne. »Kein König kann ohne die Unterstützung seines Volkes regieren, wie mächtig er auch sein mag. Und ebenso kann kein Prinz ohne seine Unterstützung den Thron besteigen, mein Lieber. Das weißt du bereits. Aber die öffentliche Meinung ist äußerst wankelmütig, mein Lieber. Die Leute lieben Romantik. Wenn der König eine wunderschöne neue Königin präsentiert, die dazu noch zwanzig Jahre lang in magischer Trance gelegen hat, ist das ein gefundenes Fressen für die Leute. Das ist viel anrührender als eine weitere Geschichte über noch ein erschlagenes Untier. Und dann ist da natürlich noch das Kind. Die Leute – vor allem die Frauen – lieben Neugeborene. Es macht viel Spaß, ein Baby aufwachsen zu sehen. Das ist so viel interessanter als ein Siebzehnjähriger.«

»Nimm endlich Vernunft an! Wenn Paps sagt, ich sei der Thronerbe, dann bin ich es eben. Das Volk hat darüber nicht zu bestimmen.«

Ruby lächelte. Es war nicht gerade ein freundliches Lächeln, sondern eher das Lächeln eines Krokodils. Es war das Lächeln einer Frau, der ihre Rolle als Überbringerin schlechter Neuigkeiten viel Freude bereitete. Es war die Art von Lächeln, die deutlich machte, warum Ruby als die Böse Königin bekannt war.

»Na gut«, sagte sie. »Was wird der König wohl tun? Er ist etwa vierzig Jahre alt, nicht wahr? Das ist vergleichsweise jung für einen Regenten. Er steckt noch in der Blüte seiner Jahre. Hat er einen Grund, sich jetzt schon Gedanken über den Thronerben zu machen? Ganz im Gegenteil. Er könnte sich Gedanken darüber machen, dass sein allseits beliebter Sohn ihm den Thron streitig machen will.«

»Niemals; dazu kennt Paps mich zu gut.«

»Er kennt dich so gut, dass er dich bei jeder sich bietenden Gelegenheit vom Hof fort schickt, damit du keine Möglichkeit hast, Beziehungen zu knüpfen und eine Verschwörung zu planen.«

»Das stimmt nicht. Das ist Blödsinn!«

»Wirklich? Alle Regenten sind ein bisschen paranoid. Das liegt in der Natur ihres Jobs. Manchmal fürchten sie sich sogar vor ihren eigenen Söhnen. Vielleicht hegen sie bisweilen den Gedanken, dass sie so viel leichter leben könnten, wenn ihr Spross auf einer gefährlichen Mission für König und Vaterland umkommt.«

»Unsinn.«

»Aber mit dem neuen Sohn wird alles anders. Seine Hoheit wird in den Sechzigern sein, wenn der Knabe volljährig ist; dann ist es ohnehin Zeit, an die Rente zu denken. Und bis dahin kann die ganze Sache auf die lange Bank geschoben werden. Aurora allerdings wird nicht so lange warten. Sie ist eine Frau, die weiß, wie man aus einer Situation Nutzen ziehen kann. Sie wird natürlich ihren Einfluss zugunsten ihres Kindes ausüben. Man darf wohl behaupten, dass sie einen besseren Zugriff auf den König haben wird, als du ihn jemals hattest.«

»Prudhomme!«, schrie der Prinz.

Der persönliche Sekretär des Königs erschien in der Tür. Sein Lächeln war liebenswürdig wie immer, doch er rieb nervös die Hände gegeneinander und Runzeln durchzogen seine hohe Stirn. Aus irgendeinem Grund schien er das Zimmer nicht betreten zu wollen; er blieb im Durchgang stehen, als suche er dort Schutz. »Äh, ja, Hoheit? Wie kann ich Euch zu Diensten sein?«

»Zugriff«, sagte Charming zu Ruby. »Das werden wir noch sehen.« Er wandte sich wieder an Prudhomme. »Prudhomme, ich will sofort meinen Vater sprechen.«

»Äh«, meinte Prudhomme. Er warf einen Blick in den Korridor hinter sich. »Ich fürchte, der König ist im Augenblick sehr beschäftigt. Äh, er ist einfach zu beschäftigt.«

»Natürlich«, erwiderte Charming verständnisvoll. »Es ist schließlich seine Hochzeitsnacht. Wie dumm von mir.« Er sah Ruby an. »Ich wollte sagen, ich möchte ihn gleich morgen früh sprechen.«

»Äh, er wird auch morgen früh sehr beschäftigt sein.«

»Dann halt irgendwann im Laufe des Tages. Es muss nicht gleich das Erste sein. Wann immer es ihm passt.«

Prudhomme verkrallte die Hände ineinander. Seine Stimme sank zu einem Flüstern herab. »Der König wird mindestens in den nächsten drei Wochen sehr beschäftigt sein, vielleicht sogar noch länger. Ich weiß nicht, wann ich Euch eine Audienz bei ihm verschaffen kann.«

»Was? Also bitte, Prudhomme! Er hat doch immer Zeit für mich. Das weißt du genau.« Charming trat einen Schritt vor. Vier Wachen erschienen aus den Schatten der Halle und versperrten die Tür. Der Sekretär versteckte sich hinter ihnen.

»Prudhomme!«, bellte der Prinz. »Was geht hier vor?«

Der Sekretär schaute zwischen den Schultern der Wachen hervor. »Tut mir Leid, Herr.«

Charming kochte vor Wut, aber er hielt sich unter Kontrolle und sagte mit ruhiger Stimme: »Jetzt habe ich genug von diesem Unsinn, Prudhomme. Ich will mit Paps über Auroras Kind sprechen. Ich werde ihm keine Probleme machen. Ich will nur wissen, wo ich stehe.«

Prudhomme wirkte erleichtert. Er zögerte und trat dann einen Schritt vorwärts. »Das Ganze ist ziemlich rasch gekommen, nicht wahr? Ich hatte selbst einige Schwierigkeiten damit, die neue Lage zu durchschauen. Ich kann mir gut vorstellen, was das für eine Qual für Euch ist.«

»Genau«, pflichtete ihm der Prinz bei. »Worüber reden wir hier eigentlich?«

»Ich will noch sagen, Herr, dass es sehr angenehm war, Euch während Eurer Zeit als Prinz dienen zu dürfen. Zumindest in meiner Erinnerung wird Eure Mutter immer die Königin bleiben.«

»Meine Mutter *war* die Königin!«, gellte Charming. Prudhomme suchte wieder hinter den Wachen Schutz.

»Entschuldigung.« Die Spannung wurde von der öligen Stimme Graf Norvilles aufgelöst. Er nahm seinen schwarzen Umhang von den Schultern und trat aus dem rückwärtigen Korridor mit festem Schritt in den Raum. Mandelbaum folgte ihm. Von seinen Fingern hing ein kleiner Kristall an einer Silberkette herab.

»Ich sehe, dass wir eine gewisse Aufregung verursacht haben. Ich will Euch aber versichern …« Norville wechselte urplötzlich die Gesprächsspur. »Haben unsere Gäste uns schon verlassen?«

Ruby zuckte die Achseln. »Cynthia hatte eine Verabredung mit ihrem Schneider. Ich glaube, es ging um einen Glasrock.«

»Ach?« Norville schenkte Ruby einen fragenden Blick. »Wo war ich stehen geblieben? Ach ja, bei Charming. Nun, junger Mann, ich verstehe, dass du von dieser Entwicklung der Dinge überrollt worden bist. Ich will dir aber versichern, junger Freund, dass wir dein Geburtsrecht niemals ohne eine vollständige und genaue Sichtung der Fakten infrage stellen würden. Als Geheimdienstminister fällt es in meinen Aufgabenbereich, die Nachforschungen zu führen. Ich kann dir versprechen, dass mein Bericht nur bewiesene und ungeschminkte Wahrheiten enthalten wird.«

»Na prima«, sagte Charming erleichtert. Aber Norvilles vertrauliche Anrede missfiel ihm. »Ich kann alles erklären. Ich gebe zu, dass es nicht richtig war, zu lügen …«

Norville unterbrach ihn. »Natürlich sind König Garrison und Königin Aurora bei beiden die einzigen Augenzeugen, weswegen die Untersuchung rasch beendet werden kann. Ich wage sogar zu behaupten, dass die ganze Sache bereits in trockenen Tüchern ist. Wie könnte ich es wagen, das Wort des Königs anzuzweifeln, zumal er unter Eid ausgesagt hat?«

»Verdammt, Norville! Wenn Paps und Aurora schon verheiratet waren, warum zum Teufel haben sie denn heute Abend noch einmal geheiratet?«

»Sie haben ihren Bund erneuert. Das ist durchaus üblich.«

»Mandelbaum! Sag ihnen, was auf dem Heimritt passiert ist!«

Mandelbaums Finger zitterten leicht, als er den kleinen Kristall beobachtete. Er weigerte sich, Charming in die Augen zu sehen. Sorgfältig faltete er die Silberkette und steckte sie in eine Innentasche. Dabei sah er die Decke, den Boden, die Bilder an der Wand und alles mögliche andere außer Prinz Charming an. Der ganze Raum wartete. Schließlich sagte er langsam: »Als Angestellter des Königs stehe ich unter seinem Befehl. Als Einwohner von Illyria schulde ich dem Herrscher meine Treue.«

»Vielen Dank, Mandelbaum. Ganz herzlichen Dank!«

»Also denn, Charming ...« Norville fischte ein Aktenbündel aus seiner Tasche. »Dein Vater hat eine Liste mit besonderen Aufgaben zusammengestellt, die deine persönliche und unbedingte Aufmerksamkeit erfordern. Zufälligerweise verlangen all diese Aufgaben von dir, Illyria für längere Zeit zu verlassen. Natürlich heißt das nicht, dass du ins Exil geschickt wirst. Keineswegs. Weit gefehlt. Selbstverständlich erhältst du weiter deine großzügig bemessene Apanage und wir bleiben mit dir durch unsere diplomatischen Vertretungen in Kontakt ...«

Plötzlich zuckte ein Licht auf, etwas durchfuhr zischend die Luft und die Akten fielen sauber gehälftelt aus Norvilles Händen. Der Graf machte unwillkürlich einen Schritt zurück und starrte auf den Stahl in Charmings Händen. Die Wachen neben Prudhomme zogen ihre Schwerter und vier weitere Wachen, die in der Halle hinter Norville postiert waren, liefen rasch herbei.

»Ganz ruhig, Kleiner«, murmelte die Böse Königin.

Charming schwang herum. Die Spitze seines Schwertes streifte Rubys Hals. Auf seinem Gesicht stand der Schock des Unverständnisses, den man sonst nur bei kleinen,von einem Karren überfahrenen Tieren beobachten kann. »Du!«, knurrte er. »Du steckst hinter all dem! Ich nehme das nicht einfach hin!«

Ruby gähnte verstohlen hinter vorgehaltener Hand und hob eine Braue. Langsam nahm sie die Schwertspitze zwischen Daumen und Zeigefinger und drückte sie beiseite. Sie sah Charming in die Augen und erhob sich zu ihrer ganzen Größe – plus der hohen Absätze. Dann lehnte sie sich über Charmings Schulter und zischte ihm ins Ohr: »Hör mir genau zu, du kleiner Einfaltspinsel. Mach mich nicht für deinen Niedergang verantwortlich. Du hättest es schon seit langem kommen gesehen, wenn du nicht so sehr in deine Rolle als Prinz Charming vernarrt gewesen wärst, dass du diesen ganzen Unsinn über Ehre und Pflicht tatsächlich geglaubt hast. Jetzt erhältst du eine gesunde Lektion in Pragmatismus. Regel Nummer eins lautet: Ehre ist nur ein Wort, das kluge Staatsmänner wie dein Vater dazu benutzen, dumpfe Kindsköpfe nach ihrem Gutdünken zu manipulieren.«

»Das reicht!«, giftete Charming. Er legte ihr eine Hand auf die Brust und drückte sie zurück auf den Stuhl. Dann ging er zurück zum Mittelpunkt des Raumes und schwang seine Klinge trotzig herum. Zuerst zeigte er damit auf Prudhomme, dann auf Norville. »Na gut, ich gehe fort. Aber nur, um nachzudenken. So einfach werdet ihr mich nämlich nicht los. Und wenn ich zurückkehre, werdet ihr alle wünschen, es hätte diesen Abend nie gegeben.«

Der Prinz steckte sein Schwert in den Gürtel, ging zu der großen zweiflügeligen Tür und stieß heftig mit dem Absatz dagegen. Beide Türen flogen mit einem lauten Knall auf und Charming trat hinaus in die Nacht, ohne einen Blick zurückzuwerfen. Es war ein höchst dramatischer Abgang – so dramatisch, dass die Anwesenden beinahe zwei Minuten lang reglos dastanden und auf etwas warteten, das den Effekt dieser Szene verderben könnte. Doch nichts geschah. Der Prinz war fort.

»Na gut«, sagte Prudhomme nach einigen Minuten. »Das war eine unangenehme Sache. Eigentlich wissen wir nicht einmal mit Sicherheit, ob das Baby ein Junge ist.«

»Das spielt keine Rolle«, wandte Norville ein. »Es ist Brauch in Illyria, dass der Erstgeborene den Thron erbt, egal ob es sich dabei um einen Mann oder eine Frau handelt.«

»Es ist ein Junge«, bemerkte Mandelbaum. Er nahm den Kristall aus der Tasche, schaute ihn an und steckte ihn wieder weg. »Immer noch ein Junge.«

»Bei einer guten Mutter, die ihn auf den richtigen Weg lenkt, wird dieser neue Prinz sicherlich ein sittsamer junger Mann.«

»Ich habe Charming immer gemocht«, erklärte Prudhomme.

»Charming hatte durchaus seine guten Seiten, aber sein Mangel an Respekt vor der Moral war bestürzend. Besonders anstößig waren seine andauernden Gedanken an … äh …« Norville warf einen ängstlichen Blick auf Königin Ruby.

»An Sex?«, half sie ihm.

»Äh, ja. Höchst bestürzend. Derjenige, der diese Cynthia in den königlichen Kreis geladen hat, verdient eine gehörige Lektion in gutem Geschmack. Ich muss allerdings zugeben, dass ihre Patentante sehr vernünftig war.«

»Ich verstehe. Mandelbaum, Liebster, ich komme gleich zu dir zurück. Aber erst muss ich sehen, wie es meiner kleinen Stieftochter geht.« Königin Ruby schwebte aus dem Zimmer. Eine sehr aufgeregte Anne wartete in der Halle auf sie.

»Hat er es geschluckt?«

»Natürlich hat er es geschluckt. Der arme Junge. Er war sehr erregt. Wer könnte es ihm verübeln?«

»O je.« Anne rang die Hände. »Ich hoffe, er ist nicht allzu schockiert. Prinz zu sein bedeutete ihm sehr viel. Ich hätte es ihm selbst sagen sollen. Ich hätte es ihm schonender beigebracht.«

»Jetzt ist nicht die Zeit, um sich von Gefühlen übermannen zu lassen, Liebes. Du weisst doch, dass Männer dazu neigen, den Überbringer einer schlechten Nachricht für dieselbe verantwortlich zu machen. Wir konnten es nicht zulassen, dass sich seine Wut auf dich richtet. Es hätte alles verdorben. Das hast du mir selbst gesagt.«

»Ja, ich weiß. Du hast Recht. Es schmerzt mich nur, dass er so traurig ist.«

»Du kannst jetzt gehen und ihn trösten. Beeil dich, damit du ihn noch einholst. Er hat sicher schon ein gutes Stück zurückgelegt«

»Das macht nichts. Ich weiß, wohin er unterwegs ist.«

»Zurück nach Alacia?«

»Richtig. Es gibt dort einige Überlebende, die möglicherweise bezeugen können, dass die Hochzeit nie stattgefunden hat. Sie leben in Heckenros.«

»Will er auch nach dem Gral suchen?«

»Ich glaube schon. Er ist so verrückt nach dir, dass er versuchen wird, ihn zu finden, damit er ihn dir geben kann.«

»Gut. Du solltest dich jetzt auf den Weg machen. Aber erweck nicht bei ihm den Eindruck, du wärst hinter ihm her.«

»Ich bin aber hinter ihm her.«

»Noch ein Grund mehr, es nicht zu zeigen. Geh jetzt. Ich habe dir eine Tasche gepackt.«

Anne nickte und ging. Sie hielt noch einmal inne und warf einen Blick zurück zu Ruby. »Weißt du, ich habe dich immer für ein Miststück gehalten.«

Ruby lächelte. »Das bin ich auch, wenn ich nicht das bekomme, was ich will, meine Liebe. Jetzt aber bekomme ich, was ich will. Und ich will auch, dass du bekommst, was du willst.«

Anne nickte noch einmal. »Auf Wiedersehen.« Sie ging. Ruby schaute ihr hinterher und lächelte nachdenklich.

Sie verbrachte ein paar Minuten damit, ihr Haar vor dem Spiegel in der Halle zu richten; dann gesellte sie sich wieder zu den Männern. »Mandelbaum, Liebster, ist bin jetzt bereit für die Astronomie-Lektion.«

Aurora saß vor dem Spiegel in ihrem Ankleidezimmer und kämmte sich das blonde Haar mit einer silbergefassten Bürste. Sie war mit sich zufrieden. Sie schaute auf den Ring an ihrem Finger. Es war nicht der angebliche, sondern der echte Ehering. Sie lächelte. Waren die verschlungenen Pfade des Lebens nicht seltsam? Man ging als Prinzessin schlafen, erwachte verarmt und wurde ein paar Tage später Königin von Illyria. Da konnte man doch glatt auf den Gedanken kommen, dass man vom Schicksal oder göttlicher Fügung oder Kismet oder etwas dergleichen geleitet wurde.

Selbst die schreckliche letzte Woche hatte ihre positiven Aspekte. Wenn Aurora die Zeit dazu hätte, sich hinzusetzen und über das Geschehene nachzudenken, würde sie bestimmt erkennen, dass sie wichtige Lektionen über Demut, Selbstvertrauen und Ähnliches gelernt hatte; dessen war sie sich sicher. Sie war niemand, der so hart erworbene Kenntnisse einfach fortwarf. Sie wollte die angehäufte Weisheit dazu benutzen, eine gute Königin zu werden und Garrison bei der Regierungsarbeit zu unterstützen. Und sie würden dem kleinen Garrison alles beibringen, was sie gelernt hatte (sobald sie dahinter gekommen war, um was genau es sich dabei handelte), damit er nicht verdorben wurde, sondern ehrlich und treu.

Wie Prinz Charming.

Es war zu schade um Prinz Charming, aber er würde schon darüber hinwegkommen. Sie wollte sich unbedingt mit ihm versöhnen. Einerseits mochte sie ihn sehr.

Andererseits verdankte sie ihm das Leben und Illyria stand tief in seiner Schuld. Die neue Königin wollte einen so tapferen jungen Mann nicht einfach beiseitedrücken. Wenigstens so lange nicht, bis der kleine Garrison viel, viel älter war.

Ihr kam ein froher Gedanke, der in seiner Klarheit so einfach und schön war, dass Aurora sich vor Freude selbst umarmte. Sie würde Charming zum Kronprinzen von Alacia machen!

Das war eine wunderbare Idee! Charming bekam ein nettes, kleines Land, über das er regieren durfte und das ihm nicht allzu viele Schwierigkeiten bereiten würde, und er konnte jederzeit zu Besuch ins nahe Illyria kommen. Alacia, ihre geliebte Heimat, bekäme einen tapferen und edlen Herrscher. Was könnte besser sein?

Aurora war so erfreut über ihren Einfall, dass sie sofort ihren Morgenrock anzog und Anne suchte, um ihren Beschluss der Prinzessin mitzuteilen. Leider war sie nirgendwo aufzutreiben, aber Aurora begegnete Königin Ruby, die sich gerade mit einigen Säckchen voller Kräuter auf dem Weg zu Mandelbaums Turm befand. Aurora bewunderte die enge Beziehung, die Ruby zu ihrer Stieftochter zu haben schien, und entschied sich, die Königin nach ihrer Meinung zu fragen. »Königin Ruby, habt Ihr Prinz Charming gesehen?«

»Nein, meine Liebe. Ich glaube, er hat das Land für eine Weile verlassen. Er war nach der Hochzeit etwas aufgeregt.«

»Allerdings. Das verstehe ich.«

»Ich glaube, er wollte nach Alacia reisen, um über alles nachzudenken.«

»Nach Alacia?«, fragte Aurora. Es war, als hätte er ihre wundervolle Idee vorweggenommen. Das gefiel ihr nicht. »Warum gerade nach Alacia?«

Ruby zuckte die Achseln. »Keine Ahnung.«

Aurora runzelte die Stirn. Es war seltsam, dass Prinz

Charming sich entschieden hatte, nach Alacia zu gehen, gerade als sie darüber nachdachte, ihn dorthin zu schicken. Bisher hatte er kein auffallendes Interesse an diesem Land gezeigt. Wenn er es aber so sehr mochte, war es umso besser, ihn zum Herrscher darüber zu machen. »Ich verstehe. Ist Anne in der Nähe?«

»Ich habe sie den ganzen Tag nicht gesehen«, antwortete Ruby sanft.

»Prinzessin Anne?«, fragte Norville, der soeben hinter den beiden Frauen erschien. »Meinen Berichten zufolge ist sie in der letzten Nacht nach Alacia aufgebrochen.« Er verneigte sich. »Guten Morgen, meine Damen.«

»Nach Alacia? Wirklich?«, fragte Ruby.

»Aber hallo!«, entfuhr es Aurora. »Also ist auch Anne auf dem Weg nach Alacia. Sie jagt hinter Prinz Charming her! Ich wusste es!«

Norville rieb sich die Schläfen. »In letzter Zeit scheint es ein ungewöhnliches Interesse an Alacia zu geben, Hoheit. Heute Morgen habe ich einen Bericht erhalten, demzufolge Madame Esmeralda und Madame Cynthia in einer Kutsche nach Alacia aufgebrochen sind.«

»Offenbar hat Charming auch diesem Mädchen ganz schön imponiert.«

»Nein, die beiden Damen sind schon vor Charming abgereist.«

Aurora runzelte die Stirn noch mehr. Warum war jedermann nach Alacia unterwegs? »Je weiter diese Frau von uns entfernt ist, desto besser. Wenn sie in den Ruinen des Schlosses herumstöbern und nach Antiquitäten und dem Gral suchen will, soll sie es ruhig tun. Aber falls sie nach Illyria zurückkommt, werde ich ihr eine Lektion erteilen.«

»Gral? Habt Ihr Gral gesagt?«, wunderte sich Ruby.

»Esmeralda hat immer behauptet, Papa würde alle möglichen magischen Gegenstände vor ihr verstecken. Das war einer der Gründe für ihren andauernden Kampf.

Auch Prinz Charming hat nach einem Gral gesucht. Und dabei hat er mich gefunden«, erklärte sie Königin Ruby.

»Ach, wirklich?«, fragte Ruby schwach.

»Ich muss mich darum kümmern, dass wir weitere Erkenntnisse aus Alacia erlangen«, sagte Norville. »In der Zwischenzeit möchte ich die Sicherheitsvorkehrungen für Euren Empfang heute Abend noch einmal überprüfen, Hoheit.«

»Natürlich«, pflichtete Aurora ihm bei und zerrte ihn mit sich den Gang hinunter. »Ich wünsche Euch einen schönen Tag, Königin Ruby.«

»Hmmpf«, erwiderte Ruby. »Danke.«

Es dauerte länger, Charming einzuholen, als Anne erwartet hatte. Normalerweise ist es gefährlich, nachts zu reiten, doch es war Vollmond und ein erfahrener Reiter vermag mit einem behänden Pferd unter diesen günstigen Umständen eine weite Strecke zurückzulegen. Charming war ein erfahrener Reiter und hatte das flinkste Pferd im Stall genommen. Anne hingegen war nicht so erfahren und hatte ihr Reittier aufs Geratewohl ausgesucht. In der ersten Nacht ließ der Prinz sie weit hinter sich. Obwohl Anne mit Charming von Alacia nach Illyria geritten war, erinnerte sie sich kaum mehr an den Weg und verirrte sich in den nächsten Tagen mehr als einmal. Auf einem dieser Irrwege kam sie plötzlich eines frühen Morgens an Wendell vorbei. Doch auch als sie wieder auf dem Hauptweg war, verlor sie schnell die Hoffnung, den rasenden Prinzen einzuholen. Sie beruhigte sich aber damit, dass sie sein Ziel kannte, und ritt deshalb mit gleich bleibender Geschwindigkeit.

Wendell wusste indes nicht, was Charming plante. Nach der Hochzeit hatte es einen kleinen Empfang gegeben. Es war nichts Grandioses aufgetischt worden, nur Champagner und Kuchen und dazu gab es jede Menge Toasts vom inneren Kreis des Schlosses. Wendell hatte den Champagner verschmäht und sich auf den Kuchen konzentriert. Als der Empfang vorüber war, stieg Wendell mit einem Stück Kuchen in jeder Hand vom zweiten Stock hinunter und grüßte Mandelbaum und Königin Ruby, die ihm entgegenkamen. Mandelbaum fragte, wie es Charming gehe. Gut, sagte Wendell, warum fragt Ihr? Mandelbaum sah beunruhigt drein und meinte: »Einfach so.« Die Böse Königin schaute Wendell so eindringlich an, dass er beschloss, Charming sofort aufzusuchen. Der Prinz war nicht in seinem Privatgemach, nicht unten im Erdgeschoss und nicht einmal im Zimmer der alten Königin, von dessen Existenz Wendell offiziell gar nichts wissen durfte. Niemand macht jedoch einen so furiosen Abgang wie Charming, ohne dass die Schlossdiener etwas davon bemerken. Bald begriff Wendell, dass der Prinz aus dem Schloss geflohen war. Vom Grund für diese Flucht hatte Wendell keine Ahnung. Er warf ein paar Waffen und Kleider zusammen, schnappte sich das zweitbeste Pferd im Stall und machte sich auf den Weg.

Eine Nachtwache deutete die südliche Straße hinunter. Bei Anbruch der Morgendämmerung erreichte Wendell ein Dorf, das während der letzten Tage von einem Wolf heimgesucht worden war. Die Dörfler berichteten, Charming habe die Bestie zur Strecke gebracht und sei weitergaloppiert, ohne den Dank der Einwohner abzuwarten. Am nächsten Tag erklärten andere Dörfler, dass ein Greif viele ihrer Lämmer gerissen habe. Der Prinz sei ohne einen Gedanken an seine eigene Sicherheit zum Nest des Greifen gegangen, habe dem verdammten Viech den Kopf abgeschlagen, sei auf sein Pferd gestiegen und ohne Abschiedsgruß davongeritten. Kurz hinter der alacianischen Grenze hörte Wendell eine noch seltsamere Geschichte. Eine Hand voll Gesetzloser hatte ein Handelsstädtchen überfallen und teilte gerade die Beute, als ein junger, wilder Mann mit zerrissenen Kleidern, zerzaustem Haar und starrem Blick furchtlos in ihr Lager schritt, den Anführer mit dem Griff seines Dolchs niederschlug und den Übrigen verkündete, er komme später zurück und mache auch sie fertig. Er war bereits wieder fort, bevor einer der verblüfften Wegelagerer nach seinem Schwert zu greifen wagte. Erst sieben Stunden später begriffen sie, dass sie dem legendären Prinzen Charming begegnet waren.

All diese Geschichten beunruhigten Wendell sehr.

Er holte Charming am Rande von Heckenros ein. Es war spät am Nachmittag. Charming führte sein Pferd und trug selbst den Sattel. Das Pferd schien völlig erschöpft. Seine Flanken waren mit Schweiß durchtränkt und Schaum stand ihm vor dem Maul. Charming hatte auch den Halfter abgenommen und bloß eine Hand in der Mähne des Tieres vergraben.

Der Prinz sah nicht viel besser aus als sein Pferd. Seine Kleider waren zerrissen und dreckig und das Haar war stumpf vor Schweiß und Blut. Er wirkte sogar noch erschöpfter als das Pferd. Wendell hätte es nicht überrascht, wenn auch Charming Schaum vor dem Mund gehabt hätte. Seine Stiefel waren schlammig und abgeschabt und sein Schwertgürtel hing ihm locker um die Hüften, sodass die Spitze der Scheide durch den Schmutz schleifte. Er begrüßte Wendell mit einem müden Blick. »Hallo, Wendell.«

»Schluss mit Hallo.« Wendell packte den Prinzen am Arm und geleitete ihn zum nahen Fluss. Dann nahm er ein Stück Seife aus seiner Satteltasche, gab es Charming und stieß ihn in das Wasser. »Warum seid Ihr abgereist, ohne mir etwas zu sagen? Ihr wisst doch, dass Ihr nicht ohne mich zurecht kommt.« Er nahm dem Prinzen das Schwert namens *Streben* ab und legte es beiseite. »Ich habe mir wirklich Sorgen gemacht.« Er legte frische Kleidung für den Prinzen zurecht. »Was tun wir hier überhaupt?«

»Wir gehen zurück zum Schloss.«

»Warum?«

»Aurora hat ihre Zahnbürste vergessen. Wir müssen sie holen.«

»Wie bitte?«

»War nur ein Scherz.«

»Ihr benehmt Euch ganz schön seltsam. Hat Cynthia Euch eine Abfuhr erteilt?«

Charming hielt den Kopf unter Wasser, während er sich die Haare wusch. Dann schaute er auf. »Was?«

»Ich sagte, Ihr ärgert Euch bestimmt so sehr, weil Cynthia Euch eine Abfuhr erteilt hat.«

»Etwas in der Art.«

»Aber Ihr habt doch schon oft eine Abfuhr erhalten und seid nie derart ausgeflippt. Was ist so besonders an ihr?«

»Es müssen die hohen Absätze gewesen sein. Das macht mich richtig an.« Wendell wollte gerade etwas dagegen einwenden, als Charming ans Ufer watete. »Haben wir etwas zu essen?«

»Brot. Gewürzgurken, Käse. Wein. Und kaltes Hähnchen.«

»Du bist ein guter Junge, Wendell. Ich werde dafür sorgen, dass du eine ehrenvolle Erwähnung vom König erhältst.«

»Nein, wie aufregend ... Warum geht Ihr wirklich zurück zu diesem Schloss? Ich dachte, Ihr hättet das Interesse an diesem Gral verloren.«

»Aus verschiedenen Gründen, die ich dir später darlegen werde, hatte ich das Gefühl, für eine Weile aus Illyria verschwinden zu müssen. Die Sache mit Cynthia läuft nicht richtig, Paps ist in den Flitterwochen, Mandelbaum hat sich ganz in Ruby vertieft ...«

»Das kann man wohl sagen!«

»... und irgendwie war ich überflüssig in der Stadt. Deshalb bin ich nach Alacia zurückgeritten. Ich will McAllisters Geschichte überprüfen, ein paar Fragen stellen und ein paar Dinge erledigen. Klingt das halbwegs vernünftig?«

»Nein. Sagt mir endlich, was wirklich vor sich geht. Verbringen wir die Nacht wieder in dieser Herberge?«

»Nö. Da war ich schon. Ich habe mit diesen beiden Weinkellnern geredet, die der Bär im Schloss entdeckt hatte. Aber sie konnten nicht mit Sicherheit sagen, ob Auroras Hochzeit schon vor dem Zauberbann stattgefunden hat.«

»Zu dumm«, meinte Wendell, der immer noch nicht ganz begriff, worum es eigentlich ging.

»Allerdings. Aber ich habe dort etwas sehr Interessantes erfahren. Esmeralda und Cynthia sind gestern Abend hier eingetroffen. Ich hatte geglaubt, ich wäre schnell gewesen, aber irgendwie haben sie mich noch überholt.«

»Ein paar Heldentaten haben Euch aufgehalten«, betonte Wendell.

»Richtig.« Der Prinz schwieg einige Minuten. »Ein seltsamer Zufall, dass Mandelbaum plötzlich auftauchte, als wir zum ersten Mal hier waren. Er hatte das Schloss seit Jahren kaum verlassen.«

»Er kam uns zu Hilfe.«

»Ja, ja. Und er sagte, der Fruchtbarkeitsgral sei nichts wert. Dann erfährt Esmeralda, dass die Dornenhecke kein Hindernis mehr ist, und reist plötzlich nach Alacia.«

»Wie schön für Euch. Dann könnt Ihr Cynthia noch einmal in Angriff nehmen. Was geht es Euch an, wenn Esmeralda sie begleitet? Sie ist doch nur eine alte Frau. Ihr habt kaum mit ihr gesprochen.«

»Ich hätte sie sorgfältiger überprüfen sollen«, sagte der Prinz langsam und nachdenklich. »McAllister ist der Meinung, dass Esmeralda die Feenkönigin ist, die Aurora mit diesem Fluch belegt hat.«

»Oh!«, machte Wendell und fügte hinzu: »Hui!«

»Die Bewohner von Heckenros freuen sich gar nicht, sie wiederzusehen.«

»Das kann ich mir vorstellen.«

»Ich glaube, ich werde ihr mal einen Besuch abstatten.«

»Jetzt? In der Nacht? Wir besuchen eine böse Fee mitten in der Nacht in einer verzauberten Kapelle? Jetzt ist die Zeit, in der alle bösen Zauberer ihre schlimmste Magie freisetzen.«

»Aber wenigstens ist sie jetzt wach. Wenn wir bei Tage gehen, müssen wir sie aufwecken. Das wäre unhöflich.«

»Man kann aber in der Dunkelheit nichts sehen.«

»Wir haben Laternen. Außerdem ist es in der unterirdischen Kapelle auch am Tag dunkel.«

Wendell verschränkte stur die Arme vor der Brust. »Bei allem Respekt, Sire, bloß für eine vermoderte Antiquität scheint mir das eine ziemlich gefährliche Unternehmung zu sein. Schließlich gibt es da unten kein Mädchen zu retten. Ihr habt doch immer gesagt, dass solche Suchen nicht in unseren Aufgabenbereich fallen.«

»Stimmt. In deinen Aufgabenbereich fallen sie nicht. Deshalb gehe ich ja auch allein.«

»Also bitte! Ich wisst genau, dass ich immer an Eurer Seite kämpfe.«

»Diesmal nicht.«

»Mein Herr und Prinz geht nicht ohne mich in irgendeine dämonenverseuchte Höhle!«

»Darüber sollten wir mal kurz reden, Wendell. Vermutlich bin ich nicht mehr dein Prinz. Hör mir genau zu …«

Die Sonne ging bereits unter, als Anne den Rand der Dornenhecke erreichte. Sie erzitterte. Das schwindende Licht fiel auf die Dornzweige und die Schatten waren zu scheußlichen Mustern verdreht; die Dornen selbst wirkten wie angespitzte Zahnreihen in bösen, grinsenden Mündern. Anne band ihr Pferd fest und näherte sich dem Spalt, den McAllister und seine Männer in die Hecke gehauen hatten. Hier sah die Barriere weniger einschüchternd aus. Die Büsche waren bis auf den Boden abgeschnitten und die Zweige in den Schmutz getreten; zerbrochene und abgehackte Heckenglieder baumelten verloren an den Seiten. Der Durchgang erstreckte sich in das Zwielicht und war so breit, dass mehrere Männer nebeneinander gehen konnten, und hoch genug für ein Pferd. Er sah ungefährlich aus, doch Anne erinnerte sich lebhaft daran, wie schnell die Dornen beim letzten Mal nachgewachsen waren.

Sie wollte diesen Weg wirklich nicht nehmen, aber sie war sicher, dass Charming zum Gralsschloss zurückgekehrt war. Möglicherweise befand er sich gerade jetzt im Innern der Hecke oder bereits hinter ihr. Einen Augenblick später hatte Anne sich erfolgreich eingeredet, dass er tatsächlich schon die Ruinen des Schosses untersuchte. Plötzlich schien das Innere der Hecke sicherer zu sein als das Äußere. Sie warf einen Blick auf die untergehende Sonne und versicherte sich, dass das Licht noch hell genug war, um sich in die Hecke zu begeben, nach dem Prinzen zu suchen und später nach Heckenros zurückzukehren, falls sie ihn nicht finden sollte. Es wäre schrecklich peinlich, wenn sie den ganzen Weg bis hierher geritten wäre, nur um ihn schließlich doch zu verpassen. Sie wollte ihn aufspüren, so lange seine Gefühle noch verwundet waren; dann konnte sie seine Enttäuschung für ihre Zwecke ausnutzen – natürlich erst, nachdem er diesen dummen Gral gefunden hatte.

Sie streichelte ihrem Pferd ein letztes Mal beruhigend über die Nase und betrat den Durchgang. Nach dem ersten Schritt zögerte sie und wartete darauf, dass eine dornige Ranke von hinten nach ihr griff. Aber nichts geschah. Sie holte tief Luft, zog ihren Rock hoch und ging weiter. Es war zwar düster hier, aber es wurde nicht noch dunkler. Durch die Zweige fiel genügend Licht. Als sie den hellen Fleck am Ende des Durchgangs bemerkte, ging sie schneller und mit größerer Zuversicht, denn sie war sicher, dass sie den Prinzen in wenigen Minuten sehen würde. Sie merkte, dass sie sehr froh wäre, ihn zu sehen. Es war ihr gleich, ob er den Gral hatte oder nicht. Sie lief schneller. Möglicherweise war auch er froh, sie zu sehen, dachte sie. Nach dem Debakel in Illyria brauchte er jemanden, mit dem er reden und der ihn trösten konnte. Sie warf einen Blick über die Schulter. Die Sonne sank schneller, als sie erwartet hatte. Es war schon ziemlich dunkel in den Dornbüschen. Sie lief schneller ... und stolperte.

Mit dem Gleichgewicht verlor Anne auch ihre Gemütsruhe. Der Boden des Tunnels war mit abgebrochenen Dornzweigen übersät, die ihr in die Hände stachen, als sie hinfiel. »Autsch!« Sofort war sie wieder auf den Beinen, doch die Dornen klebten an ihrem Kleid. Sie kratzte sich die Haut noch stärker auf, als sie wie rasend versuchte, die Stacheln abzuschütteln. Es war noch nicht ganz dunkel im Tunnel, doch Anne wurde von Panik ergriffen. Ihr Herz raste, ihr Atem rasselte und sie brachte die letzten Ellen zum Ausgang mit Höchstgeschwindigkeit hinter sich. Beinahe hätte sie die Dornenzweige in ihrer Haut und ihrem Haar vor Angst angeschrien.

Sobald sie wieder in Freiheit war, fühlte sie sich natürlich wie ein kompletter Idiot.

Die Sonne war untergegangen und das trübe Zwielicht hatte sich in eine klare, sternerhellte Nacht verwandelt. Eine warme, reine Brise wehte; das tiefe Gras fühlte sich unter ihren Füßen weich an und raschelte sanft und beruhigend. Anne setzte sich hinein und spürte, wie sich ihr Herzschlag langsam wieder normalisierte. »Großartig«, sagte sie zu sich selbst. »Einfach großartig. Das war eine beeindruckende Kostprobe meiner Tapferkeit. Ich sollte mich daran erinnern, dass ich zu alt bin, um Angst vor der Dunkelheit zu haben.« Sie packte die Zweige mit den Fingernägeln und zog vorsichtig die restlichen Dornen aus ihrem Kleid. Dann untersuchte sie ihre Arme. Sie waren mit leichten Kratzern bedeckt, von denen sich einige bereits entzündeten. Nicht gerade ideal, wenn man sich einen Jungen angeln will, dachte sie. Aber es war nichts mehr daran zu ändern. Sie zuckte die Achseln, stand auf und sah sich um.

Das Dornröschenschloss sah anders aus als beim letzten Mal. Einerseits war nun Nacht. Andererseits war es bis auf die Grundmauern niedergebrannt. Obwohl hauptsächlich aus Stein erbaut, waren auch die Wände zusammengefallen, nachdem die Stützbalken verbrannt waren. Der Unterbau der Türme war jedoch noch zu sehen; manche ragten bis zu zwanzig Fuß hoch. Daneben gab es Überreste von Mauern und Treppen, doch das meiste war nur noch ein großer Schutthaufen, hinter dem jetzt der Mond aufging.

Kein Zeichen von Charming.

Sie verspürte ein heftiges Gefühl der Besorgnis. Sie war sicher gewesen, dass er nach Alacia zurückkehren und nach Beweisen suchen würde, um Aurora in Verruf zu bringen. Überdies würde ihn seine angeborene Abenteuerlust auf die Suche nach dem Gral treiben.

Die Ruinen waren nicht nur verlassen, sondern das Gras zwischen dem Schloss und der Dornenhecke wies nicht einmal das geringste Anzeichen dafür auf, dass Mensch oder Tier kürzlich hier entlanggegangen waren.

»Vielleicht habe ich ihn falsch eingeschätzt«, dachte sie. »Vielleicht liegt er irgendwo mit einer Angel im Schoß am Flussufer und freut sich darüber, dass er nicht mehr Prinz Charming sein muss.« Aber eigentlich war das ziemlich unwahrscheinlich. Inzwischen war es so dunkel geworden, dass Anne nicht mehr durch die Hecke zurückgehen wollte. Sie entschied sich, einen Blick auf das Schloss zu werfen.

Der Wassergraben war weiterhin intakt; der eisige, klare Strom floss noch immer. Die Zugbrücke war teilweise verbrannt und in den Graben gestürzt, doch irgendjemand – vermutlich McAllister – hatte verkohlte Balken über den weggebrochenen Teil gelegt, sodass man sie passieren konnte. Anne ging darüber und kletterte auf einen der höheren Schutthaufen, von dem aus sie die ganze Ruine im Licht des aufgehenden Mondes überblicken konnte.

Nichts vermittelt ein stärkeres Gefühl von Einsamkeit und Verlassenheit als eine ausgebrannte Ruine – mit Ausnahme einer ausgebrannten Ruine bei Nacht. Die Schwärze der verkohlten Stämme, die umgestürzten, rußbedeckten Steine, das zerbrochene Geschirr, die Tümpel aus öligem Regenwasser und hier und dort bodenlose Gruben und dunkle, gähnende Abgründe, wo die Decke zu den Kellergeschossen durchgebrochen war – all das schuf eine Atmosphäre betäubender Traurigkeit und Verzweiflung. Annes Mut sank. Ein kleines Tier huschte mit unheimlichem Rascheln zwischen den Steinen hindurch. Anne vergrub die Finger nervös in ihrem Rock. Ihr eigenes verfallenes Schloss schien im Vergleich zu diesem hier warm und gemütlich, ihr unterdrücktes Volk freundlich und beschützend. Sie wünschte sich ernsthaft, sie hätte niemals ihr Zuhause verlassen, um auf diese dumme Suche zu gehen.

Dann bemerkte sie zwischen den Ruinen den matten Schein eines Feuers.

Das Herz sprang in ihrer Brust. »Das ist Charming! Ich wusste es!« Sie hätte beinahe laut losgerufen, besann sich allerdings rasch eines Besseren. Vielleicht war es doch nicht Charming. Sie erinnerte sich an Kindergeschichten über Hexen und Zauberer. Sie dachte auch an Gespenster, Kobolde, Trolle, Riesen, Banditen und einarmige Wahnsinnige mit Haken statt Händen. Sie erkannte, dass sie ein schutzloses Mädchen und allein in der Nacht war. Schließlich kam sie zu der Überzeugung, dass sie das Feuer erst einmal näher in Augenschein nehmen sollte, bevor sie sich zu erkennen gab.

Das war leichter gedacht als getan. Als sie von dem Schutthaufen herunterkletterte, verlor sie den Feuerschein aus den Augen. Sie wusste, in welche Richtung sie sich halten musste, während sie sich einen Weg durch das Geröll bahnte, doch es bestand die Gefahr, in der Finsternis durch den Boden in eines der Untergeschosse zu fallen. Daher brauchte sie eine Stunde voller Umwege und Irrwege, bis sie sich endlich dem Feuer genähert hatte. Es brannte auf einer freien Stelle und vor ihm saß ein ausnehmend hübsches, schwarz gekleidetes Mädchen mit untergeschlagenen Beinen und richtete ein paar Krähen ab.

Wenigstens sah es so aus. Das Mädchen hielt einen sechs Zoll langen, polierten Holzstab in der Hand und etliche schwarze Vögel hockten vor ihr auf dem Boden und beobachteten den Stab aufmerksam. Wenn das Mädchen ihn zur Seite bewegte, wandten die Tiere alle gleichzeitig den Kopf. Wenn sie ihn zur anderen Seite bewegte, drehten die Vögel den Kopf zurück. Wenn sie damit auf den Boden schlug, machten alle einen kleinen Sprung und flatterten schwach mit den Flügeln. Zum Schluss warf das Mädchen den Stock ins Feuer und alle Vögel marschierten im Kreis um die Flammen und nickten gleichzeitig. Es war ein sehr seltsames, aber auch sehr komisches Bild. Anne musste in ihrem Versteck lächeln.

Schließlich endete die kleine Parade. Die schwarzen Vögel zerstreuten sich. Sie flogen nicht davon, sondern hüpften in die Dunkelheit der Steine rings um das Feuer. Ein einziger – eine große Elster – flatterte jedoch auf die Spitze eines Schutthaufens, hockte dort mit geneigtem Kopf und beobachtete das Mädchen. Es stand auf, gähnte, streckte sich, sah dann zu Anne herüber und sagte: »Grüß dich. Du kannst jetzt herauskommen.«

Anne trat vor und fühlte sich wie eine Närrin. »Hallo. Ich glaube, wir sind uns noch nicht vorgestellt worden, aber dein Name ist Cynthia, nicht wahr? Wir haben uns vor ein paar Tagen im Schloss von Illyria getroffen.«

»Ja, ich erinnere mich. Du bist Anne, stimmt's? Eine Prinzessin? Prinzessin Anne?«

»Äh, ja.«

»Gut, gut. Wir haben dich erwartet. Schöne Nacht, nicht wahr? Ich vermute, du suchst nach Prinz Charming. Er ist noch nicht hier. Ein schrecklich süßes Kerlchen, was?«

»Was tust du hier?«, fragte Anne geradeheraus.

»Den Gral suchen, genau wie du. Ach, du meinst die Vögel? Das war nur ein kleiner Zaubertrick, den Esmeralda mir beigebracht hat. Sie kennt eine Menge davon. Natürlich hat sie ihre wahre Macht verloren, aber sie beherrscht noch eine Menge netter kleiner Zaubersprüche.«

»Nein, ich meine ...«

»Natürlich ist der überwiegende Teil dieser Zaubertricks meiner Meinung nach vollkommen nutzlos. Die meisten bestehen aus Behexungen der Nachbarschaft und Unfruchtbarmachung der Tiere. Und man kann durch sie mit den Tieren reden.«

»Hmm ...«

»Was hat dir eine Katze schon zu sagen? Sie hat ein Gehirn von der Größe einer Walnuss. Da bleibt nicht viel Raum für intellektuelle Disputationen.«

»Hmhm ...«

»Hast du zufällig ein paar Kühe, die du sterilisieren möchtest?«

»Äh, eigentlich nicht.«

»Es ist immer dasselbe. Absolut nutzlose Tricks. Wenn man politische Macht hätte, wäre es natürlich etwas anderes. Politische Macht verbunden mit magischer Macht bringt dich durchaus weiter. Aus diesem Grund ist Illyria so stark. Das habe ich von Esmeralda gelernt. Sie ist meine Feenpatin.«

»Ich weiß.«

»Wenn man natürlich ganz unten anfängt, ist es schwer, irgendwelche Macht zu bekommen. Wenn du ein Mann bist, wirst du Soldat und killst dir den Weg bis an die Spitze frei. Wenn du eine Frau bist, musst du dich auf dein Aussehen verlassen. Du musstest wahrscheinlich über all das niemals nachdenken, denn schließlich bist du schon eine Prinzessin.«

Anne starrte sie an. »Ich ...«

»Ich sollte Prinz Charming heiraten, aber das steht jetzt nicht mehr zur Debatte. Du musst wissen, dass er nämlich kein richtiger Prinz ist. Er ist unehelich.«

»Wirklich?«

»Ja. Aber glücklicherweise haben wir dann erfahren, dass dieser Gral in unserer Reichweite liegt; also werden wir erst einmal bei der magischen Macht ansetzen. Der Gral ist für Esmeralda sehr wichtig.«

»Hmhm«, machte Anne, denn sie hatte das Gefühl, als warte Cynthia auf eine Antwort.

»Allerdings. Und sie ist sehr interessiert daran, dich zu sehen. Das könnten wir gleich jetzt erledigen.«

»Ich fürchte, ich muss hier auf einen Freund warten.«

»Ach ja, auf Prinz Charming. Das sagtest du bereits. Keine Sorge, er wird bald hier sein.« Cynthia nahm eine Fackel auf, die auf einem flachen Felsen gelegen hatte, und entzündete sie am Feuer. Dann nahm sie Anne am Arm. »Los geht's.«

»Wohin gehen wir?« Cynthia schien hintergründiger, als Anne bei ihrer ersten Begegnung bemerkt hatte. Die Prinzessin hatte ein schlechtes Gefühl bei der ganzen Sache. Sie wünschte sich, Charming wäre hier.

»Wir gehen zu der Gralskapelle. Sie liegt unter der Erde. Dieser ganze Hügel ist regelrecht ausgehöhlt. Es gibt etliche unterirdische Räume und Durchgänge und so weiter. Irgendwie ist es unheimlich da unten.«

»Kaum zu glauben.«

Cynthia war wohl nicht der Typ, der auf Sarkasmus

reagierte. Sie hielt die Fackel an den Rand einer der dunklen Gruben im Boden, beleuchtete eine schmale, in den Fels geschnittene Treppe und stieg sofort einige Stufen hinunter. »Sei vorsichtig. Der Fels ist feucht und es liegt eine Menge Schutt und Geröll herum. Also pass auf.«

»In Ordnung«, sagte Anne. »Es ist sehr freundlich von dir, mir eine Besichtigungstour anzubieten, aber ich habe eigentlich nicht vor, diese Katakomben zu betreten. Ich bleibe lieber hier oben und warte, bis Prinz Charming eintrifft.«

Cynthia kletterte die Stufen wieder hoch und stellte sich breitbeinig vor Anne. In der einen Hand hielt sie die Fackel; die andere hatte sie gebieterisch in die Hüfte gestemmt. »Esmeralda hat mir aufgetragen, dich zu ihr zu bringen. Wir können es auf die sanfte oder auf die harte Tour machen, aber auf jeden Fall kommst du mit mir.«

Anne lief es kalt den Rücken herunter. Cynthias Stimme war zu Stahl geworden und das Glitzern in ihren Augen wirkte seltsam und keineswegs angenehm. Die Nacht schmiegte sich um die beiden jungen Damen wie ein Samtmantel. Der kleine Lichtkreis der Fackel holte nur wenige Felsen aus der Finsternis.

»Vermutlich kann ich genauso gut drinnen auf Charming warten.«

»Genau. Bleib einfach dicht hinter mir. Es wird schon gehen.«

Cynthia hielt die Fackel vor sich und stieg hinab in das Innere des Hügels. Anne folgte dicht hinter ihr. Die Luft wurde sofort feuchter und kühler, doch die Steintreppe wand sich nur etwa dreißig Fuß hinab. Anne stand nun in einem trockenen, ebenen Gang, der von verstreuten, in Halterungen an den Wänden hängenden Kerzen erleuchtet wurde. Von diesem Hauptgang zweigten etliche Tunnel ab. Einige waren mit Vorhängen verschlossen, doch vor den meisten befanden sich dicke Eichentüren mit eisernen Scharnieren. Die Höhlungen sahen aus, als seien sie auf natürliche Weise entstanden und dann von Generationen von Steinmetzen bearbeitet worden, sodass sie nun glatte Wände und viereckige Durchgänge aufwiesen.

»Nicht übel«, meinte Anne.

»Wir haben ein bisschen aufgeräumt. Der Müll von Jahrhunderten lag hier herum. Ich sollte besser sagen, dass *ich* aufgeräumt habe. Esmeralda würde sich sogar in einem Schweinekoben wohl fühlen. Sie ist zu sehr von ihrer Magie und ihren Ränken in Anspruch genommen, um ein Auge für alltägliche Dinge zu haben.«

Anne zuckte die Achseln.

»Da ist der Durchgang zum Gral.« Cynthia zeigte auf einen dunklen Korridor.

Der Durchgang zum Gral war in der Tat kunstvoll ausgestaltet. Der Eingang wurde von dickem, schwerem und sehr altem Holz umrahmt, das mit verschlungenen Runensymbolen beschnitzt war. Dieser Rahmen wirkte sehr, sehr alt. Das Holz wurde von einer Einfassung aus Marmor umgeben, die nur wenig neuer und genauso verschwenderisch verziert war. Eine zweiflügelige, gleichfalls mit erstaunlicher Detailversessenheit verzierte Tür hing in dem Holzrahmen und stand nun offen. Innen war der Gang dunkel, feucht und moderig. Das Licht der Kerzen drang nur wenige Fuß in die Finsternis hinein.

»Steck den Kopf nicht zu weit hinein«, warnte Cynthia Anne. »Ansonsten wird er dir abgehackt. Es befindet sich schon ein ganzes Skelettbündel da drin, denn nur ein keuscher und reiner Ritter darf die Gralskapelle betreten. Das heißt, es muss jemand sein, der noch nie mit dem Dödel gerödelt hat.«

»Der noch nie … was?«

»Vergiss es. Der Ritter muss noch jungfräulich sein, das ist alles.«

»Ich bin jungfräulich.«

»Zu dumm, aber es funktioniert nur bei einem Mann.«
»Das ist ungerecht.«
»Da hast du wohl Recht. Willst du aber wirklich mit einem körperlosen Schwertarm kämpfen?«
»Was?«
»Sieh mich nicht so an. Ich bin nicht dafür verantwortlich. Wenn die falsche Person in diese Kammer tritt, fällt ein geisterhafter Arm herunter und schlägt dem Eindringling mit einem Schwert den Kopf ab.«
»Wie dämlich«, meinte Anne.
»Na ja, diese alten Priester und Zauberer hatten zwar eine Menge Macht, aber keine Phantasie.«
»Und jemand wie Prinz Charming wäre in der Lage, einfach in die Kapelle zu gehen und sich den Gral ohne Probleme zu schnappen?«
»Nee, nee. Jeder muss mit dem Schwertarm kämpfen. Aber nur ein reiner und keuscher Knabe kann dieses hirnlose Ding besiegen. Wenn er gut ist.«
»Charming ist gut. Was wäre, wenn zwei Ritter gleichzeitig die Kapelle betreten? Selbst wenn sie nicht rein sind, wären sie zwei gegen einen.«
»Nee, das läuft nicht.«
»Und wenn der eine rein ist und der andere nicht?«
»Wen kümmert's? Da drin liegt nicht gerade König Solomons Schatz, sondern nur ein schäbiger kleiner Fruchtbarkeitsgral, der den Schafen zu ein paar Lämmern mehr verhilft und möglicherweise dafür sorgt, dass die Bohnen besser sprießen und eine unfruchtbare Frau schwanger wird. Ein Schafszüchter hätte ihn vielleicht ganz gern, aber er ist nicht gerade das, wofür man sich ein Bein ausreißt – oder den Kopf abschlagen lässt.«
»Es gibt Leute, für die die Geburt oder der Tod eines einzigen Lammes den Unterschied zwischen Verhungern und Überleben bedeutet«, belehrte Anne Cynthia.
»Blödsinn«, meinte Chynthia teilnahmslos. »Die einzigen Leute, die einen Gral richtig benutzen können, sind

Magier wie Esmeralda; nur sie können die Macht des Grals anzapfen. Sobald meine Feenpatin weiß, wo die Magie des Grals ihren Ursprung hat, kann sie mit ihrer Hilfe die eigenen Zaubereien anreichern. Ihr Einflussbereich wird sich ausdehnen, ihre Macht wird unüberwindlich sein und sie wird ein paar wirklich nette Zaubereien vom Stapel lassen, deren Verfallsdatum über Mitternacht hinausreicht. Sie kennt einige ganz tolle Kleiderzaubereien.«

»Aha. Wie erregend. Das ist wirklich faszinierend, Cynthia, und mir gefällt diese Besichtigungstour außerordentlich, aber wenn das alles ist, möchte ich jetzt gern wieder nach oben steigen. Es ist Zeit, ins Bett zu gehen.«

»Wir haben doch gerade erst angefangen«, wandte Cynthia ein. Sie packte Annes Arm mit einem unnatürlich starken Griff und zog sie durch den Tunnel. »Hier entlang. Nun besuchen wir Esmeraldas Laboratorium.«

Anne war allerdings nicht das empfindliche Treibhauspflänzchen, für das Cynthia sie gehalten hatte. Sie weigerte sich einfach, weiterzugehen. Das rothaarige Mädchen spürte, wie Anne den Arm aus ihrem Griff befreite. Die Prinzessin starrte sie aus engen Augenschlitzen an. »Ich warte draußen! Versuch nicht, mich aufzuhalten.« Sie drehte sich würdevoll um und ging fort.

Cynthia schlug ihr mit einem Stein gegen den Kopf.

Sie klopfte einmal an der Tür und drückte sie auf, ohne eine Antwort abzuwarten. Dann zerrte sie Anne hinter sich in den Raum. »Grüß dich, Esmeralda. Ich hab sie.«

Charming stieg vor der Dornenhecke ab und schaute sich das Pferd, das vor ihr an einen Baumstamm gebunden war, eingehend an. Es stammte zweifellos aus den königlichen Stallungen. Vielleicht gehörte es einem von Norvilles Agenten? Die Steigbügel waren sehr hoch oben angebracht; also musste der Reiter kurze Beine haben.

Charming zuckte die Schultern und band sein Pferd neben dem anderen an. Es würde sich schon zeigen, wem das zweite Reittier gehörte.

Er nahm eine Laterne aus seinem Reisegepäck, durchquerte rasch den Heckentunnel, betrat die Ruine und entdeckte nach kurzer Suche ohne größere Schwierigkeiten den Eingang zu dem unterirdischen Tunnelsystem. Er zündete die Laterne an, zog sein Schwert und stieg vorsichtig, aber behände hinunter in die Höhle. Den noch immer offen stehenden Eingang zur Gralskapelle fand er schnell. Er schenkte ihr keine Beachtung.

»Guten Tag, Esmeralda«, sagte er.

Die Feenkönigin stand neben der offenen Tür. Sie sah noch genauso aus, wie Charming sie zum letzten Mal gesehen hatte, doch Charming hatte sie damals kaum beachtet. Sie hatte dunkelbraune, mit grauen Strähnen durchsetzte Haare, die ihr eng am Kopf lagen. Sie trug einen grünen Samtmantel, der bis zum Boden reichte, und an jedem Finger einschließlich der Daumen hatte sie mindestens einen Ring. Während sie Charming eingehend musterte, zogen sich ihre Mundwinkel in Missbilligung hoch, doch ihre Stimme klang ruhig und vernünftig. »Guten Abend, Charming. Ich bemerke, dass du überrascht bist, mich zu sehen.«

Charming war keinesfalls überrascht, doch er nickte trotzdem. »Eigentlich bin ich eher beeindruckt als überrascht. Als ich dich zum Essen einlud, war mir nicht bewusst gewesen, dass du für den Tod des gesamten königlichen Haushaltes und der Adligen des ganzen Landes verantwortlich bist.«

»Mein lieber Junge, du solltest nicht mich für diese Katastrophe verantwortlich machen. Ich hatte nicht vor, irgendjemanden umzubringen. König Stephens Zauberer waren nicht im Dienst, sondern nahmen an der Hochzeitsfeier teil. Deshalb zog ich meinen Vorteil aus dieser Situation und belegte das Schloss mit einem Schlafzauber. Er sollte bloß kurze Zeit wirken, das kann ich dir versichern – gerade lange genug, damit ich herkommen und mich bei dem Gral und ein paar anderen Gerätschaften bedienen konnte.«

»Was ist denn schief gegangen?«

»Das kann ich nur erraten. Ich nehme an, König Stephens Zauberer hatten einen Abwehrbann für Notfälle eingerichtet. Als sie alle unpässlich waren, hat er sich automatisch aktiviert und eine Dornenmauer um das Schloss errichtet. Ich konnte nicht eindringen. Der Spruch hat so viel Magie aus dem Feenwald gesogen, dass ich nicht einmal mehr meinen eigenen Zauber anwenden konnte. Auch dein Vater konnte den Bann nicht brechen, indem er Aurora küsste, denn er kam ebenfalls nicht in das Schloss hinein. Also war es bloß eine Verkettung höchst unglücklicher Umstände, die diese Tragödie auslösten.«

»Eine nette Geschichte«, meinte Charming und prüfte mit dem Daumen die Schärfe seiner Schwertklinge. »Es fällt mir aber sehr schwer, sie zu glauben. Irgendwie bin ich in der letzten Zeit etwas zynisch geworden.«

»Das überrascht mich nicht.«

»Dann wusstest du also, dass mein Vater außerhalb der Hecke war, als der Zauberbann einsetzte. Daher konnte die Hochzeit auf keinen Fall stattgefunden haben.«

»Korrekt. Und du bist der legitime Erbe des Thrones von Illyria. Ich kann Beweise liefern, die die Geschichte des Königs widerlegen. Bist du jetzt bereit, einen kleinen Handel mit mir abzuschließen?«

»Nein. Ich glaube, es ist das Beste, wenn ich dich umbringe, mir den Gral schnappe und mich aus dem Staub mache. Ich bin ohnehin seit kurzem in ziemlich schlechter Stimmung.«

»Das verüble ich dir nicht. Wenn die natürlichen körperlichen Begierden eines gesunden, jungen Mannes aufgrund einer repressiven und scheinheiligen Gesellschaft unterdrückt werden, ist es kein Wunder, dass er Erleichterung in gewalttätigen Akten gegen …«

»Ach, halt's Maul!«

»Darum geht es jetzt sowieso nicht.« Esmeralda hob die Stimme. »Cynthia! Bist du so weit, meine Liebe?«

»Komme schon, Esmeralda.«

»Königin Ruby hat mir falsche Informationen gegeben«, erklärte Esmeralda. »Wir waren schon auf halbem Weg nach Alacia, als wir die ganze Sache endlich durchschaut hatten. Ich gebe dir eine weitere Chance; diesmal ist Cynthia ein Teil des Abkommens. Das wird dir gefallen, Charming.«

»Du verschwendest deinen Atem.«

Eine der schweren, von dem Korridor abzweigenden Türen öffnete sich und Cynthia trat daraus hervor. Sie hatte die Kleider gewechselt. Charming musste zugeben, dass er verblüfft war.

Nun trug sie ein Kleid aus dünner, roter Seide, das sich an ihren Körper schmiegte, als wäre es nass. Ihre Augen waren mit Wimperntusche nachgezogen und sahen nun noch unergründlicher und grüner aus und ihre Haut war mit Öl eingerieben und glänzte im Kerzenlicht beinahe aus sich selbst heraus. Haar und Hals waren parfümiert und verströmten einen reichen, feuchten Duft wie von Moschus. Ihre geöffneten Lippen schimmerten feucht. Sie sah verdammt sexy aus.

»Ich geb's zu: Ich bin beeindruckt«, erklärte Charming.

»Das dachte ich mir«, erwiderte Esmeralda. »Du willst deine frühere Stellung zurückerobern? Ich kann dir dabei helfen. Du willst mit einem schönen Mädchen schlafen? Gerade ist eine für dich verfügbar.«

»Jaaa«, seufzte Charming und tastete Cynthia mit seinen Blicken von Kopf bis Fuß ab. »Du hast's endlich erfasst.«

»Du benötigst magische Kräfte, um seine Position einzunehmen, und ich werde sie dir zur Verfügung stellen.

Ich verlange lediglich, dass du mir an deinem Hof einen Platz einräumst und auf meine … Ratschläge hörst.«

»Ratschläge?«

»Nennen wir es Empfehlungen. Das ist alles. Heute Nacht gehört Cynthia dir, aber lass mir den Gral.«

»Das ist alles?«

»Das ist alles.«

»Du bekommst diesen magischen Becher und alles, was ich bekomme, ist ein Schäferstündchen?«

»Ich versichere dir, dass es weitaus mehr als nur ein Schäferstündchen ist. Cynthia ist sehr erfahren …«

Cynthia verengte die Augen zu bloßen Schlitzen und fuhr sich mit der weichen, rosigen Zunge über die Zähne.

»… und wird dir eine Nacht schenken, an die du dich für den Rest deines Lebens erinnerst.«

Cynthia fuhr sich mit den Fingern über die Innenseite ihrer Schenkel. Charming schluckte. »Ich dachte, nur ein Mann kann die Macht des Grals handhaben – der König der Fischer.«

»Das kann man umgehen – jedenfalls dann, wenn man eine bestimmte Sorte von Frau ist. Allerdings kann ich ihn nicht die ganze Zeit bewachen. Nachdem du mit Cynthia geschlafen hast, musst du gehen und zu Hause berichten, dass du den Gral nicht gesehen hast. Sag ihnen, jemand wäre dir zuvor gekommen und hätte ihn mitgenommen. Dann wird niemand ihn bei mir suchen.«

Das Mädchen wand sich wie eine Schlange unter ihrem Seidenkleid. Charming beobachtete jede ihrer Bewegungen. »Wenn ich dich mit dieser Quelle der Macht allein lasse, wirst du den Menschen in diesem Tal schreckliche Dinge antun.«

»Ich werde tun, was ich für nötig halte. Aber du hast die einfachen Leute schon oft genug verteidigt, Charming. Sollen sie sich doch einen anderen Helden suchen. Noch besser wäre es, wenn sie selbst für ihre Verteidigung sorgten. Jetzt ist es an der Zeit, dass du einmal an dich selbst denkst. Diese Nacht mit Cynthia muss ja nicht die letzte sein. Du kannst sie dir als Königin nehmen oder als Mätresse halten, falls du kein Mädchen aus dem Volk heiraten willst.«

»Du verlangst von mir, dass ich das Vertrauen des Volkes in mich verrate«, erboste sich der Prinz mit rauer Stimme.

»Ich gebe dir nur die Möglichkeit, dein Sklavendasein zu beenden und ein freier Mann zu werden.«

Cynthia fuhr sich mit den Händen über ihren flachen Bauch nach oben bis zu den Brüsten und drückte sie leicht. Sie schloss die Augen, lehnte den Kopf zurück und stöhnte.

»Na gut«, meinte Charming. »Ich nehme das Zuckerpüppchen.«

»Reingefallen, reingefallen!« Die Feenkönigin tanzte in ihrem behelfsmäßigen Laboratorium herum und gluckste vor Freude. Die Stimme dieser Frau war das Ekelhafteste, das je an Annes Trommelfell gedrungen war. Sie rasselte hilflos mit den Ketten und ließ dann die Arme auf den zerkratzten Holztisch sinken. An ihrem Hinterkopf hatte sich eine große Beule gebildet.

»Ich bin euch beiden auf der Spur geblieben, seit ihr in Reichweite meines neuen magischen Spiegels gekommen seid. Er ist das Beste, was ich je gekauft habe. Ich habe auf dem Basar zu Sarcasia nur dreizehnhundert Golddublonen dafür bezahlt.«

»Na und?«, zischte Anne. »Ich wette, die Finanzierung hält dir den Hals zu.«

»Pah! Keinesfalls! Siebeneinhalb Prozent Zinsen und neunzig Tage Zahlungsaufschub für die erste Rate. Ich bin Mitglied in der Kreditunion der bösen Feen.« Esmeralda starrte sie an und fuhr dann selbstgefällig fort: »Er hat sich sehr schnell bezahlt gemacht. Jetzt habe ich Prinz Charming im Griff und eine echte Prinzessin auf meinem Seziertisch. Erstaunlich, zu was man mit gewissen Vorabinformationen in der Lage ist. Wie das alte Sprichwort schon sagt: Man kann mehr Fliegen mit Honig als mit Essig fangen.«

»Mmmpf.«

»Cynthia ist genau der richtige Honig. Ich hätte schon vor Jahren auf diese Idee kommen sollen. Charming kann sich den Weg durch eine Armee von Leibwachen freikämpfen, aber wenn man ihn mit dem richtigen Mädchen zusammenbringt, dann kriegt er 'ne weiche Birne.«

»Sie ist eine Hure«, sagte Anne. »Eigentlich steht er nicht auf diesen Typ. Seine häuslichen Probleme haben lediglich sein Urteilsvermögen etwas geschwächt.«

Esmeralda entgegnete: »Du verstehst nicht, was in einem Jungen vor sich geht. Und leider wirst du nicht lange genug leben, um es je zu erfahren. Das Blut einer Prinzessin, die um Mitternacht mit einem silbernen Messer getötet wird … aber ich will dich nicht mit den nekromantischen Details langweilen. Es ist halt ein Opfer nötig, damit die Macht des Grals auf mich übergeht.«

»Wenn das so ist, musst du schon vor zwanzig Jahren geplant haben, eine Prinzessin zu töten. Du hattest damals vor, Aurora umzubringen!«

»Ich hatte daran gedacht. Jetzt verstehst du, warum König Stephen den Gral so eifrig vor mir versteckt hat. Aber du, meine Liebe, reichst für meine Pläne aus. In gewisser Hinsicht ist es eine Schande. Die Verführung heute Nacht ist nur der Anfang. Sobald der Prinz vom engen Pfad der Tugend abgewichen ist, bedarf es nur des leisesten Anstoßes, um ihn auf den langen Weg hinab in die Entartung zu schicken. Es wäre so schön, wenn du Zeugin seiner allmählichen Verluderung werden könntest. Ich glaube, psychische Folter ist auf ihre Weise genauso befriedigend wie physische.«

Je ängstlicher Anne wurde, desto kühler musste sie sich geben. »Du erwartest eine ganze Menge von einem einzigen Schäferstündchen«, sagte sie lässig.

Esmeralda machte eine wegwerfende Handbewegung. »Er wird mehr haben wollen. Es ist immer dasselbe mit diesen ritterlichen Typen. Zuerst leben sie viel zu lange enthaltsam und dann verlieben sie sich in die erste Frau, die ihnen den Hintern hinhält.«

»Unsinn. Jungs sind nicht so. Sie wollen *nette* Mädchen.«

»Aha. Bist bei ihm abgeblitzt, was?«

»Keinesfalls!«

Esmeralda warf einen Blick auf eine Sanduhr an der Wand. Ein dünnes Rinnsal aus gelben Körnchen bildete eine kleine Pyramide in der unteren Hälfte. »Wir haben noch etwas Zeit«, murmelte sie. Sie öffnete eine hölzerne Kiste und entnahm ihr ein glitzerndes Messer mit einem kurzen Knochengriff und einer schmalen, teuflisch gebogenen Klinge. »Silber ist ein so weiches Material«, bemerkte sie. »Es ist schwierig zu schärfen. Es macht dir doch nichts aus, mit einem etwas stumpfen Messer aufgeschlitzt zu werden, oder?«

Anne schloss die Augen.

Cynthia zog die Tür hinter ihnen zu und drehte den Schlüssel im Schloss herum. Der schwere Bolzen glitt durch das Holz und vergrub sich mit einem leisen ›Klack‹ im Steinrahmen. Cynthia warf lässig die Haare zurück und wandte sich dann dem Prinzen zu. Er saß auf der Kante eines Bettes und fuhr mit einer Hand über die glatte Felswand.

»Was tust du da?«

»Knochentrocken«, murmelte der Prinz. »Aber diese Höhle liegt unter dem Wasserspiegel. Ich hatte erwartet, dass sie zumindest ein wenig feucht sei.«

»Das kommt von dem Gral. Die Macht des Grals hält

die Feuchtigkeit zurück. Wenn er weg ist, wird sich diese Höhle bis an den Rand mit Wasser füllen.«

»Ach, wirklich?«

Cynthia beobachtete ihn. Hatte er das nicht etwas zu lässig gesagt? Er war ein sehr abgebrühter Kunde und schwer einzuschätzen.

Sie setzte sich neben ihn; sie sanken in die weiche, mit Seidentüchern bedeckte Daunenmatratze ein. Die Laken raschelten, als Cynthia neben Charming rutschte und den Arm um seine Taille legte. »Ist es wirklich dein erstes Mal?«

»Das allererste Mal.« Charming legte den Arm um sie. Sie kuschelte sich enger an ihn.

»Esmeralda sagt, Jungs sind beim ersten Mal etwas nervös.«

»Bist *du* nervös?«

»Warum sollte ich nervös sein? Du weißt doch, wie es geht, oder?«

»Natürlich.« Sie küsste ihn; eine Sekunde später küsste er sie zurück. Der Kuss war lang, ihre Lippen waren warm, weich, feucht und leicht geöffnet. Er spürte den Engelshauch ihres Haars an seiner Wange und ganz kurz ihre Zunge in seinem Mund. Dann machte sie sich von ihm frei, lehnte den Kopf an seine Schulter und seufzte befriedigt. »O Prinz Charming, ich habe so lange auf diesen Augenblick gewartet!«

»Ich auch.«

»Ich hätte nie geglaubt, dass du so leicht zu verführen seist. Ich dachte, du hättest alle möglichen idealistischen Vorstellungen von Ehre und Tugend, die ich erst einmal beiseite räumen muss.«

»Das ist schon einige Zeit her. Aber seit ich dich zum ersten Mal gesehen habe, Cynthia, konnte ich an nichts anderes mehr denken als an dich.«

»Wirklich?«

»Wirklich«, gab Charming zu und legte ihr die Hand

auf den Schenkel. Cynthia reagierte darauf, indem sie die Beine um seine Hüfte schlang und ihn auf sich zog. Sie pressten die Lippen etwa drei oder vier Minuten lang aufeinander. Schließlich schnappte Charming nach Luft.

»Hör mal«, meinte er zwischen den Luftschnappern. »Was hieltest du davon, wenn wir nach oben steigen, unter den Sternen spazieren gehen und uns im Mondlicht lieben?«

Cynthias Brustwarzen drückten gegen den roten Seidenstoff ihres Kleides und standen wie Kirschen hervor. Sie hob sich an und presste ihren Busen gegen Charmings Brust. Sie schlang die Arme um seinen Hals und knabberte an seinem Ohrläppchen herum.

»Dummer Junge«, flüsterte sie. »Du brauchst keine Ausflüchte zu bemühen. Wenn du mehr Zeit brauchst, entspann dich einfach. Die ganze Nacht liegt vor uns.«

Charming hielt das sich windende Mädchen fest an sich gepresst und liebkoste instinktiv ihren Rücken und Hintern. Er warf einen Blick zur Tür, bemerkte den Schlüssel im Schloss und zwang sich, wegzusehen. »Du wärest überrascht, wenn du wüsstest, wie viel Zeit wir tatsächlich haben«, murmelte er.

»Hmmm?«

»Ach, nichts.«

Cynthia machte sich von ihm frei und sah ihn an. Ihre Wangen waren gerötet und ihre Augen glimmerten in der Dunkelheit. Sie schaute ihn einen Augenblick lang fragend an, dann riss sie sein Hemd mit einem einzigen Ruck auf. Sie leckte über seine Brust; ihre Zunge zog feuchte Kreise auf seiner Haut.

Charmings Blick wurde trübe. Er zog ihr das Kleid von den Schultern und ihre hohen, runden und festen Brüste sprangen in die Freiheit. Er umfasste jede mit der Hand und schloss die Augen. So etwas hatte er noch nie gefühlt. Ein lang gezogenes Keuchen entfuhr ihm. »Oh, huuuui.«

Cynthia stöhnte sanft. »Hmmmmm.« Sie hatte sich den Weg entlang seiner Brust nach unten freigeküsst und ihre sorgfältig manikürten Finger fanden die Knöpfe seiner Hose. »Prinz Charming, ich habe so lange auf diese Nacht gewartet. Ich werde dich viel besser behandeln als sie.«

»Hä?«

»Drei Nächte lang habe ich dich in Esmeraldas magischem Spiegel beobachtet. Du kamst immer näher und bei deinem Anblick schlug mein Herz immer schneller. Gespannt habe ich auf dich gewartet und auf deinen ... warte mal einen Augenblick!« Sie schoss in eine aufrechte Stellung. »Wo ist dein Page?«

»Page?«, fragte der Prinz unschuldig. »Was für ein Page?«

Wendell schlüpfte in die Dunkelheit des Gralskorridors. Er bewegte sich geschmeidig wie eine Katze und verursachte nicht das geringste Geräusch. Eine Minute lang stand er reglos da und lauschte. Er erwartete, das Geräusch von Schlägen, einem Handgemenge oder von Schwertgeklirr zu hören oder irgendeinen anderen Laut, der Charmings Gegenwart anzeigte. Doch die Steinwände der Höhle und die schweren Eichentüren erstickten jedes Geräusch. Der Page erlaubte sich ein geistiges Achselzucken. Sicherlich tat Charming sein Möglichstes, um jede Aufmerksamkeit von dem Gral abzulenken, sodass Wendell ihn bloß an sich zu raffen brauchte.

In der rechten Hand hielt er ein einschneidiges Schwert aus nordischem Stahl; es war im Stil des Fernen Ostens leicht gekrümmt. Dabei handelte es sich um eines von Charmings Lieblingsschwertern; er hatte die Klinge mit Öl eingerieben und mit Ruß bestäubt, bevor er es Wendell übergab. »Jetzt wirft es das Lampenlicht nicht mehr zurück. Dadurch bist du in der Finsternis schlechter zu sehen.« In der linken Hand hielt er eine abgedunkelte Laterne. Er litt stark unter der Versuchung, das Tuch von ihr wegzunehmen und den Korridor hinabzuleuchten, doch die Laterne würde seine Gegenwart verraten. Außerdem fiel noch genügend Fackellicht durch die offene Tür, sodass er seinen Weg erkennen konnte.

Heimlich schlich er den Tunnel entlang und hielt dabei das Schwert hoch und mit nach schräg unten weisender Klinge vor sich. Auch das hatte Charming ihm am Nachmittag geraten, als sie ihre Pläne geschmiedet hatten. »Achte auf deine Technik, Wendell. Du wirst einer Art Geist gegenüberstehen – der Legende nach ist es ein entkörperlichter Arm mit einem Schwert. Möglicherweise handelt es sich bei dem Schwert um ein Flammenschwert und bei dem Arm um einen Flammenarm. Auf alle Fälle ist dein Gegner schon tot. Also versuch nicht, ihn niederzuschlagen. Du musst ihn unbedingt entwaffnen.«

Wendell nickte, nachdem er sich dieses Gespräch noch einmal in die Erinnerung zurückgerufen hatte, und erkundete die Höhle weiter. Die Wände waren etwa vier Fuß voneinander entfernt und die Decke sechs Fuß hoch. Es war genügend Platz, um sich umzudrehen, aber zum Kämpfen schien es zu eng. Die Felswände waren ziemlich glatt, doch man konnte die Spuren der Hämmer und Meißel auf ihnen fühlen. Wahrscheinlich hatte es Jahrhunderte gedauert, dieses Höhlensystem auszuhauen; das Ganze war offensichtlich sehr alt. Auch der Boden war glatt und obwohl er mit einer dicken Staubschicht bedeckt war, lag nichts herum, worüber Wendell hätte stolpern können. Er bog um eine Ecke und wurde sofort von tiefster Finsternis eingehüllt. Rasch entfernte er die Abdeckung von der Lampe. Das Licht spielte auf den Wänden und der Decke und enthüllte eingeritzte und aufgemalte Runensymbole. Er kniete nieder und suchte den Boden nach Fallen ab, doch er fand nichts außer glattem, nacktem Stein.

Als er weiterging, senkte sich der Boden plötzlich ab und der Gang verengte sich, bis die Wände nur noch wenige Zoll von Wendells Schultern entfernt waren. Ein paar Fuß später verbreiterte sich der Tunnel wieder und Wendell betrat die Gralskapelle.

Es war eine große Höhle, denn als Wendell die Laterne herumschwenkte, versickerte das Licht, ohne irgendwo die Wände oder die Decke zu erreichen. Er machte einen weiteren Schritt nach vorn und stieß mit dem Fuß gegen irgendetwas. Er kniete erneut nieder und hielt die Laterne dicht über den Boden.

Es war ein menschlicher Schädel.

Wendell schwang die Laterne langsam in einem kleinen Kreis herum. Es lagen noch mindestens ein Dutzend Skelette in der Höhle verstreut. Manche trugen eine Rüstung. Die meisten hatten Waffen bei sich gehabt, die nun matt zwischen den Knochen ruhten. Die Skelette waren sehr alt; nicht der geringste Fleischfetzen klebte mehr an ihnen. Aus irgendeinem Grund empfand Wendell das als beruhigend.

In der Mitte des Raumes befand sich der Altar. Ein kleiner, unbestimmbarer Gegenstand hockte auf ihm.

Zunächst war es der Altar, der Wendell verwirrte. Er war der Brennpunkt der Kapelle und der Gegenstand seiner Suche; warum hatte er ihn nicht sofort bemerkt? Dann begriff er, dass der Altar jenseits des Leuchtradius der Lampe lag. Wendell erkannte ihn nur, weil er von einer anderen Lichtquelle angestrahlt wurde.

Die Umrisse des Altars erschienen in einem unheimlichen Grün. Wendell war sicher, dass dieses Licht nicht da gewesen war, als er den Raum betreten hatte; nun aber wurde es beständig heller. Während er auf den Altar starrte, erhob sich hinter diesem ein grüner Flammenball wie ein Kugelblitz am Mast eines Schiffes und schwebte über dem Stein. Die Flammen wirbelten schimmernd umher und nahmen Gestalt an. Einige Sekunden später verdichteten sie sich zum Abbild eines Arms – eines glühenden, grünen Arms.

Eines Arms, der ein Schwert hielt.

»Du Mistkerl! Lass mich los!« Cynthias hitzige Stimme wurde unangenehm schrill, wenn sie wütend war.

»Was ist los?«, fragte der Prinz. »Ich dachte, wir hätten eine Verabredung.«

»Jetzt nicht mehr.« Cynthia wand sich in Charmings Armen, doch der Prinz hielt sie immer noch fest und lehnte sich auf dem Bett zurück. »Du Lügner! Du hast einen Pakt mit Esmeralda geschlossen. Du solltest mich nur haben, wenn du den Gral nicht anfasst.«

»Ich fasse ihn ja auch nicht an.«

»Du nicht, aber dein Page. Das ist dasselbe!«

»Ist es nicht.«

»Ist es doch!«

»Ist es … AAAAUUTSCH!« Cynthia hatte ihm die Fingernägel beider Hände in die Brust gebohrt. Charmings Griff lockerte sich sofort. Eine Sekunde später hatte sie sich freigekämpft und sprang aus dem Bett. Sie trug jedoch noch immer ihre hochhackigen Schuhe und verlor auf ihnen das Gleichgewicht. Sie fiel hart zu Boden. Sofort war Charming über ihr und drückte ihre Schultern gegen den kalten Stein. Sie entschlüpfte ihm und schoss auf die Tür zu. Charming konnte gerade noch einen Zipfel ihres Kleides packen und zerrte daran. Es zerriss und entblößte Cynthia bis auf die Strümpfe. Sie erreichte die Tür und hämmerte mit der linken Hand dagegen, während sie mit der rechten den Schlüssel umdrehte.

»Esmeralda!«, rief sie gellend. »Sie sind hinter dem Gral her!«

»Gib's auf«, sagte Charming. Er war bereits hinter ihr und packte ihre Hände. Dann drehte er ihr das rechte Handgelenk herum, bis das Schloss wieder verriegelt war, und nahm ihr den Schlüssel aus den Fingern. »Diese Tür ist vier Zoll dick und die Wände bestehen aus massivem Fels. Sie kann dich nicht hören.« Er steckte den Schlüssel in die Tasche.

»Du Ratte! Esmeralda wollte uns beide groß machen. Jetzt nimmst du ihr die Quelle der Macht.«

»So ist halt das Leben.«

»Du hast sie betrogen. Von einer weiteren männlichen Jungfrau in der Hinterhand war nie die Rede.«

»Soll das heißen, dass du jetzt nicht mehr mit mir schlafen willst?«

Cynthia schoss Blickpfeile auf ihn ab.

Der Prinz zuckte philosophisch die Schultern. »Ich gewöhne mich langsam daran. Wenn dem so ist, gebe ich Wendell noch etwas Zeit, bevor wir uns dann aus dem Staub machen. Schick mir die Rechnung für das Kleid.«

Cynthia funkelte ihn nicht mehr an, sondern schenkte ihm nun einen nachdenklichen Blick. Er hatte sie überlistet, aber er kannte die ganze Geschichte noch nicht. Wenn sie Charming lange genug aufhielt, konnte Esmeralda den Gral immer noch an sich bringen. Und Cynthia hatte einen letzten Trick auf Lager.

Sie weinte los.

»In Ordnung«, meinte Anne. »Ich bin bereit, mit dir zu verhandeln.«

Esmeralda schaute sie erstaunt an. »Das ist ja etwas ganz Neues. Die übliche Reaktion junger Mädchen in deiner Lage besteht darin, entweder zu weinen oder sich die Lunge aus dem Leib zu schreien. Manchmal betteln sie auch um Gnade. Das hasse ich ganz besonders. Na ja, eigentlich genieße ich es, aber ich bin trotzdem der Meinung, sie sollten es nicht tun. Es ist so erniedrigend. Sie sollten mehr Würde zeigen.«

»Allerdings«, pflichtete Anne ihr bei. »Nimm zum Beispiel Cynthia. Für sie scheint Würde das einzig Wichtige zu sein.«

»Ich befürchte allerdings, dass du nicht in der Lage für Verhandlungen bist. Dein Leben liegt in meiner Hand und du hast nichts, was du mir als Gegenleistung anbieten könntest.«

»Ich bin sehr reich. Ich kann dir Schätze verschaffen, die deine kühnsten Habgierträume übertreffen. Dir steht der Reichtum einer ganzen Nation zur Verfügung.«

»Dein Land ist verarmt.«

»Dann eben magische Geheimnisse. Meine Stiefmutter ist eine mächtige Zauberin. Sie kennt gewaltige Zaubersprüche, nach denen es selbst dich mit all deinen Kenntnissen verlangen wird.«

»Königin Ruby hat den Kenntnisstand eines guten Lehrlings.«

»Und wie wäre es mit einer Jahreskarte für die Turniere?«

»Vergiss es«, sagte Esmeralda. »Ich verhandle nicht mit meinen Opfern.«

»Aber du hast mit Prinz Charming verhandelt.«

»Das war etwas anderes. Charming ist ein bösartiger Hurensohn. Ich musste ihn auf meine Seite ziehen. Er hat Simpellus, einen der mächtigsten Zauberer der zwanzig Königreiche, fertig gemacht, ohne auch nur einen einzigen Kratzer davonzutragen. Außerdem hat er beide Leibwächter des Zauberers ausgeschaltet. Kennst du diese Geschichte?«

»Ja«, sagte Anne. »Ich meine, nein. Nein, ich kenne diese Geschichte nicht. Warum erzählst du sie mir nicht, und zwar in allen Einzelheiten, egal ob sie wichtig oder unwichtig sind? Lass dir Zeit.«

»Jetzt versuchst du wieder, mich zu übertölpeln. Warum erkennst du nicht einfach die Unausweichlichkeit deines Schicksals mit ruhiger Gelassenheit und Würde an? Wenn du willst, darfst du auch weinen oder schreien.«

»Ich werde nicht schreien«, sagte Anne ohne große Überzeugung.

»Du sprichst wie eine wahre Prinzessin.« Esmeralda

nahm einen Ledergürtel, wickelte ihn sich um die Hand und zog die Silberklinge daran ab.

Seltsamerweise verspürte Wendell nicht die geringste Angst. Charming war absolut zuversichtlich gewesen, dass Wendell dieser Aufgabe gewachsen war, und der Page teilte diese Zuversicht. Was er nun spürte, waren Erregung und eine merkwürdige gehobene Stimmung, die nicht von der Aussicht auf einen gefährlichen Kampf herrührte, sondern von der Erkenntnis, dass er nun einen Initiationsritus durchmachte – ein Eintrittsexamen für die exklusive Welt der Helden und Abenteurer. Nach der heutigen Nacht würde er nicht mehr bloß den Lagerfeuergeschichten über große Schlachten und noch größere Ungeheuer lauschen, sondern selbst eine Geschichte beitragen können – die Geschichte des Sieges über einen mystischen Feind. Wendell packte sein Schwert fester und schritt vorsichtig, aber selbstbewusst voran.

Der Arm hatte sich etwas höher erhoben und hing nun in der Luft über dem Altar. Er brannte mit kaltem, grünem Feuer, das nur wenig Licht schenkte. Der Arm war von der Größe eines gewöhnlichen, muskulösen Männerarms, doch Wendell konnte ihn nicht deutlich erkennen. Der Arm erstreckte sich von einer bulligen Schulter bis zum dicken Handgelenk und das Schwert in seiner Hand war kurz und besaß eine breite Klinge. Sie bestand aus sehr hellem Metall, doch ansonsten schien es ein normales Schwert zu sein. Wendell ging näher heran und hielt die Laterne hoch, sodass sie mehr Licht auf den Altar warf. Im Zwielicht bemerkte er einen flachen, braunen Gegenstand auf der Platte. Er sah keineswegs wie ein Gral aus.

Wendell richtete seine ganze Aufmerksamkeit nun auf den Arm. Er hing noch immer reglos in der Luft; es war, als ob Wendell den ersten Zug machen müsste. Vielleicht sollte er in eine Falle laufen. Er schwenkte die Laterne herum und hielt nach einer Grube oder einer Fangvorrichtung Ausschau, doch er sah nur glatten Stein. Wenigstens gab es genug Platz für einen Kampf.

Er war noch zwei Fuß von dem Schwert entfernt, als sich der Arm bewegte.

Die Bewegung entstand plötzlich und ohne Kunstfertigkeit. Die Schwertspitze zielte lediglich auf Wendells Herz und stieß sehr rasch zu. Trotz der Geschwindigkeit und der unvermuteten Bewegung konnte Wendell den Hieb leicht parieren. Der Page war aber überrascht von der Heftigkeit des Stoßes, unter dem er taumelte und schwankte.

Der Arm fuhr in einem Blitz aus grünem Licht an ihm vorbei. Das Schwert verschwand in der Finsternis, doch der Arm beschrieb einen weiten Kreis, wobei er wie ein Komet glühte. Er kam mit Höchstgeschwindigkeit zurück. Wendell fing den Hieb mit seinem Schwert auf. Diesmal sank er unter dem Aufprall auf die Knie. Der Arm schoss wieder fort, beschrieb einen weiteren Kreis und kam schneller denn je zurück. Wendell traf eine rasche strategische Entscheidung.

Er hob die Laterne auf und lief fort.

»Erinnere dich an das, was ich dir jetzt sage«, hatte Charming ihm eingeschärft. »Was immer es sein mag, es ist alt – hunderte, vielleicht auch tausende Jahre alt. Damals war der Schwertkampf noch eine rohe Angelegenheit. All die Tricks, die wir heute kennen, gab es noch nicht. Behalte einen klaren Kopf; dann kannst du alles, was sich dir in den Weg stellt, zu Hackfleisch machen.«

Wendell rannte zu der Stelle zurück, wo sich der Tunnel in die Höhle öffnete. Er hielt etwa vier Fuß vor der Höhlenwand an und drehte sich um. Mit der Wand im Rücken fühlte er sich bereits viel besser. Das Schwert raste auf ihn zu. Diesmal wich er dem Schlag bloß zur Seite aus. Der Schwung trieb das geisterhafte Schwert geradewegs gegen die Wand und das Krachen des Stahls auf

Stein erschütterte die ganze Höhle. Das Schwert prallte ab und hing einen Augenblick lang reglos in der Luft. Wendell sprang vor und hieb auf den Geisterarm ein. Sein Schwert schnitt glatt durch den Arm. Die einzige Auswirkung bestand darin, dass der Arm zurückgezogen wurde. Wendell war nicht allzu überrascht. Er entschied, den Arm nicht weiter zu beachten, sondern seine ganze Aufmerksamkeit auf das Schwert zu richten.

Der Arm folgte einem einfachen Bewegungsmuster. Er zog bloß das Schwert zurück und stieß dann wieder vor. Immer wieder griff er Wendell an und immer wieder wehrte Wendell den Schlag ab, aber er ließ es zu, dass der Arm ihn immer tiefer in den Tunnel zurücktrieb, sodass der Page nur den engen Raum vor sich verteidigen musste. Es wurde zu einem ziemlich langweiligen Spiel, doch der Arm war unermüdlich und ein elfjähriger Junge konnte seine Schläge nicht bis in alle Ewigkeit parieren. Wendell wurde müde und musste endlich zu einem Ende kommen.

Eigentlich war es ganz einfach. Wendell hatte einmal gesehen, wie Charming denselben Trick bei einem Riesen angewendet hatte.

Als der Arm einen weiteren Angriff fuhr, wehrte Wendell den Schlag nicht vollständig ab. Er fuhr mit seinem Schwert die fremde Klinge entlang, bis die beiden Griffe gegeneinander prallten. Dann warf er sich mit ganzer Kraft zur Seite und drückte das gegnerische Schwert mit der Schulter gegen die Felswand. Er ließ die Laterne fallen und griff mit der linken Hand nach dem Heft des Schwertes. Dazu musste er die Finger geradewegs durch die grüne Faust stecken. Diese brannte wie Feuer, doch Wendell packte unbeirrt den Griff und zog mit aller Kraft daran. All das geschah in weniger als einer Sekunde. Die uralte Klinge brach sauber hinter dem Griff ab.

Der Arm verschwand in grünem Nebel. Wendell richtete sich auf; die zerbrochene Klinge klapperte zu Boden.

Den Griff warf er fort. »Nun«, sagte er laut und unter schwerem Atmen. »Das war doch kein großes Problem!« Er sah sich um und wünschte sich, jemand könnte ihn in diesem Augenblick seines Triumphes sehen. Vielleicht sogar ein Mädchen. Aber es war niemand sonst in der Höhle. Ein Held zu sein ist ein einsames Geschäft.

Er näherte sich erneut dem Altar; diesmal hielt ihn nichts mehr auf. Auf dem Altar lag eine grob gearbeitete Holzschale. Sie war sehr alt, sehr abgenutzt und sehr flach. Er hob sie ungläubig an. »Das ist es? Ein Stück Holz?«

In der Dunkelheit hörte er ein donnerndes Geräusch und plötzliches Wasserrauschen.

Wendell steckte die Schale in die Tasche und rannte auf den Ausgang zu.

»Das wollen wir doch nicht, oder?«, meinte Charming beunruhigt. Er hasste es, eine Frau weinen zu sehen. Natürlich hasste er es auch, einen Mann weinen zu sehen, doch das war etwas anderes. Wenn ein Mann aus irgendeinem Grund weinte, klopfte man ihm auf die Schulter, spendierte ihm ein oder zwei Bier und mied ihn fortan. Aber wenn eine Frau weinte, wurde von einem erwartet, dass man sie tröstete. Das allerdings war sehr schwer, wenn man selbst den Grund für ihr Geheul darstellte.

»Also bitte, so schlimm ist das doch alles gar nicht.« Er suchte seine Taschen nach einem Tuch ab, fand aber keines. Cynthia schluchzte weiter. »Du ruinierst bloß dein Make-up.« Die Schluchzer wurden lauter. »Ich habe dir doch nicht wehgetan, oder? Falls doch, tut es mir Leid.« Er trat näher an sie heran und versuchte, ihre Hände zu ergreifen. Da warf Cynthia die Arme um ihn und vergrub das Gesicht an seinem Hals. Ihre Tränen befeuchteten seine Haut.

»Das verstehst du nicht«, schluchzte sie. »Mein ganzes Leben lang bin ich verachtet und missbraucht worden.

Meine Stiefmutter und meine Stiefschwestern hassen mich. Bevor ich Esmeralda begegnete, war ich nur ein Stück Dreck. Und jetzt haben wir endlich die Möglichkeit, jemand zu sein, aber du nimmst uns alles wieder fort.« Sie schmiegte sich an ihn und fuhr mit der Hand wie zufällig in seine Tasche.

»Nimm's leicht«, meinte der Prinz und strich ihr nicht ganz onkelhaft über den Rücken. »Wir haben nicht vor, den Gral zu zerstören. Er wird immer noch da sein. Wenn ihr ihn beide für eure Magie haben wollt, können wir bestimmt einen Ausleihtermin vereinbaren.«

»Aber Esmeralda …«

»Vergiss Esmeralda. Sie schadet dir nur. Ich kenne viele Zauberer, die einen Bann um Esmeralda legen können. Außerdem haben sie ihre eigenen Kraftquellen. Wenn du bei einem von ihnen in die Lehre gehen willst, gebe ich dir ein Empfehlungsschreiben. Und wenn du dann immer noch den Gral brauchst, kannst du ihn dir ausborgen.«

»Wohl kaum«, schniefte Cynthia. »Deine kleine Prinzessin will den Gral für sich behalten und damit ihr Königreich instand setzen. Du wirst ihn ihr schenken und wenn sie ihn einmal hat, wird sie ihn nie wieder hergeben.«

»Sei doch nicht dumm. Ich lasse mir von Anne nicht sagen, was ich zu tun habe, und ich habe keineswegs vor, den Gral aus den Händen zu …« Er hielt mitten im Satz inne. Anne spürte, wie er plötzlich stocksteif dastand. Ihre Finger fanden den Schlüssel in seiner Tasche.

»Anne«, sagte Charming langsam. »Sie muss mir hierher gefolgt sein. Das Pferd draußen vor der Dornenhecke gehörte *ihr.*« Er packte Cynthia rau bei den Schultern und starrte sie an. »Sie ist hier. Wo ist sie?«

Cynthia trat ihm in die Weichteile.

Charming sah Sterne. Als sie verblassten, stand Cynthia bereits am anderen Ende des Zimmers und lachte wild. Sie hielt den Schlüssel hoch, damit er ihn sehen konnte.

»Anne«, krächzte er. »Wo ist sie?«

»Bei Esmeralda. Sie ist jetzt schon ein Stück Aas, Charming. Das Blut einer Prinzessin enthält alles, was Esmeralda für ihre Magie braucht.« Sie lachte höhnisch. »Sie hat den Gral nicht mehr nötig.«

Charming sprang auf sie zu. Sie steckte sich den Schlüssel in den Mund und schluckte ihn herunter.

»Verdammt seist du!«

»Wünsch deiner Freundin eine gute Reise, Charming.«

Charming sah die Tür mit einem prüfenden Blick an. Er zog die Schultern ein und rannte mit aller Kraft gegen die Tür, doch sie gab nicht nach.

Cynthia lachte wieder. »Diese Tür ist vier Zoll dick, mein lieber Prinz, und die Wände bestehen aus massivem Fels. Wir bleiben hier drin, bis Esmeralda uns herauslässt.«

Charming erwiderte darauf nichts. Er rieb sich die Schulter und hinkte hinüber zum Bett.

»Ich bin froh, dass es so gekommen ist, Charming. Ich bin mir nicht sicher, ob ich noch lange die Wollüstige hätte spielen können.«

Der Prinz warf die Laken beiseite und fand sein Schwert, das noch in der Scheide steckte. Langsam drehte er sich um und zeigte es Cynthia.

Nun lachte sie nicht mehr. Ihre Augen weiteten sich. »Das wagst du nicht«, flüsterte sie.

Charming sah sie traurig an. »Ich tue es nur sehr ungern, aber irgendwie muss ich ja an den Schlüssel herankommen«, meinte er und zog das Schwert aus der Scheide.

Esmeralda hatte Annes Kleider mit einer großen Schere zerschnitten und zeichnete nun mit einem Stück grüner Kreide kabbalistische Zeichen auf ihren nackten Körper.

Hier und da markierte sie eine Arterie mit einem kleinen x aus roter Kreide. Anscheinend bezeichnete dies Stellen, an denen sie das Fleisch aufschneiden wollte. Nachdem sie alle Glieder bemalt hatte, stellte sie einen großen Kübel an das Ende des Tischs. Das Ganze war für Anne die erniedrigendste, ekelhafteste und entsetzlichste Erfahrung, die sie je hatte durchmachen müssen. Der Umstand, dass Esmeralda bei der Arbeit schrecklich unmelodisch summte, wirkte auch nicht gerade beruhigend.

»Der Tisch besitzt Blutablaufrinnen«, erklärte Esmeralda. »Das Blut rinnt darin bis zum Ende des Tisches und sammelt sich in diesem Kübel.«

»Ist Technik nicht etwas Wunderbares? Was wird man wohl als Nächstes erfinden?«

»Ah, hier haben wir eine Spur Sarkasmus. Gut, gut. Ich bewundere Mädchen mit Mumm, die dem Tod ins Gesicht spucken.«

Anne schien es sich zu überlegen. Esmeralda legte rasch die Hand über den Mund des Mädchens. »Das ist keine Einladung zum Spucken, Mädchen. Wenn du das tust, werde ich dich einfach knebeln, bevor ich mit dem Schneiden anfange.«

Anne nickte und Esmeralda nahm die Hand fort. Das Mädchen sagte: »Du brauchst einen zweiten Kübel, der dein eigenes Blut auffängt, nachdem dir Charming den Kopf abgeschlagen hat.«

Esmeralda erwiderte: »Prinz Charming vögelt sich gerade das kleine Hirn aus dem Leib und wünscht nicht gestört zu werden.«

»Dann kommt er dir eben später auf die Schliche. Er wird mich rächen. Es wäre besser für dich, wenn du mich sofort freilässt.«

»Da bin ich anderer Meinung. Ich weiß, an welchen Fäden ich ziehen muss, um Charming nach meinen eigenen Wünschen zu lenken. Bereits morgen früh werde ich die mächtigste Zauberin der zwanzig Königreiche sein.«

»Hast du eigentlich schon einmal daran gedacht, deine Kräfte auch zum Wohle der Menschen einzusetzen?«

»Nein. Niemals.« Esmeralda nahm erneut das silberne Messer in die Hand. »Tief durchatmen, meine Liebe.«

Anne machte den Mund zu und hielt den Atem an. Ihre Augen waren fest geschlossen. Sie wartete auf die erste Berührung des Messers und schien finster entschlossen, nicht zu schreien. Sie wartete auf die Berührung mit dem kalten Metall, auf den Druck der Spitze gegen ihre Haut, auf die Qualen, wenn die Klinge durch ihr Fleisch schnitt. Sie wartete auf ... grundgütiger Himmel, warum brauchte diese Idiotin so lange? Sie öffnete die Augen. Prinz Charming lächelte auf sie herab; er grinste wie ein kleiner Schuljunge. Und er hielt sein Schwert hoch.

»Hallöchen, Anne. Habe ich dir schon gesagt, dass ich endlich herausgefunden habe, was dieser gebogene kleine Draht in meinem Schwertgriff ist? Ein Dietrich!«

*

Anne sagte: »Ich bin sehr froh, dich zu sehen.«

»Das dachte ich mir schon.« Charming rollte Esmeraldas Körper mit dem Fuß beiseite. Der Ausdruck auf ihrem Gesicht zeugte noch immer von Überraschung und dem plötzlichen Schock, als Charmings Schwert ihr Herz von hinten durchbohrte. »Keine Ahnung, was in sie gefahren ist«, murmelte der Prinz. »Was für ein Miesepuckel. Warum weiht eine Frau mit so mystischen Gaben ihr Leben dem Bösen? Was hat sie nun davon gehabt?«

»Sie sagte etwas von Zinsvorteilen.«

»Hmmm. Das reicht doch wohl nicht. Feen sind seltsam. Anne, was tust du überhaupt hier? Ich war der Meinung, du seist im Schloss und feierst mit dem glücklichen Hochzeitspaar.«

»Hast du vielleicht irgendwo zufällig ein Laken gesehen? Langsam wird mir kalt.«

Der Prinz sah sich um. »Nein. Warte, ich gebe dir Esmeraldas Umhang.«

»Wage es nicht!«

»Schon gut.« Charming zog sein Hemd aus und breitete es über sie. Dann durchsuchte er die Taschen der Toten. »Du hast nicht zufällig gesehen, wo sie den Schlüssel für deine Fesseln versteckt hat?«

»Nein. Kannst du sie nicht mit deinem Dietrich öffnen?«

»Ich bin bei Handschellen nicht so gut. Türschlösser stellen im Töte-und-Rette-Job den höchsten Schwierigkeitsgrad dar.« Der Prinz durchsuchte rasch die Regale im Raum. »Ich sag dir was. Ich hole mir ein paar Werkzeuge von Wendell und hämmere diese Dinger auseinander. Bin sofort zurück.« Er trat zur Tür, legte die Hand auf die Klinke und hielt inne. »Geh nicht weg.«

Anne hob den Kopf und schaute die Ketten an. »Na gut.«

»War nur ein Scherz.« Er drückte die Klinke herunter. Eine zwei Fuß hohe Welle stemmte die Tür auf und ergoss sich in das Zimmer.

»Wasser?«, fragte Anne. »Es muss irgendetwas mit dem Gral passiert sein.«

»Wendell hat ihn genommen.« Charming zog das Schwert namens *Streben* aus der Scheide und puhlte den Dietrich aus dem Handgriff. Er setzte ihn bei Annes linker Handschelle an und kniff den Mund zu einer grimmigen Linie zusammen. »Wenigstens wissen wir, dass Wendell es geschafft hat.«

»Ja, ja. Kannst du diese Dinger öffnen?«

»Wie bitte? Aber sicher. Keine Angst. Hab sie sofort auf. Kein Problem. Entspann dich. Da ist gar nichts bei.« Der Dietrich machte unter seinen Fingern ein schabendes Geräusch. »Verdammt.«

Das Wasser stieg schrecklich schnell. Es wirbelte um Charmings Knie und floss ihm in die Stiefel. Es durchtränkte seine Hose und stand ihm bereits bis zur Hüfte, als er endlich die erste Handschelle geöffnet hatte. Bei der zweiten Schelle ging es etwas schneller, weil er jetzt wusste, wie es funktionierte. Doch das Wasser hatte schon fast die Tischplatte erreicht und Anne musste sich auf einen Arm stützen, während er weiter arbeitete. Er half ihr auf die Beine und sie stellte sich auf den Tisch, während Charming mit ihren Fußfesseln beschäftigt war. Er konnte durch das schlammige Wasser nichts sehen und musste mit den Händen nach Gefühl arbeiten, während das Wasser erst seine Brust und dann seinen Hals erreichte.

»Charming!«, rief Anne mit zitternder Stimme. »Ich glaube nicht, dass wir das schaffen. Lass mich hier allein zurück.«

»Mach dich nicht lächerlich.« Der Prinz holte tief Luft und tauchte unter. Sekunden später spürte Anne, dass ihr linker Fuß frei war. Charming tauchte auf und schüttelte sich das Wasser aus den Haaren. »Na bitte. Die letzte Fessel habe ich auch bald auf.«

Er tauchte wieder unter. Anne spürte, wie seine Hände an ihrem Fußgelenk arbeiteten. Sie wartete und beobachtete, wie der Wasserspiegel vor der Steinwand stetig stieg. Charming kam wieder an die Oberfläche und schnappte nach Luft. »Du musst fliehen!«, beharrte sie. »In einer Minute löscht das Wasser die Fackeln aus; dann findest du nicht mehr den Weg hinaus.«

»Hab's bald«, versprach Charming. Er holte tief Luft und versank wieder in den Fluten.

Anne atmete flach und mit hysterischem Keuchen. Die Fackeln erloschen schnell und ließen sie in öliger Schwärze zurück. Das Wasser erreichte ihre Schultern. Sie stellte sich auf die Zehenspitzen und hielt den Kopf so hoch wie möglich. Kurz fragte sie sich, ob Ertrinken wirklich so schrecklich war, wie jedermann sagte. Plötzlich war sie froh, dass Charming bei ihr geblieben war. Sie wollte nicht, dass er zusammen mit ihr starb, aber sie wollte auch nicht allein sterben. Der Prinz tauchte neben ihr auf; er würgte und hustete in der Dunkelheit.

»Prinz Charming!«, rief sie durch das Rauschen des Wassers. »Ich muss dir etwas sagen! Etwas sehr Wichtiges. Ich hätte es dir schon längst sagen sollen. Ich weiß nicht, warum ich es nicht getan habe, aber jetzt muss ich es dir mitteilen.«

»Um Himmels willen! Du willst mir doch jetzt nicht etwa beichten, dass du mich liebst, oder?«

»Verdammt, doch! Genau das wollte ich gerade sagen!«

»Behalts für dich!« Ein Platschen ertönte und er war wieder fort. Anne versuchte, noch etwas zu sagen, aber das Wasser ergoss sich in ihren Mund und sie musste husten. Es stieg ihr über das Gesicht. Sie versuchte, Wasser zu treten und ihr Bein freizukämpfen. Da spürte sie, wie Charming ihren freien Knöchel packte und sich ihren Fuß auf die Schulter stellte. Ihr anderes Bein war bis zum Äußersten gestreckt. Als ihr Gesicht wieder auftauchte, holte sie noch einmal tief Luft, bevor das Wasser sie erneut bedeckte. Plötzlich war ihr Knöchel frei und sie stieg zusammen mit Charming an die Oberfläche.

»Alles in Ordnung«, meinte dieser. Er streifte sich unter Mühen die Stiefel ab. »Hol noch einmal tief Luft. Wir müssen hinausschwimmen.«

Sie befanden sich im rasch kleiner werdenden Zwischenraum zwischen dem Wasserspiegel und der Decke. »In welche Richtung?«, fragte Anne. Es war pechschwarz um sie herum.

Sie spürte, wie Charming ihren Arm packte. »Halt dich an mich. Ich kenne den Weg.«

Er kannte ihn wirklich. Später konnte sie nicht sagen, wie sie hinausgefunden hatten. Er zog sie durch das schwarze Wasser; mehrere Male schlug sie mit dem Kopf gegen die Felsen, doch immer, wenn sie zu ersticken glaubte, fand sie eine Luftblase, bis sie schließlich über der Treppe auftauchten, die sie Stunden zuvor hinuntergestiegen waren. Über ihnen schienen die Sterne. Sie hielten sich in dem schlammigen Wasser aneinander fest, erholten sich langsam und kletterten dann die letzten Stufen hoch. Ein freundliches Feuer brannte auf dem kahlen Platz. Wendell saß vor den Flammen und säuberte sein Schwert.

Er schüttelte den Kopf, als er die beiden sah. »Für einen Knaben, der sich andauernd über sein Liebesleben beschwert, habt Ihr aber eine ganze Menge Frauen in der Hinterhand.« Er zog aus der Reisetasche ein Laken hervor und gab es Anne. »Guten Tag, Prinzessin Anne.«

»Wendell, ich grüße dich. Vielen Dank.«

»Cynthia ist ebenfalls aus der Höhle gekommen. Ich habe ihr das andere Handtuch gegeben; also müsst Ihr leider nass bleiben. Sie hatte ebenfalls keine Kleider an.«

»Dieses Mädchen ist ein schlauer Fuchs«, meinte Charming anerkennend. »Ich gebe sie nicht gern auf.«

»Ich glaube, jetzt kennen wir den Typ, auf den er steht«, sagte Anne zu Wendell. »Offenbar ist er ganz wild auf Rothaarige. Was ist aus ihr geworden?«

»Sie ist mit Bär McAllister fortgegangen. Bär hatte den Eingang bewacht, während ich unten war.«

»Hast du den Gral, Wendell?«, fragte Charming.

»Aber sicher.«

»Gute Arbeit. Irgendwelche Probleme?«

»Ein Arm mit einem Schwert. Kaum der Rede wert.«

»Das wird sich ändern, wenn die Barden die Geschichte überarbeiten. Ist er das?«

»Jawollchen.«

»Nur ein Stück Holz?«

Anne untersuchte die Schale. »Olivenholz. Das ist tatsächlich ein echter Fruchtbarkeitsgral.«

Charming setzte sich auf einen Felsen. »Wir hätten uns den magischen Spiegel schnappen sollen. Wenigstens hatte er einen gewissen Wiederverkaufswert.«

»Dieses Ding hier hat alles, was wir brauchen«, erklärte Anne. »Wendell, sind die Pferde noch vor der Dornenhecke angebunden?«

»Eures steht noch dort. Ich habe mein Pferd hergeführt, damit es mir die Ausrüstung trägt.«

»In Ordnung. Nimm den Gral und lass uns eine Weile allein. Wir treffen uns bei Tagesanbruch in der Herberge.«

»Viel Spaß noch«, sagte Wendell. Er steckte den Gral wieder unter seinen Umhang, gürtete sein Schwert und bahnte sich in der Dunkelheit vorsichtig einen Weg zwischen den Steinen. Anne wartete, bis er außer Sichtweite war; dann ging sie zu Charming hinüber und setzte sich ihm auf den Schoß.

»Wie wäre es, wenn du mir jetzt erklärtest, was du da unten mmmmpfff ...«

Anne küsste ihn. Der Kuss war lang und heiß und innig. Sobald Charming seine anfängliche Überraschung überwunden hatte, genoss er die Situation außerordentlich. Als sie schließlich nach Luft schnappte, sagte er keuchend: »Ich dachte, du bist niedlich, unberührt, keusch und unschuldig.«

»Das geht schon in Ordnung«, beruhigte Anne ihn. »Schließlich werden wir heiraten. Ich erzähle dir morgen früh mehr darüber.«

Es war an einem warmen, sonnigen Morgen – fünf Tage später. Sie befanden sich wieder im Schloss von Illyria und saßen auf einer der vielen Terrassen.

»Ist das alles?«, fragte Charming. »Es war in Ordnung? Nur *in Ordnung?*«

Anne hatte Charmings Hemd aufgeknöpft und biss ihm sanft in die Brust. Sie schaute auf. »Es war wunderbar. Mir hat es gefallen. Das Küssen ist wirklich das Beste daran. Ich verstehe nicht, warum wir nicht mehr küssen und den Rest beiseite lassen können.«

»Das geht nicht. Ich meine, wir können den Rest nicht einfach vergessen. Aber wir können uns öfter küssen.«

»Gut«, schnurrte Anne. Sie wand sich auf seinem Schoß und legte ihm die Arme um den Hals.

»Ich meinte damit nicht, dass wir sofort damit anfangen.« Sie steckte ihm die Zunge in den Mund. Er beschloss, jetzt keine Diskussion vom Zaun zu brechen.

Zehn Minuten später machte sie sich frei und legte den Kopf an seine Schulter. »Aurora sagt, sie starrt dabei auf eine Stelle an der Decke und denkt an gar nichts mehr. Dann geht es ganz schnell vorbei.«

»Arrgghh!« Charming lehnte sich zurück und bedeckte sein Gesicht mit den Händen. »Nein! Mach das niemals! Ich werde besser, das verspreche ich dir.«

Anne kletterte auf ihn. »Du bist schon gut genug für mich.« Sie knabberte an seinem Ohrläppchen. »Aber etwas kannst du nicht«, flüsterte sie. Warmer Atem liebkoste sein Ohr. »Du kannst mir heute nicht die Hand unter das Kleid stecken.«

»Warum nicht?«, murmelte Charming und glitt mit der Hand über ihre Schenkel.

»Weil ich heute kein Höschen anhabe«, keuchte Anne. Sie nahm das Ohrläppchen wieder zwischen die Lippen und zog sanft daran. »Es wäre also sehr ungezogen, wenn du deine Hand da unten … oh …« Sie rangen einige Minuten miteinander, bis Anne ihn fortdrückte und hastig das Kleid über die Knie zog. »Aurora kommt.«

Charming knöpfte sein Hemd zu und nahm sich ein Buch vor. Obwohl er noch sein Schwert trug, wirkte er völlig entspannt. Er küsste Anne auf die Wange, stand auf und verneigte sich vor Aurora. »Guten Morgen, Hoheit.«

»Guten Morgen, Charming.« Aurora setzte ihr Handtäschchen ab. »Ich will euch nicht viel Zeit stehlen, denn ich weiß, dass ihr beiden allein sein wollt. Anne, ich wollte mit dir nur noch einmal die Pläne für den Ball durchsprechen. Ich fürchte, dass deine rothaarige Freundin diesmal nicht eingeladen wird, Charming.«

»Ich will nicht behaupten, dass mich das sehr enttäuscht. Aber ich bin ohnehin zu beschäftigt, um …«

»Aurora gibt den Ball uns zu Ehren«, unterbrach ihn Anne.

»Oh. Dann ist es mir natürlich ein Vergnügen, daran teilzunehmen.«

»Sehr freundlich von dir. Charming, könntest du ein Wörtchen mit Wendell reden? Er ist sehr aufgeregt.«

»Natürlich. Ich war so beschäftigt, dass ich seit unserer Rückkehr nicht mehr mit ihm gesprochen habe. Wenn ich es mir recht überlege, habe ich ihn in dieser Zeit nicht einmal gesehen.«

»Seit er es erfahren hat, geht er dir aus dem Weg. Eigentlich geht er jedermann aus dem Weg.«

»Vielleicht will er nur eine Weile allein sein.«

»Heute Morgen ist er nicht zum Frühstück erschienen«, berichtete Anne ihm. »Und gestern Abend ist er ebenfalls nicht bei Tisch gewesen.«

»Hmmm. Scheint eine ernstere Sache zu sein. Mandelbaum wird ihn schon zurechtstauchen.«

Anne sah Aurora an. »Mandelbaum scheint selbst sehr beschäftigt zu sein. Wendell braucht dich, Charming.«

»Na gut. Wisst ihr, wo er ist?«

»Unten am Fluss. Er angelt. Hier.« Sie gab Charming ein Päckchen. »Ich habe ihm ein paar Plätzchen gebacken.«

»Danke.« Er küsste Anne noch einmal. »Bis später. Auf Wiedersehen, Aurora.«

Er traf Wendell an einer abgeschiedenen Stelle am Flussufer an und setzte sich neben ihn.

Wendell beachtete ihn nicht.

»Wie beißen die Fische?«

»Gut.« Wendell sah nicht einmal auf.

»Schon etwas gefangen?«

»Nein.«

»Gut.«

Pause.

»Willst du ein paar Plätzchen? Anne hat sie gebacken.«

»Was für Plätzchen?«

»Aus Weizenmehl.«

»Hab ich mir gedacht.«

Sie saßen schweigend nebeneinander. Die Stille dehnte sich immer weiter aus. Schließlich bemerkte Charming: »Du bist wütend, nicht wahr?«

»Wieso?«

»Es musste früher oder später so enden, Wendell. Wir können nicht das ganze Leben damit verbringen, durch das Land zu laufen und Abenteuer zu suchen. Früher oder später muss man sesshaft werden und Verantwortung übernehmen.«

Wendell saß eine weitere Minute schweigend am Ufer, während sein Gesicht immer röter wurde. Schließlich sprang er auf und warf die Angelrute ins Wasser. »Glaubt Ihr etwa, dass ich das will?«, schrie er Charming an. »Glaubt Ihr etwa, dass ich darum etwas gebe?«

»Worum gibst du dann etwas?«

»Um Euch. Seht Euch doch an. Ihr wart der größte Prinz, den dieses Land je gehabt hat. Jedermann bewunderte Euch. Ihr wart mein Held und der Held jedes Jungen in den zwanzig Königreichen. Und jetzt seid Ihr ein Niemand. Ihr wart Prinz Charming und wäret irgendwann König Charming geworden, doch Ihr habt es zugelassen, dass man Euch alles wegnimmt. Ihr habt nicht einmal darum gekämpft. Jetzt seid Ihr bloß noch ein gewöhnlicher Ritter und es kümmert Euch nicht einmal!«

»Wendell!«

»Und ich bin Euch ebenfalls gleichgültig! Seht mich doch an. Ich bin der siebte Sohn eines Herzogs. Ihr wisst, was mir das einbringt. Nichts! Kein Land, kein Titel, kein Erbe. Ich erhalte nicht einmal eine meinem Stand angemessene Erziehung. Letzte Woche noch haben mich die Leute respektiert, weil sie wussten, dass ich Euch begleite und eines Tages selbst ein Ritter sein werde. Jetzt muss ich als Gast im Hause meiner Brüder leben und über ihre Witzchen lachen, damit sie nicht über mich herfallen und meine Unterhaltszahlungen kürzen.«

»Du weißt, dass du mir nicht gleichgültig bist, Wendell. Was hätte ich denn tun sollen?«

»Wir könnten in den Krieg ziehen.«

»Wie bitte?«

»Ich helfe Euch!« Wendell rannte zu Charming und umarmte ihn heftig. »Wir gehen nach Süden. Wir heben eine Armee aus. Bär McAllister hat ein paar Männer. Er wird uns helfen. Mindestens sieben Könige werden Euch unterstützen. Sie geben Euch Geld, Waffen und Soldaten. Und wenn wir so weit sind, marschieren wir gen Illyria!«

»Wendell!«

»Dann zwingt Ihr Euren Vater, Euch als wahren Prinzen und Thronerben anzuerkennen. Er wird Euch Euer Geburtsrecht zurückgeben. Wenn er es nicht tut, nehmen wir ihm den Thron weg. Das können wir. Ich werde an Eurer Seite kämpfen, Herr. Ich werde Euch niemals im Stich lassen.«

»Wendell, ich bin bereits König.«

»Wie bitte?«

Charming machte sich aus der Umarmung seines Pagen los. »Wendell, Anne und ich haben gestern Abend geheiratet. Ich bin jetzt König von Alacia.«

Wendell musste sich setzen. Er hatte offenbar Schwierigkeiten, diese Neuigkeit zu verdauen. »Alacia? Warum?«

»Dort braucht man einen König, Wendell. Das Volk liebt Anne, aber das Land hat echte Probleme, die sie allein nicht lösen kann. Ruby war immer zu beschäftigt mit ihrer Magie, um eine gute Führerin zu sein. Sie versuchte, durch Zauberei zu herrschen, und hat nur Pfuscharbeit geleistet. Aber sie hat von dem Gral erfahren.«

»Schon wieder dieser Gral.«

»Es ist wirklich ein Fruchtbarkeitsgral. Erinnere dich, wie üppig das Tal aussah. Erinnere dich daran, dass Aurora sagte, die Mädchen in Alacia würden sehr leicht schwanger. Das alles sind Auswirkungen des Grals. Aber Mandelbaum hat richtig erkannt, dass der Gral etwas Männliches ist. Nur ein König kann ihn in der rechten Weise benutzen.«

»Aber Ihr gebt Illyria für ein Schlammloch auf!«

»Illyria braucht mich nicht, Wendell. Paps ist erst vierzig Jahre alt. Mit etwas Glück regiert er noch mindestens zwanzig weitere Jahre. Da würde ich lediglich auf Abruf bereitstehen. Aber Alacia hat große Schwierigkeiten. Es ist ein zugrunde gerichtetes Land. Der Boden ist schlecht und das Getreide sprießt nicht, die Bäume sterben und das Vieh ist unfruchtbar. Dort wird wirklich Hilfe benötigt. Mit harter Arbeit und dem Fruchtbarkeitsgral können Anne und ich vermutlich das ganze Land umkrempeln.«

»Aber nicht Anne ist Königin, sondern Ruby.«

»Sie dankt ab und macht den Thron für Anne frei. Ruby bleibt hier und studiert Magie bei Mandelbaum. Magie ist ohnehin das Einzige, was sie interessiert.«

Wendell dachte lange und angestrengt über Charmings Worte nach. »Also hat diese Frau die ganze Sache von Anfang an geplant. Königin Ruby wollte nicht nur den Gral – sie wollte Euch *und* den Gral. Ich wette, sie hat nur so getan, als wollte sie Anne töten, um Euch zu ihr zu locken.«

Charming setzte sich neben ihn und legte seine Bücher auf den Boden. Er zupfte einen Grashalm aus und teilte ihn mit dem Daumennagel. »Ich weiß es nicht, Wendell. Ich vermute, ich werde es nie erfahren. Vielleicht wusste Ruby die ganze Zeit über von Aurora und Cynthia; vielleicht hat sie dieses ganze Szenario von langer Hand geplant. Möglicherweise hatte auch Anne ihre eigenen Pläne und hat sie der geänderten Lage angepasst. Sie ist ziemlich raffiniert.«

»Sie weiß, was sie will. Und sie ist ihrem Volk treu ergeben. Das ist gut. Ich vermute, Ihr hättet es schlechter antreffen können.«

»Ich bin sicher, dass sie deinen Vertrauensbeweis hoch schätzen wird, Wendell.« Charming warf den Grashalm in den Fluss. »Ich vermute, Großvater wusste über den Gral Bescheid und wollte ihn nicht anrühren. Deswegen hat er es nicht erlaubt, dass Paps zurückgeht und mithilfe eines Magierteams die Dornenhecke vernichtet. Ich nehme an, dass auch Mandelbaum über den Gral auf dem Laufenden war. Er wollte ihn ebenfalls in Ruhe lassen, bis er befürchtete, jemand wie Esmeralda könnte ihn in die Finger bekommen.

Aber manchmal sage ich mir, dass niemand etwas darüber wusste und alles nur ein großer Zufall war.«

»Vielleicht ist es bloß Eure Bestimmung, über jedes Abenteuer zu stolpern. Was wollt Ihr denn mit den Büchern?«

Charming zeigte sie ihm. »Ökonomie und Politikwissenschaft. Paps hat seine Minister dazu verdonnert, uns einen Crashkurs in Regierungskunst zu geben, bevor wir nach Alacia gehen. Es gibt viel zu lernen: Grundlagen der Landwirtschaft, des Finanzwesens, der Diplomatie und Militärstrategie. Illyria garantiert für eine gewisse Zeit die Unversehrtheit von Alacias Grenzen, sodass wir zunächst kein Geld für eine Armee ausgeben müssen. Außerdem ist Paps froh, dass es im Norden nun einen Pufferstaat gibt.«

»Dann ist also der König auch glücklich. Jeder hat bekommen, was er wollte.«

Charming grinste und stand auf. »Genau wie du, Wendell.«

»Was wollt Ihr damit sagen?«

»Alacia hat viele Probleme, Wendell, besonders mit Banditen, die sich in den Bergen verschanzen. Außerdem hat es ein hartnäckiges Problem mit Mandracoren.«

»Na und? Selbst ich werde mit einer Mandracore fertig.«

»Das ist gut zu wissen. Ein König ist die ganze Zeit über mit Staatsangelegenheiten beschäftigt. Er kann nicht hinter Banditen und Mandracoren herlaufen. Er braucht einen Paladin, der für ihn kämpft.«

»Herr, meint Ihr das ernst?«

»Natürlich. Du wirst dein Training beginnen, sobald du in Alacia bist, und ich schlage dich zum Ritter, wenn du vierzehn wirst. Und ...« Charming zog seinen Schwertgürtel aus. »Du brauchst ein gutes Schwert.«

Wendell nahm das Schwert ehrfürchtig entgegen. »Prinz Charming! Ich wollte sagen: König Charming! Ihr gebt mir das Schwert namens *Streben?*«

»Ich weiß, dass du es nicht entehren wirst, Wendell.«

Wendell umarmte ihn. »Das verdiene ich nicht.«

»Natürlich verdienst du das, Kleiner. Komm, wir wollen gehen. Hier an dieser Stelle fängt man ohnehin fast nichts.«

»Ich habe meine Angel fortgeworfen«, klagte Wendell und sah auf den Fluss hinaus. »Na, was soll's.«

»Eine Pause täte meinen Studien ganz gut. Was sollen wir deiner Meinung nach unternehmen?«

»Ich glaube, wir sollten etwas essen.«